Sylvie Braesi
Kommissar Grießler ermittelt

„Glaube nicht alles, was du denkst."
Byron Katie

Dieses Buch widme ich meiner Bademantel Gang:
Christiane, Steffi, Grazyna und Marion sowie dem
gesamten Team der besten Reha-Klinik, die es vor den
Toren Berlins gibt.
Danke Herr *Andrees*!

Buch

Dieses Buch ist ein Ableger der Magdeburger-Krimi-Reihe. Mit ihr erhält Kommissar Grießler seine eigene Geschichte. Während Kommissar Winkler in Magdeburg einen kniffligen Fall mit drei unbekannten Toten zu tun hat, ist Kommissar Grießler in der Reha Klinik Rosenburg auf sich allein gestellt. Unfreiwillig wird er durch die Bademantel-Gang in die Morduntersuchung mit hineingezogen.

Sylvie Braesi

Geboren 1960 und aufgewachsen in Magdeburg. Sie hat eine Ausbildung als Heimerzieherin und war u.a. in der Erwachsenenbildung sowie als Kabarettistin tätig. Mit dem Schreiben begann sie 2015 als Selfpublisherin. Ihre Bücher stellt sie gern persönlich auf Lesungen vor.

Bisher erschienen sind:

Die Manhattan Trilogie
Manhattan Tenderloin
Manhattan Tenderloin – Die Jagd geht weiter
Manhattan Revenge

Die Magdeburg Krimi Reihe – Winkler ermittelt
Horror Vacui
Malum Concilium

Magdeburger Mord(s)geschichten
S. Braesi & A.W. Benedict

Alle Bücher sind als Taschenbuch und E-Book erhältlich

Sylvie Braesi

Mord mit Therapie

Grießler
und
die Bademantel Gang

Impressum

© 2021 Sylvie Braesi, Magdeburg

Umschlaggestaltung: Angelika Wieduwilt
                        Daniel Zeller

Korrektorat: Nadine Armgart

Facebook: Sylvie Braesi
Instagram: sylvie.braesi.autorin
Website: sylviebraesi.de
E-Mail: s.braesi@yahoo.com

Herstellung und Verlag: BoD – Books on Demand, Norderstedt

ISBN: 9783754306819

Bibliografische Information der Deutschen Nationalbibliothek:
Die Deutsche Nationalbibliothek verzeichnet diese Publikation in der Deutschen Nationalbibliografie; detaillierte bibliografische Daten sind im Internet abrufbar.

Eins

Grießler saß im Wintergarten und starrte aus den großen Fenstern auf die kahlen Bäume und Sträucher des Außengeländes.

Jetzt war er schon zwei Wochen im Reha-Zentrum Rosenburg.

Die Zeit verging wie im Flug. Kein Wunder, jeder Tag war gut gefüllt mit Behandlungen und Therapien.

Gerade war er aus seinem Einzelgespräch mit seinem Therapeuten, Herrn Andrees, gekommen. Es war ihr erstes Gespräch zu den Geschehnissen im Sommer des letzten Jahres gewesen und Grießler war innerlich total aufgewühlt.

Erschöpft hatte er sich in den Wintergarten gesetzt.

Dies war der einzige Ort in der Klinik, an dem man um diese Zeit kaum jemanden antraf, abgesehen vom eigenen Zimmer. Doch dort wollte er jetzt nicht sein.

Der Wintergarten bot mit seinen Rattan-Sitzecken viel mehr Bequemlichkeit.

Trotz der Nachbarschaft zur Empfangshalle, in der es immer geschäftig zuging, war dies ein ruhiger Rückzugsort. Man konnte allein sein und war doch nicht einsam.

Vorsichtig nahm Grießler einen kleinen Schluck aus seiner Wasserflasche.

Der Zwischenfall in der Johanniskirche lag schon über ein halbes Jahr zurück, trotzdem fielen ihm das Essen und auch das Trinken immer noch schwer. Die Wunde am Hals war sehr gut verheilt, die seelische Verletzung dagegen verursachte nach wie vor Schmerzen.

Aufgewühlt durch das Gespräch mit seinem Therapeuten, konnte Grießler nicht verhindern, dass seine Gedanken abschweiften, zurück zu jenem schicksalhaften Tag und seinem Zusammentreffen mit einem Mörder.

Zum Ende der aufreibenden Jagd nach dem Mörder Ostenberg war Grießler ihm schließlich in der Kirchengruft zu nahegekommen und das hätte ihn beinahe das Leben gekostet.

Ostenberg griff ihn an und verletzte ihn mit einem Kehlschnitt schwer. Nur der zufälligen Anwesenheit eines Notarztes war es zu verdanken gewesen, dass er die Attacke überlebte.

Grießler selber konnte sich kaum an den Angriff und alles was danach passierte, erinnern. Er wusste nur aus den Erzählungen seiner Kollegen, dass es ihm irgendwie gelungen war, über die Treppe aus dem Untergeschoss nach oben zu kommen, wo man ihn zum Glück entdeckte. Kriminaltechnikerin Susanne Uhlmann hatte Erste Hilfe geleistet, bis der Notarzt ihm noch vor Ort das Leben rettete.

Was Grießler lange nicht verstand, war die Bemerkung von Lars Ole Pasold, seinem Partner, dass er der Uhlmann nun ein Kleid schulden würde.

Sie selber redete nicht darüber.

Als sie ihn besuchen kam, hatte sie nur lange an seinem Bett gesessen, seine Hand gehalten und geweint. Worte waren nicht gefallen. Keiner von beiden hatte sprechen können, wenn auch aus unterschiedlichen Gründen.

Wenn Grießler heute an das Krankenhaus zurückdachte, war es vor allem die scheinbar schleichende Zeit, die ihm als erstes einfiel.

Alles war wie in Zeitlupe an ihm vorbeigezogen. Das lag wohl aber auch an den starken Schmerzmitteln, die er anfangs bekommen hatte. Nur langsam hatte sich eine Verbesserung seines Zustands eingestellt.

Viele Dinge brauchten damals ihre Zeit, bis sie wieder zu einem Teil seines Lebens wurden.

Selbstverständlichkeiten wie Atmen und Sprechen musste er neu erlernen. Auch wenn er von den Ärzten und Schwestern zu hören bekam, wie viel besser es täglich wurde, ihm war es schwergefallen, das zu erkennen.

Die ersten Schritte durch das Krankenzimmer waren eine solche Qual gewesen, dass er schon befürchtet hatte, das Krankenhaus nicht auf eigenen Beinen verlassen zu können.

Die Besuche von den Kollegen waren ihm eine willkommene Abwechslung im Klinikalltag gewesen. Am häufigsten hatte Pasold reingeschaut. Das Thema Johanniskirche hatten aber alle strikt vermieden.

Sein Chef, Winkler, war erst nach zwei Wochen aufgetaucht. Auch er verlor kein Wort darüber. Hatte seinen verspäteten Krankenbesuch mit zu viel Arbeit entschuldigt. Doch Grießler wusste natürlich, dass es sein Schuldgefühl gewesen war, welches ihn davon abgehalten hatte, eher zu kommen.

Grießler gab ihm keine Schuld an dem Zwischenfall, das machte Winkler selber. Doch damit musste er allein klarkommen. Grießler konnte ihm dabei nicht helfen.

Es war bei diesem einen Besuch von Winkler geblieben.

Dann war es endlich soweit gewesen.

Grießler konnte das Krankenhaus verlassen und natürlich auf seinen eigenen Beinen.

Von da aus ging es sofort zur ersten Reha, wo man sich hauptsächlich um seine körperlichen Beschwerden kümmerte. Doch schon da gab es eine Psychologin, die mit ihm über seine psychischen Wunden reden wollte.

Grießler hatte sich innerlich gesträubt, alles als unwesentlich abgetan und die Frau nicht an sich herangelassen.

Es ginge ihm gut und er wolle so schnell wie möglich wieder arbeiten gehen, war alles, was die Psychologin von ihm zu hören bekam.

Nach vier Wochen war er wieder nachhause gefahren und hatte sich auf seinen schrittweisen Wiedereinstieg vorbereitet.

Dann waren die Alpträume gekommen.

Jetzt war er hier, im Reha-Zentrum Rosenburg, am Rand von Berlin.

Schon wieder eine Reha.

Nur diesmal war es eine, wie es so schön hieß, psychosomatische Therapie zur Traumabewältigung.

Anfangs hatte er sich dagegen gewehrt, noch eine Reha zu machen. Es war seine Frau Billy gewesen, die ihn schließlich mit dem einzigen Argument überzeugt hatte, gegen das er machtlos war: Tränen.

Die erste Woche brauchte er, um anzukommen. Jetzt, in der zweiten Woche, begann er zu verstehen, wieso er hier war. Er musste lernen, mit dem, was passiert war, umzugehen und sich der Frage stellen, wie es nun weitergehen sollte.

Würde er in den Job zurückkehren oder nicht?

Grießler schaute auf.

Ein Mann ließ sich auf dem anderen Zweisitzer nieder. Sie tauschten einen kurzen Gruß aus, bevor der Mann sich in sein Buch vertiefte.

Die Distanz zwischen ihnen machte eine Unterhaltung gerade noch möglich, aber nicht unbedingt nötig.

Grießler versuchte sich an den Namen des Mannes zu erinnern, Berufskrankheit.

Jochen, nein Jürgen irgendwas. Der Nachname fiel ihm gerade nicht ein, aber das war egal. Man duzte sich ohnehin.

Jürgen war aus seiner Basisgruppe, hatte also am selben Tag wie er mit der Reha begonnen.

Grießler fand ihn ziemlich ernst und in sich gekehrt, fast ein bisschen grüblerisch. Er redete kaum mit anderen Patienten und schien immer irgendwie in Gedanken versunken zu sein.

Das dunkle Brillengestell und der Schal, den er stets eng um den Hals geschlungen trug, verstärkten den Eindruck des introvertierten Intellektuellen noch mehr.

Grießler warf einen Blick auf das Buch in Jürgens Händen. Der Titel deutete auf einen psychotherapeutischen Inhalt hin. Das passte ins Bild.

Wahrscheinlich hatte sich Jürgen zu ihm gesetzt, weil er sich sicher war, nicht von ihm vollgequatscht zu werden. Das war Grießler nur recht.

Er wollte auch nicht quatschen. Die meisten Patienten führten ohnehin nur pseudotherapeutische Gespräche miteinander. Das ging ihm manchmal schon ganz schön auf die Nerven.

Unbewusst machte er einen tiefen Atemzug und das Ausatmen klang wie ein Seufzen.

Jürgen sah auf und fragte leise: „Alles in Ordnung?"

Grießler winkte ab und entgegnete: „Einzelgespräch."

Sein Gegenüber nickte verstehend und widmete sich wieder seiner Lektüre.

Das war mal ein Männergespräch, fand Grießler, kurz und knapp und völlig ausreichend.

Allerdings reichten die wenigen Worte, um ihn an das gerade geführte Gespräch mit seinem Bezugstherapeuten zu erinnern. Darauf hätte er gern verzichtet.

Zum ersten Mal überhaupt hatte er mit leisen, zögerlichen Worten über die Messerattacke gesprochen.

Obwohl das Ganze damals nur Sekunden gedauert hatte, brauchte er fast dreißig Minuten, um das zu beschreiben, was immer wieder in seiner Erinnerung und in seinen Alpträumen auftauchte.

Oft hing er an einer Stelle fest, wenn die Gedanken kamen. Das war der Moment, an dem das Messer vor seinem

Gesicht aufblitzte. Diesen Augenblick durchlebte er immer und immer wieder.

Ein Anflug von Panik überkam ihn.

Atme! Ein, aus, ein, aus, ein, aus.

War es wirklich so gut, immer wieder darüber zu reden? Das war doch so, als würde man das Pflaster, was man gerade auf die Wunde gemacht hatte, gleich wieder abreißen. Auf diese Weise würde diese Wunde doch nie heilen können.

Was hatte Andrees dazu gesagt?

Ein Verband muss auch mal gewechselt werden.

Der hatte gut reden, seine Wunde war es ja nicht.

Aber Grießler wollte nicht ungerecht sein. Andrees war sicher ein guter Therapeut und wusste, was er tat und sagte. Das hörte Grießler jedenfalls aus den Gesprächen anderer Patienten heraus, die ebenfalls von ihm betreut wurden.

Billy hatte es gestern bei ihrem abendlichen Telefonat in ihrer direkten Art auf den Punkt gebracht. Sie hatte gesagt: „Wenn es helfen soll, muss es erst mal wehtun. Und wenn du dich dagegen sträubst, bringt es gar nichts. Dann hättest du auch gleich zuhause bleiben können."

Seine Billy. Die war schon ein Schatz.

Wenn er daran dachte, was sie seinetwegen in den letzten Monaten alles durchgemacht hatte, bekam er gleich wieder ein schlechtes Gewissen.

Ja, er würde das hier ernst nehmen. Und ja, er würde es aushalten, auch wenn es wehtat. Wenigstens konnte Ostenberg ihm nicht mehr gefährlich werden.

Grießler sah auf die Uhr.

Mittagszeit.

Er stand auf und wandte sich Jürgen zu.

„Ich geh' essen, kommst du mit?"

Jürgen schüttelte den Kopf.

„Ich warte noch etwas. Ist noch zu voll."

Damit hatte er sicher Recht, trotzdem wurde Grießler den Verdacht nicht los, dass Jürgen lieber allein blieb.

Dann eben nicht.

Er entdeckte drei bekannte Gesichter in der Schlange vor dem Speiseraum. Es waren Sandra Büchner, Gerti Ziegler und Marzena Mikulska-Kloss aus seiner Basisgruppe.

Sandra Büchner war die Kleinste in der Truppe und so etwas wie deren Mittelpunkt. Man sah sie nicht immer gleich, aber man hörte sie, was Grießler nicht störte, denn ihr Humor war sehr ansteckend. Sie kam aus einem kleinen Ort in der Nähe von Magdeburg, seiner Heimatstadt, und war Erzieherin.

In der Vorstellungsrunde der Basisgruppe hatte sie darüber gesprochen, wie schwer es ihr gefallen war, die Krankheit zu akzeptieren. Hinter ihr lagen eine Therapie und eine lange Zeit der Krankschreibung.

Beides hatte nicht geholfen.

Ihre ganze Hoffnung lag nun auf der Reha.

Gerti Ziegler war groß, sehr schlank und kam aus Görlitz. Sie hatte sehr offen über die ständige Überbelastung auf der Arbeit geredet.

Die Beförderung zur Filialleiterin in einem Supermarkt vor drei Jahren, war bei ihrer Familie nicht nur auf Begeisterung gestoßen. Ihre Versuche, alles unter einen

Hut zu bringen und jeden zufrieden zu stellen, hatten schließlich zu einem Zusammenbruch geführt.

Die Dritte im Bunde, Marzena Mikulska-Kloss, war gebürtige Polin, mit einem deutschen Mann verheiratet, lebte in Bremen und arbeitete als Krankenschwester in einer großen Klinik.

Mehr brauchte sie eigentlich nicht zu sagen.

Nun waren sie also hier, in diesem geschützten Raum, wo die Probleme vorerst in den Hintergrund rückten.

Grießler entschied, sich den Dreien anzuschließen. An deren Tisch ging es immer laut und lustig zu und er hoffte, dass ihn das auf andere Gedanken bringen würde.

Sandra winkte ihm schon zu, nach vorn zu kommen.

Vordrängeln war zwar nicht so sein Ding, aber hier nahm man das nicht so ernst.

Überhaupt lief hier alles ziemlich locker und entspannt ab.

„Was ist mit Jürgen?", fragte Sandra und deutete in dessen Richtung.

„Der geht später essen", murmelte Grießler.

„Wir sind ihm bestimmt zu lustig", kam es von Gerti.

„Schade, würde ihm bestimmt guttun, mal zu lachen."

Ihr herrlich sächsischer Dialekt brachte Grießler zum Schmunzeln.

Sandra warf einen letzten Blick auf den, in sein Buch vertieften, Jürgen und meinte leise: „Ein Lächeln würde schon reichen."

„Was hast'e gesagt?"

„Ach nichts. Los, rück weiter und nimm Marzena mit. Die guckt schon wieder nach innen und verpasst den Anschluss."

Zwei

Es war Abend geworden und das bedeutete: keine Behandlungen mehr. Ruhiger war es deshalb aber nicht. In den zwei Sporthallen wurde Federball oder Tischtennis gespielt, die Ausdauergeräte waren besetzt und in der kleinen Schwimmhalle nutzen ein paar Patienten die Möglichkeit zum freien Schwimmen.

Es waren, wie Grießler feststellte, die üblichen Verdächtigen, die gemächlich ihre Bahnen durch das Becken zogen.

Mit der Gemächlichkeit würde es aber gleich vorbei sein, denn Jan Spitzer betrat das Schwimmbad. Wenn er auftauchte, wurde es eng im Becken.

Spitzer war einer, der gern Aufmerksamkeit erregte und diese auch hartnäckig einforderte. Zum Beispiel war es ihm egal, dass das Becken nur 1,30 m Tiefe maß und nur für die Wassergymnastik gedacht war. Er sprang trotzdem gern vom Beckenrand.

Das Wasser war sein Element und darin ließ er sich von keinem abhalten. Nicht von seinen Ärzten und schon gar nicht von irgendwelchen Planschkühen.

Es kam Spitzer nicht in den Sinn, dass diese Bezeichnung eine Beleidigung gegenüber den Frauen darstellte.

In der Klinik gehörten sie fast alle dem älteren Semester an und passten eindeutig nicht in sein Beuteschema. Als Bewunderinnen waren sie allerdings immer noch gut genug.

Er schaute sich um, was heute so anwesend war und ein Anflug von Geringschätzigkeit erschien auf seinem Gesicht.

So wie an den meisten Abenden schwammen auch heute wieder dieselben Gestalten durchs 15 m lange Becken. Mehr oder weniger elegant hielten sie die Köpfe über Wasser und strampelten gemächlich von einer Seite zur anderen.

Spitzer entdeckte zuerst die drei Frauen von der *Bademantelgang*, wie sie sich selber gern nannten. Sie gehörten eindeutig nicht zu seinen Fans.

Egal, die würde er gleich mal mit einer kräftigen Arschbombe begrüßen und ihnen klar machen, dass es jetzt mit der Gemütlichkeit vorbei war.

Als nächstes sah er Marlies und Gudrun, deren Bewunderung ihm sicher war. Sie winkten ihm zu und Spitzer schenkte ihnen ein strahlendes Lächeln.

„Na Mädels, seid ihr bereit für etwas Wassergymnastik außer der Reihe?"

Im Stillen dachte er: *Euch scheuche ich gleich mal durchs Becken.*

Als letztes entdeckte Spitzer noch einen Mann. Das war so ein kleiner Dicker mit Halbglatze, also keine Konkurrenz für ihn. Den brauchte er nicht weiter zu beachten.

Seinen Körper mächtig in Szene setzend, schritt er die Länge des Beckens ab, warf Marlis aus seinem Fanclub ein paar, seiner Meinung nach, neckische Bemerkungen zu und nahm schließlich an einer Ecke Aufstellung. Die Arme in die Hüfte gestemmt und mit einem breiten Grinsen, fragte er herausfordernd in die Runde: „Darf ich springen?"

Natürlich wurde ihm das von keiner der anwesenden Frauen verweigert. Das trauten die sich nicht.

Planschkühe.

Spitzer wartete geduldig auf den passendsten Moment. Erst als die Mehrzahl der Frauen wieder in seine Richtung schwamm, sprang er.

Ein lautes Klatschen ertönte und das Wasser spritzte nach allen Seiten.

Das gefiel ihm.

Marlies setzte ihr übertrieben vorwurfsvolles Gesicht auf und drohte spielerisch mit dem Finger.

„Entschuldigung!", rief Spitzer lachend durch die Halle. Mit kraftvollen Stößen tauchte er nun diagonal durch das Becken. Es war ihm ein Leichtes, von einer Ecke zur gegenüberliegenden zu kommen, ohne zwischendurch Luft holen zu müssen. Dass er dabei gelegentlich unter den anderen Schwimmern hindurchtauchte, ließ ihn kalt. Er nahm die verkniffenen Gesichter und die unwilligen Blicke einfach nicht wahr.

Ganz anders Grießler, er bemerkte die Reaktionen sehr wohl. Sie kamen von den drei Frauen aus seiner Basisgruppe, Sandra, Gerti und Marzena.

Die ersten abfälligen Bemerkungen ließen nicht lange auf sich warten.

„Morgen setze ich meine Brille zum Schwimmen auf, ich verpasse ja die ganze Show", murmelte Sandra. Und Gerti erwiderte grinsend: „Ich warte darauf, dass er in dem flachen Wasser endlich mal einen Köpper macht."

„So viel Glück haben wir nicht", brummte Sandra verärgert. „Da müssten wir schon nachhelfen."

Grießler hatte absolutes Verständnis für die Mädels. Auch ihm ging das Imponiergehabe dieses selbsternannten Alphamännchens gehörig auf die Ketten.

Das abendliche Schwimmen war etwas, auf das er sich wirklich sehr freute.

Diese Freude war seit dem Auftauchen von Spitzer vor ein paar Tagen, empfindlich gestört worden.

Wieder ertönte ein lautes Klatschen, diesmal ohne Ankündigung und die Schwimmer drehten erschrocken die Köpfe in die Richtung des Geräuschs.

Das hatte Spitzer gewollt.

Für genau diese Reaktion hatte er mit den Händen aufs Wasser geschlagen und nun, da alle Blicke auf ihn gerichtet waren, stemmte er sich schwungvoll aus dem Wasser und kam auf dem Beckenrand zum Sitzen.

Was für ein Selbstdarsteller, dachte Grießler missmutig. Ehe er seine Bahn beendet hatte, war Spitzer schon wieder ins Wasser gesprungen. Zu fragen, hielt er inzwischen für überflüssig. Dafür erklang wieder sein selbstgefälliges „Entschuldigung".

Ohne auf eine Reaktion zu warten, wandte sich der Übeltäter wieder seinen treuen Anhängerinnen zu.

Die heutige Lektion lautete wohl: Wie spritze ich effektiv und nachhaltig!

Er demonstrierte seinen beiden Groupies, welches die beste Technik dafür war und Marzena bekam den ganzen Schwall Wasser ab.

„Pass doch auf, Mann! Das ist mega unangenehm!", rief sie, worauf Spitzer mit reumütiger Miene wieder zu seiner Lieblingsbemerkung ansetzte. Doch er kam nicht dazu. Sandra war gerade bei Marzena angelangt und fauchte ihn an.

„Spar dir deine Entschuldigung für deinen Therapeuten auf. Der braucht sie dringender, wenn er mit sowas wie dir zu tun hat."

Spitzer verschlug es für einen Moment die Sprache.

Hatte die Kuh das wirklich gesagt?

Er war es nicht gewohnt, Gegenwind zu kriegen. Im nächsten Moment entgegnete er mit gespieltem italienischem Dialekt: „Isch abe gar keinen Therapeuten."

„Schade für dich, besser für die Therapeuten", konterte Sandra augenblicklich.

Spitzer setzte eine übertrieben besorgte Miene auf, bevor er seine nächste Stichelei von sich gab.

„Hast du deine Entspannungstherapie heute verpasst oder warum bist du so aggressiv?"

Das, so hoffte er, würde diese Zicke endgültig zum Schweigen bringen. Sein Spruch bewirkte aber das Gegenteil bei Sandra.

„Findest du nicht, dass das Becken zu klein für dich ist?", konterte sie trocken. „Dein großes Ego kann sich hier böse den Kopf stoßen."

Spitzer machte einen Schritt auf Sandra zu und schaute verächtlich auf sie hinab.

„Geh du lieber ins Planschbecken, Kleine."

Sandra hatte mit gerade mal 1,52 m wirklich etwas Mühe, ihren Kopf über Wasser zu halten. Das ging eigentlich nur, wenn sie auf Zehenspitzen stand.

Normalerweise war ihr ihre Größe egal. Sie konnte herzlich über entsprechende Anspielungen lachen, wenn sie von den Mädels kamen und nahm sich deswegen auch gern selber mal auf die Schippe. Spitzers Äußerung jedoch war etwas ganz anderes und sie hatte nicht die Absicht, ihm das durchgehen zu lassen.

Sie hatte schon eine passende Antwort auf der Zunge, doch da schaltete sich Grießler ein.

„Jetzt halt mal den Ball flach, Junge. Wie wär's, wenn du dir jemanden aus deiner Gewichtsklasse zum Spielen suchst."

Einen kurzen Moment musterte Spitzer seinen neuen Widersacher und schien zu überlegen, ob es sich lohnte, etwas zu sagen. Er entschied sich dagegen. Vielleicht weil er von Grießlers Beruf wusste oder ihn schreckte dessen Narbe am Hals ab.

Er drehte sich jedenfalls ohne ein Wort um und schwamm zum anderen Ende des Beckens.

„Geh selber planschen, du Opfer!", brummte Sandra ihm nach. Ihre Stimme hatte einen gefährlichen Unterton, war aber so leise, dass es außer Grießler niemand hörte.

Für heute war ihnen das Schwimmen vergangen.

Grießler stieg langsam aus dem Becken, nahm den Bademantel vom Haken und ging auf die Umkleide zu.

Kurz vor der Tür drehte er sich noch mal um und sah, dass die drei Frauen es ihm gleichtaten.

Zurück blieben Marlies, Gudrun und Spitzer.

Eine halbe Stunde später schwamm nur noch Spitzer durchs Becken.

Seine beiden Anhängerinnen waren gegangen, natürlich nicht ohne ihn darauf hinzuweisen, dass er doch lieber rauskommen solle, wegen der Dreier-Regel im Schwimmbad.

Natürlich kannte er diese Regel.

Man durfte nur zu dritt schwimmen gehen, damit im Notfall einer Hilfe leisten und der andere Hilfe holen konnte.

Er fand das total übertrieben. Schließlich hatte er eine Ausbildung zum Rettungsschwimmer. Gut, das war schon ein paar Jahre her, vor seiner Erkrankung, doch was sollte ihm in diesem Nichtschwimmerbecken schon passieren.

Deshalb nahm er den Hinweis des Arztes, es mit dem Schwimmen nicht zu übertreiben, auch nicht so genau.

Spitzer pisste auf Regeln, vor allem wenn sie ihn einschränkten. Doch das sagte er natürlich nicht.

Freundlich winkte er den Frauen zu und rief: „Schon gut, da kommt gleich noch wer dazu."

Sie glaubten ihm zwar nicht, zuckten aber nur mit den Schultern. Er war schließlich alt genug.

Laut prustend schwamm Spitzer durch das Becken. Jetzt hatte er es für sich allein.

Er tauchte hindurch, stemmte sich nach oben und ließ sich genüsslich wieder reinfallen. Das machte er ein paar Mal, ohne auf das zu achten, was ihn umgab.

So auf sich fokussiert, bemerkte er deshalb nicht, wie die Tür der Umkleide leise geöffnet wurde und sich jemand dem Becken näherte.

Erst bei der nächsten Wende erblickte er die Gestalt am Beckenrand. Langsam schwamm er auf sie zu.

„Was willst du denn hier? Willst du in den Klamotten schwimmen gehen?"

Er bekam keine Antwort.

„Auch gut, es gibt sowieso nichts mehr zu reden", sagte er mehr zu sich, als zu der Person, die ihn mit ausdruckslosem Gesicht ansah.

Spitzer nahm einen tiefen Atemzug, drückte eine Taste auf seiner Taucheruhr und ließ sich nach unten sinken. Er konnte ziemlich lange die Luft anhalten. Vielleicht verstand die Arschgeige ja den Wink mit dem Zaunpfahl und war verschwunden, wenn er wiederauftauchte.

Gerade mal eine Minute war vergangen, als sich das Licht von oben immer mehr verdunkelte.

Sollte ihm das etwa Angst machen?

Sofort überkam ihn der Drang zu lachen, unter Wasser keine gute Idee.

Zum Lachen hätte er auch keinen Grund gehabt, denn etwas Schweres legte sich plötzlich auf seine Schultern und drückte ihn auf den Grund des Beckens.

Spitzer versuchte, mit den Händen nach dem zu greifen, was ihn unten hielt.

Es gelang ihm, etwas zu ertasten, aber nicht, es zu packen.

Er ahnte mehr als dass er wusste, was da auf seinen Schultern lastete und das ließ sein Blut gefrieren.

Eine Stange mit einem T-förmigen Ende war es. Er kannte das Ding, damit konnte man Sachen aus dem Becken fischen.

Scheiße! Diese Drecksau! Dich mach ich fertig!

Mit ein paar kräftigen Beinschlägen versuchte er, dem Klammergriff zu entkommen, vergeblich. Wenn er weiter weg vom Rand gewesen wäre, hätte er vielleicht eine Chance gehabt, aber so hielt die Stange ihn senkrecht nach unten gedrückt und alles Strampeln nützte nichts. Es kostete nur Kraft und Luft.

In seiner Verzweiflung wollte er sich mit den Händen von der Beckenwand abstoßen. Er lag aber so unglücklich, dass er nur eine Hand komplett gegen die Fliesen pressen konnte. Von der anderen Hand erreichten gerade mal die Fingerspitzen ihr Ziel.

Jetzt stieg Panik in ihm auf.

Er spürte, wie ihm die Luft ausging. Seine Lungen brannten wie Feuer. Das Dröhnen im Kopf wurde immer lauter. Der Drang, den Mund zu öffnen, war kaum noch zu unterdrücken.

Das Letzte was ihm einfiel, war, sich leblos zu stellen und zu hoffen, dass der Druck von oben nachließ. Alles was er brauchte, war ein einziger Augenblick.

Er ließ seinen Körper erschlaffen. Arme und Beine hörten auf zu zappeln und der Kopf sank herab.

Es war ein verzweifelter Versuch und er misslang. Bevor er aufgab und den Mund öffnete, hatte er sogar das Gefühl, dass der Druck sich noch verstärkte.

Von den Lippen nicht länger gehalten, strömte die wenige noch vorhandene Luft aus der Lunge. Die Blasen stiegen

23

um seinen Kopf herum nach oben, um an der Wasseroberfläche zu zerplatzen.

Spitzer hätte noch mindestens zwei Minuten länger die Luft anhalten müssen, um zu spüren, wie die Stange von seinen Schultern genommen wurde. Aber das war ihm nicht mehr vergönnt.

Vom Druck der Stange befreit, trieb er langsam nach oben und seine Uhr zeigte durch ein Piepen das Ende des Tauchgangs an.

Vom Beckenrand sah die Gestalt immer noch mit ausdruckslosen Augen auf ihn herab, genoss die Stille des Schwimmbades und lächelte.

Die Stange kam zurück an ihren Platz, das Licht erlosch vollends und nach ein paar leisen Schritten war Spitzer wieder allein im Schwimmbad, endgültig.

Drei

Grießler schreckte hoch, wieder aus einem Alptraum. Diesmal hatte er auf einer Trage im Rettungswagen gelegen und keine Luft bekommen. Doch das war nicht das Schlimmste gewesen. Niemand hatte sich um ihn gekümmert.

Sanitäter und Notarzt standen mit dem Rücken zu ihm und beachteten ihn nicht. Nur das Blaulicht warf sein kaltes, beängstigendes Licht auf ihn. Er wollte rufen, doch so sehr er sich auch anstrengte, es kam nur ein tonloses Krächzen aus seinem Mund.

Er würde ersticken, war der Gedanke, mit dem er schweißgebadet erwachte.

Nach ein paar schnellen Atemzügen realisierte er, wo er wirklich war: In seinem Zimmer, im Bett, in Sicherheit. Gerade als er sich zu beruhigen begann, bemerkte er etwas, das erneut Panik in ihm aufsteigen ließ.

Durch sein Fenster drang ein blauer Lichtschein, genau wie der aus seinem Traum.

Instinktiv sah er auf die Uhr. Es war 5:27 Uhr.

Er ging zum Fenster.

Von dort konnte er den Haupteingang sehen. Und was er sah, kam ihm sehr vertraut vor.

Ein Rettungswagen mit Blaulicht stand vor der Tür zur Klinik und direkt dahinter noch zwei Streifenwagen.

Das ließ nichts Gutes erahnen.

Auch an den Fenstern gegenüber sah er nun, wie die ersten Gestalten auftauchten und neugierig die Köpfe reckten.

Immer mehr Fenster wurden hell. Ein solcher Aufmarsch an Polizei und Rettungskräften lockte natürlich Schaulustige an.

Die Klinikbewohner, deren Zimmer keine Sicht auf den Eingang bot, kamen in die Eingangshalle und standen in kleinen Gruppen heftig diskutierend herum.

Inzwischen schien die ganze Klinik munter zu sein.

Grießler wollte sich schon abwenden, als zwei weitere Fahrzeuge auftauchten, ein PKW und ein Kleintransporter. Bei dem PKW vermutete Grießler, dass es sich um ein Zivilfahrzeug der Polizei handelte. Die Aufschrift des Transporters war indes eindeutig.

Da stand gut lesbar: *Spurensicherung Brandenburg.*

Grießler drehte sich vom Fenster weg.

Wenn die hier auftauchten, konnte das nur eins bedeuten: Es war ein Verbrechen passiert.

Eine merkwürdige Unruhe erfasste ihn. Es war, als würde sein Verstand ganz automatisch beginnen zu arbeiten.

Etwas in ihm wurde durch beim Anblick des Polizeiaufgebots vor der Klinik in Gang gesetzt.

Etwas, das ihm in all den Jahren seiner Arbeit in Fleisch und Blut übergegangen war.

Er wusste nur zu gut, was jetzt da unten abging.

Er hörte die Anweisungen förmlich, so als würde er dabei sein. Nur dass er in diesem Fall eben nicht dabei war. Er gehörte nicht zu den Leuten da unten. Was da passierte, ging ihn nichts an.

Grießler schaute auf sein Bett. Noch mal hinlegen lohnte sich nicht mehr.

Er wollte gerade ins Bad verschwinden, als es an der Tür klopfte. Mit einem resignierenden Brummen sank sein Kopf auf die Brust. Sich schlafend zu stellen, machte wohl keinen Sinn. Also blieb ihm nichts weiter übrig, als die Tür zu öffnen.

Irgendwie hatte er schon so eine Ahnung, was jetzt kam und richtig.

Sandra und Gerti standen in hastig übergeworfenen Sportklamotten vor ihm und starrten ihn fassungslos an.

„Hast du etwa noch geschlafen?", fragte Sandra leicht vorwurfsvoll.

Grießler sah an sich herab. Natürlich, er trug ja noch seinen Pyjama.

Bevor er etwas erwidern konnte, ergriff Gerti die Initiative.

„Du glaubst ja nicht, was passiert ist."

„Was denn?", fragte er halbherzig. „Ist Spitzer im Planschbecken ertrunken?"

Die Frauen fuhren erschrocken zurück.

„Du weißt es schon? Woher weißt du das denn schon?" Gertis Stimme überschlug sich fast.

„Das war ein Scherz", gab Grießler zurück, doch Gerti pumpte wie ein Maikäfer.

Sandra legte ihr beruhigend die Hand auf die Schulter.

„Beruhige dich, Gerti. Denk an deinen Blutdruck. Klar weiß er es schon. Hast du vergessen, dass er bei der Kripo ist?"

Grießler raufte sich innerlich die Haare. Hätte er doch bloß nichts gesagt, aber das war nicht zu vermeiden gewesen. Schon beim ersten *Stuhlkreis* hatte es eine

Vorstellungsrunde gegeben und damit war die Katze aus dem Sack gewesen. Grießlers Hoffnung, dass sein Beruf abschreckend wirken würde, hatte sich leider nicht erfüllt. Im Gegenteil.

„Mädels, ich weiß gar nichts. Ich bin nämlich bei der Kripo Magdeburg und die ist in Brandenburg nicht zuständig. Also, was ist denn nun passiert?"

Sandra riss die Augen weit auf.

„Willst du uns verarschen? Du hast es doch eben selber gesagt. Spitzer ist ertrunken!"

Sein Scherz war keiner gewesen?

Grießler beschlich ein ungutes Gefühl. Wenn Spitzer wirklich ertrunken war, dann natürlich im Schwimmbad und das hieß, er und die Frauen gehörten zu denen, die ihn mit als Letzte gesehen hatten.

„Ich werde mich mal anziehen. Wir treffen uns unten in der Cafeteria."

Gerti öffnete noch den Mund zu einer Erwiderung, doch Grießler schloss die Tür vor ihrer Nase und die Erwiderung blieb ungesagt.

Während er sich für den Tag fertigmachte, versuchte Grießler die sofort auftauchenden Gedanken fernzuhalten, doch das gelang ihm nicht besonders gut.

Spitzer und ertrunken?

Das war doch nicht möglich. Der Mann mochte ja seine Schwächen gehabt haben, aber nicht schwimmen zu können, gehörte eindeutig nicht dazu.

Dann fiel ihm etwas ein. In der Klinik gab es nicht nur eine psychosomatische Abteilung, sondern auch eine kardiologische und Spitzer war doch Patient auf der Kardiologie gewesen. Simpel ausgedrückt bedeutete das, dass er was am Herzen gehabt haben musste. Nun sah die Sache schon ganz anders aus.

Grießler schüttelte ärgerlich den Kopf.

Jetzt hatte er sich doch tatsächlich von den Mädels anstecken lassen. Wenn die glaubten, dass er sich da einmischen würde, dann hatten sie sich geirrt. Das würde er ihnen schon klar machen.

Nochmal, das ging ihn nichts an!

Die Brandenburger Kollegen hatten sicher alles im Griff und auf Einmischung, selbst von einem Kollegen, reagierte man überall nicht besonders freundlich.

Sandra und Gerti warteten nicht in der Cafeteria. Von dort konnte man nämlich nichts sehen. Sie standen am Fuß der Treppe in die Eingangshalle und Grießler stieß gerade zu ihnen, als eine Bahre mit einem Leichensack in Richtung Schwimmhalle gefahren wurde.

Direkt dahinter kamen die Leute von der Spurensicherung in ihren Ganzkörperanzügen.

Neben der Eingangstür entdeckte Grießler den Klinikchef, Dr. Wagner. Den kannte er bisher nur von Fotos, auf denen er stets freundlich und verbindlich lächelte. Von dem strahlenden Lächeln war jetzt nichts zu sehen.

Zwei Zivilbeamte traten gerade an ihn heran, wiesen sich aus und verschwanden mit ihm in Richtung Verwaltung.

Schon nach kurzer Zeit kam einer in Begleitung eines Arztes, dessen Name Grießler nicht einfiel, wieder zurück. Beide durchschritten die Halle in dieselbe Richtung wie kurz zuvor die Kriminaltechniker.

Grießler fragte sich gerade, was er eigentlich hier unten wollte, als ihm jemand auf die Schulter tippte.

Es war Sandra.

„Willst du nicht mal hingehen und fragen?"

„Und was soll ich fragen? Wie spät es ist?"

Sandra war nicht beleidigt, eher belustigt.

„Ach komm schon, Sören. Es muss dich doch in den Fingern jucken."

„Sandra, ich bin hier, weil es mich gerade nicht in den Fingern juckt, wenn ich sowas sehe."

Sofort legte sich auf Sandras Gesicht dieser besorgte Ausdruck, den er schon einige Male bei ihr bemerkt hatte.

„Tut mir leid, Sören. Das war nicht so gemeint. Ich dachte nur … bist du denn gar nicht neugierig, was mit Spitzer passiert ist?"

„Das werden wir noch früh genug erfahren, befürchte ich. Also ich brauch' jetzt einen Kaffee."

„Frühstück gibt's erst in einer Stunde", schaltete sich Gerti halbherzig ein. Ihre ganze Aufmerksamkeit galt nämlich den zwei Polizisten, die den Durchgang zum Sportbereich mit Flatterband absperrten. „Oder willst du einen aus dem Automaten?"

„Nein danke, ich brühe mir Kaffee in der Teeküche auf. Wenn ihr auch einen wollt, müsst ihr mitkommen. Hier unten wird vorläufig nichts mehr passieren."

Entschlossen stieg Grießler nach oben. Mit einem tiefen Seufzer folgten Sandra und Gerti ihm schließlich, was Grießler zum Schmunzeln brachte.

Die Teeküche in der zweiten Etage lag verwaist da. Kein Wunder, außer ihnen waren alle viel mehr daran interessiert, etwas zu sehen oder zu hören, was die Anwesenheit der Polizei genauer erklärte.

Sandra und Gerti setzten sich an den einzigen Tisch in der Mitte des Raumes und Grießler brühte Kaffee auf. Während er das braune Pulver in drei Kaffeetöpfe verteilte und wartete, dass das Wasser kochte, nutzte er die Zeit, um den Frauen ein paar Fragen zu stellen.

„Woher wisst ihr denn, dass jemand ertrunken ist?"

Sandra übernahm sofort das Antworten.

„Von Pfleger Dietmar. Ich bin vom Blaulicht aufgewacht und auf den Flur gegangen. Pfleger Dietmar und Schwester Marion standen an der Treppe und da hab' ich gefragt."

„Und?"

„Dietmar hat gesagt, dass es im Schwimmbad einen Unfall gegeben hat und dass jemand ertrunken sein soll."

„Hat er gesagt, dass es Spitzer ist?"

Sandra zögerte, worauf Gerti sich einschaltete.

„Nein, das war Dr. Michalski. Der kam gerade aus der Kardiologie rüber." Das war der Name des Arztes gewesen, der Grießler vorhin nicht eingefallen war.

Mit *rüberkommen* hatte Gerti den offenen Verbindungsgang gemeint, der sich oberhalb der

Eingangshalle wie eine Brücke von der Kardiologie Station zur Station der Psychosomatik spannte. Auf diesem Weg gelangte man schnell von einem Trakt zum anderen, ohne den Umweg über die Halle machen zu müssen.

Grießler überlegte laut.

„Michalski muss Frühdienst haben, wenn er jetzt schon hier ist. Er ist Arzt auf der Kardiologischen und Spitzer war sein Patient. Er könnte ihn identifiziert haben."

Sandra stöhnte auf.

„Oh Mann, wenn ich dran denke, dass ich mich gestern Abend mit Spitzer gestritten habe."

„Na und?", fiel ihr Gerti ins Wort. „Ich hab' mir gewünscht, dass er einen Köpper macht und sich den Hals bricht."

Bevor die Sache eskalierte, ging Grießler dazwischen.

„Dann wollen wir mal hoffen, dass er wirklich nur ertrunken ist und dass ihr beide kein Alibi braucht?"

„Was heißt hier Alibi? Nur weil wir ihm die Pest an den Hals gewünscht haben, bringen wir ihn doch nicht gleich um!"

Sandra klang besorgter als sie es wollte und Grießler versuchte, sie zu beruhigen. Er stellte die Kaffeetassen auf den Tisch und setzte sich dazu.

„Also, erstens war das ein Witz und zweitens gehen wir mal vorerst von einem Unfall aus. Nicht immer gleich das Schlimmste denken."

„Schon klar, glaube nicht alles, was du denkst. Aber an deinen Witzen musst du noch arbeiten."

Für die nächsten Minuten war es still.

Alle drei saßen gedankenversunken über ihre Tassen gebeugt.

„Was, wenn es doch kein Unfall war?"

Gerti konnte nicht anders, sie sah sofort erst mal schwarz.

„Dann wird die Kripo uns bestimmt noch befragen, weil wir ihn wahrscheinlich mit als letzte gesehen haben."

„Auch das noch. Mir ist jetzt schon schlecht. Wenn Spitzer ermordet wurde, dann bedeutet das doch, dass hier ein Mörder rumläuft."

Gerti sah wirklich nicht gut aus. Ihr Blutdruck war bestimmt wieder jenseits von Gut und Böse. Beruhigend tätschelte Sandra ihr die Hand und Grießler ruderte lieber etwas zurück.

„Mädels, das sind doch wirklich alles nur Vermutungen und die helfen keinem. Ich schlage vor, wir lassen die Leute da unten ihre Arbeit machen. Die wissen schon, was sie zu tun haben."

Sandra gab nicht auf.

„Du könntest trotzdem wenigstens deine Hilfe anbieten. Sind doch so gut wie deine Kollegen."

Jetzt verlor Grießler langsam die Geduld. Seine Antwort klang entsprechend unwirsch.

„Das Letzte, was die brauchen, ist die Hilfe eines traumatisierten Kollegen, der hier Patient ist, Sandra."

Eine mögliche Antwort nicht abwartend, stand Grießler auf und verließ die Teeküche ohne seinen Kaffee.

„Was hab' ich denn gesagt?", murmelte Sandra.

Sie hatte eigentlich mehr zu sich selber gesprochen, doch Gerti antwortete.

„Lass ihn in Ruhe. Du weißt doch, was passiert ist."

„Ja, natürlich. Aber wäre es da nicht gut, wenn er mal mit den Kripo-Leuten spricht. Das wäre doch ein guter Test. Man soll doch gegen seine Angst angehen. Kriegt ihr das nicht immer in der Angst-Gruppe gesagt?"

„Hör auf, die Therapeutin zu spielen, Sandra. Wenn du unbedingt jemanden betreuen willst, dann nimm Marzena. Die freut sich wenigstens darüber."

Sandra verdrehte gespielt die Augen. Marzena konnte wirklich sehr anhänglich sein.

„Ich meine ja nur, wenn ich bei der Kripo wäre, dann würde ich die Kollegen da unten wenigstens wissen lassen, dass ich auch vom Fach bin und meine Hilfe anbieten."

„Du bist aber nicht bei der Kripo und in unserer Angst-Gruppe bist du auch nicht. Also behalte deine Ratschläge für dich. Und komm bloß nicht auf die Idee, Miss Marple zu spielen."

Sandras Gesicht zeigte ein breites Grinsen, als sie antwortete: „Na, wenn schon, dann lieber Mrs. Fletcher." Von der Tür hinter ihnen ertönte plötzlich Grießlers Stimme.

„Ich wette, Amateurdetektive sind hier genau so beliebt wie bei uns, nämlich gar nicht. An deiner Stelle wäre ich sehr vorsichtig. Wenn du dich einmischst und anfängst rumzuschnüffeln, machst du dich höchstens verdächtig." Mit diesen Worten griff er nach seiner Kaffeetasse, die er vergessen hatte und ging wieder.

„Er hat Recht, Sandra", Gerti stand nun auch auf. „Ich weiß, du meinst es gut, aber das ist wirklich eine Nummer zu groß für dich. Also ich gehe jetzt Marzena wecken und dann treffen wir uns beim Frühstück."

Sandra blieb allein am Tisch zurück. Sie starrte in ihre Tasse, als würde sie eine geheime Botschaft im Kaffeesatz vermuten.

Mit einem Seufzer erhob sie sich schließlich.

Dann eben nicht, dachte sie.

Obwohl, niemand konnte ihr verbieten, Augen und Ohren offen zu halten. Ihre Miene hellte sich schlagartig auf.

Frühstück war gar keine schlechte Idee.

Wo, wenn nicht im Speisesaal, würde die Gerüchteküche brodeln?

Und da Gerti sich um Marzena kümmern wollte, blieb ihr selber noch genug Zeit, um ein bisschen *rumzuschnüffeln*.

Vier

Es war so, wie Sandra es vermutet hatte, im Speisesaal wurde leise aber heftig diskutiert. Es war also nicht schwierig, unauffällig einige Gesprächsfetzen aufzuschnappen, während sie am Buffet anstand.

Da war natürlich von Herzanfall die Rede, aber es gab auch schon erste vorsichtige Vermutungen, es könnte ein Verbrechen gewesen sein.

Sandra war enttäuscht.

Soweit waren sie selber schon gekommen.

Das half gar nicht. Besonders, weil dieses Gerede nur der Fantasie einiger Mitpatienten entsprang. Sie brauchte Informationen aus verlässlicher Quelle, also der Polizei. Doch die hatte hier niemand.

Sichtlich unzufrieden setzte Sandra sich an einen Tisch. Gerti kam dazu und sie hatte Marzena im Schlepptau. So lustlos wie sie aussah, lag die Vermutung nahe, dass sie gerade erst geweckt worden war und tatsächlich. Gerti machte eine Kopfbewegung zu Marzena hin und sagte: „Die hat doch tatsächlich noch geschlafen, kannst du dir das vorstellen?"

Gertis Bemerkung perlte an Marzena ab wie Wasser. Antriebslos kratzte sie die Butter auf ihr Knäckebrot, trank einen Schluck Tee, reagierte aber nicht auf Gertis Vorwurf.

Sandra schüttelte den Kopf.

„So gut möchte ich auch mal schlafen können."

„Ich habe nicht gut geschlafen", kam es jetzt von der Polin. „Ich lag die halbe Nacht wach und bin erst gegen 3 Uhr eingeschlafen."

„Was machst du die ganze Zeit, wenn du nicht schlafen kannst?", fragte Gerti.

„Puzzeln."

„Echt jetzt? Puzzeln?" Gerti schaute fassungslos auf ihre Nachbarin.

„Es gibt nur eins, was noch langweiliger ist als puzzeln. Zugucken beim Puzzeln."

Sandra lachte laut und legte gleich nach.

„Vielleicht puzzelt sie ja, weil es so langweilig ist. Sie hofft, dass sie müde davon wird." Sie drehte sich zu Marzena und sprach sie direkt an.

„Sag mal, warum machst du nicht den Schlafentzug mit. Das soll helfen bei Schlafproblemen. Ich habe mich angemeldet und Sören macht auch mit. Von morgen früh bis übermorgen Abend, 37 Stunden nicht schlafen. Kannst dich noch anmelden."

Marzena sah auf und antwortete: „Das haben die mir auch schon vorgeschlagen. Ich weiß nicht. Das ist bestimmt mega anstrengend."

Sandra ließ nicht locker.

„Aber das wird toll. Wir können nach Berlin reinfahren und was unternehmen. Mensch Marzena, stell dich nicht so an."

„Und wenn ich das nicht schaffe, so lange wach zu bleiben."

„Keine Bange, dafür sorge ich schon. Erst machen wir Berlin unsicher und dann spuken wir durch die Klinik. Dein Puzzle machen wir auch fertig, wenn du willst."

Marzena sah nicht so aus, als ob Sandras Argumente sie überzeugt hätten, aber sie meinte zaghaft: „Also gut, ich überleg es mir."

„Was überlegst du dir?"

Die Frage kam von Grießler, der gerade sein Tablett auf den Tisch stellte.

„Marzena macht den Schlafentzug mit, Sören", verkündete Sandra.

Grießler schaute die Polin ungläubig an.

„Wirklich?"

Ein leichter Ton von Enttäuschung schwang in seiner Stimme mit.

Eigentlich hatte Grießler vorgehabt, den Schlafentzug zu cancelen. Jetzt, wo sie zu dritt waren, ging das nicht mehr, ohne dass er sich zum Spielverderber machen würde.

Marzena zuckte nur hilflos mit den Schultern. Für Sandra war es eine abgemachte Sache.

„Das wird ein Spaß, wir drei spielen: *Schlaflos in der Reha.*"

Zur Bekräftigung ihrer Aussage klatschte Sandra in die Hände.

Grießler verzog das Gesicht.

„Soweit ich weiß, geht das vielen hier so, aber keiner würde auf die Idee kommen, ein Event daraus zu machen, außer dir."

Ehe Sandra etwas dazu sagen konnte, trat ein Patient aus ihrer Basisgruppe an den Tisch und raunte ihnen zu: „Habt ihr schon gehört? Im Schwimmbad haben sie eine Leiche gefunden. Das war bestimmt Mord."

Natürlich sprang Sandra sofort darauf an.

„Mord? Weißt du das genau? Er könnte doch auch ertrunken sein? Hast du was anderes gehört?"

„Na, was man so hört. Soll ein junger, kräftiger Kerl gewesen sein. Der war von Beruf Personal Trainer, also bestimmt kerngesund. So einer ertrinkt doch nicht und schon gar nicht in so einem Planschbecken."

Der selbsternannte Experte nickte mehrfach, um die Einschätzung zu unterstreichen, dann ging er weiter. Auch andere Patienten sollten an seinem Wissen teilhaben.

„Dann ist der Fall ja klar", brummte Grießler unwirsch. „Bis Mittag hat er bestimmt auch den Mörder überführt. Ihr seht, meine Hilfe wird gar nicht mehr gebraucht."

Nach diesem ironischen Fazit machte sich Grießler still über sein Frühstück her. Die Frauen blieben zum Glück schweigsam.

Erstaunlicherweise schienen die Ereignisse sich nicht auf den Klinikalltag auszuwirken. Die Schwimmhalle war zwar abgesperrt worden, aber alle anderen Räumlichkeiten im Sporttrakt konnten genutzt werden. Also fanden mit Ausnahme der Wassergymnastik auch alle sportlichen Therapien statt.

Eins war allerdings auffällig. Noch nie hatte man so viele Patienten im Walkingschritt über das Freigelände der Klinik laufen sehen, wie an diesem Tag. Besonders stark wurde die Laufstrecke genutzt, die an der Schwimmhalle vorbeiführte. Sportlich gesehen war das eine gute Idee. Die allgemein vorherrschende Neugier kam dabei jedoch nicht auf ihre Kosten. Sichtwände versperrten jedem Unbefugten den Blick.

Das musste auch Sandra erkennen, die sich nach dem Frühstück unter die Läufer gemischt hatte.

Nachdem dieser Versuch der Informationsbeschaffung ebenfalls gescheitert war, blieb ihr ohnehin nichts weiter übrig, als die *Ermittlung* vorerst einzustellen.

Ihr heutiger Therapieplan war voll bis obenhin. Arbeitsgruppe, Ergotherapie, Bewegungstherapie und ein Vortrag. Da blieb keine Zeit für was auch immer.

Aber so schnell würde sie nicht aufgeben.

In jeder Therapiegruppe kam sie mit anderen Patienten zusammen. Irgendwer würde vielleicht etwas wissen.

Grießlers Vormittag war ebenfalls gut ausgefüllt mit Behandlungen.

Gerade jetzt saß er mit geschlossenen Augen in einem Stuhl und übte Progressive Muskelentspannung. Er konzentrierte sich auf die angenehme Stimme der Therapeutin, Frau Ruhsam, und ihre leisen Anweisungen. Es gelang ihm erstaunlich gut, runterzukommen.

Im Gegensatz zu Sandra machte er sich kaum Gedanken über den Vorfall. Wozu auch? Er wusste doch, wie die Polizei in solchen Fällen vorging. Da war nichts Aufregendes dabei.

Der Leichnam würde gerichtsmedizinisch untersucht werden, der Tatort war Angelegenheit der

Spurensicherung und die Ermittler kümmerten sich um den Background des Toten.

Sollte sich herausstellen, dass Spitzer einem Verbrechen zum Opfer gefallen war, würden in der Klinik natürlich auch Leute befragt werden, vordringlich die behandelnden Ärzte und Therapeuten. Ob man dann noch Patienten befragen würde, war zweifelhaft. Zeugenbefragungen waren zeitaufwendig und brachten nur selten wichtige Erkenntnisse.

Je mehr Grießler darüber nachdachte, umso weniger rechnete er damit.

Nun war er doch mit den Gedanken abgeschweift und hatte die letzte Anspannungsübung gar nicht mitbekommen. Er hörte nur noch die abschließenden Worte: „Und mit der nächsten Ausatmung lassen Sie los!"

Nur wenige Minuten später musste Grießler erkennen, dass seine Einschätzung in einem Punkt falsch gewesen war.

Vor der Tür des Therapieraums stand Schwester Marion mit der Nachricht, dass er sich auf Station im Schwesternzimmer melden sollte.

Dort wartete einer der Kripo-Beamten auf ihn.

Er stellte sich als Hauptkommissar Frank König vor und entschuldigte sich zunächst bei Grießler für die Unterbrechung seiner Behandlung.

Grießler murmelte etwas von „Kein Problem" und setzte sich.

„Ich weiß, Sie sind ein Kollege", begann König. „Ich muss Ihnen also nicht erklären, wie das hier abläuft."

Natürlich wusste Grießler Bescheid. Und er wusste auch, dass ein normaler Zeuge jetzt schon angefangen hätte, zu reden oder zu fragen. Grießler stattdessen nickte nur und schwieg.

Das Schmunzeln Königs verriet ihm, dass der mit keiner anderen Reaktion gerechnet hatte.

Grießler wartete auf die erste Frage und schon kam sie.

„Wissen Sie was geschehen ist?"

„Es wurde eine Leiche gefunden, im Schwimmbad."

König nickte leicht und fuhr fort.

„Hat sich schnell rumgesprochen, was?"

„Das Blaulichtgewitter war nicht zu übersehen."

„Ja, schon klar. Was wird denn sonst noch so geredet, Herr Kollege?"

„Sind Sie wirklich an Gerüchten interessiert?" Grießlers Frage war durchaus ernst gemeint.

„Normalerweise nicht, aber wir stehen ja auch noch ganz am Anfang. Bisher liegt noch keine Bestätigung vor, ob es ein Unfall oder ein Verbrechen war."

Damit verriet König nichts, was Grießler nicht auch so klar war. Die genaue Todesursache würde erst nach der Obduktion klar sein und solange die Todesursache nicht feststand, war jede Befragung nur ein Schuss ins Blaue.

Grießler beschloss, dem Kollegen den Gefallen zu tun und die Frage zu beantworten.

„Es heißt, dass der Tote ein Patient war, Jan Spitzer."

Wieder nickte König und ließ Grießler weiterreden.

„Spitzer war Patient auf der Kardiologie, da gehen die Gerüchte von Herzanfall bis Mord. Mehr weiß ich auch nicht."

Jetzt blickte König ihn zum ersten Mal direkt an.

„Na, ein bisschen mehr wissen Sie schon, oder? Zum Beispiel, dass Spitzer gestern Abend in der Schwimmhalle war, zur selben Zeit wie Sie."

„So, wie ein paar andere Patienten auch."

„Richtig", ruderte König etwas zurück. „Das sollte kein Vorwurf sein. Es ist aber der Grund, weshalb ich Sie sprechen wollte, Herr Grießler."

Grießler registrierte, dass er eben vom Kollegen zu Herrn Grießler geworden war, maß dem aber nicht zu viel Bedeutung bei.

„Was konkret interessiert Sie denn? Wer außer mir noch dort war, wissen Sie ja sicher schon."

Natürlich wusste König das.

Jeder Patient erhielt zu Beginn der Reha einen Bogen mit Aufklebern. Auf diesen Klebchen waren Aufnahmedatum, Name, und ein Barcode aufgedruckt.

Wenn sich ein Patient außerhalb des Therapieplans sportlich betätigte, z.B. die Schwimmhalle nutzte, klebte er einen dieser Aufkleber auf die dafür ausgelegten Zettel.

Das geschah nicht nur aus dem Grund, dass man wissen wollte, wie aktiv der Patient war. Es hatte natürlich auch wirtschaftliche Gründe.

Durch die Klebchen hatte die Kripo natürlich sofort nachvollziehen können, wer am Abend außer Spitzer noch beim freien Schwimmen gewesen war.

„Ja, wir wissen, wer noch da war", antwortete König.

„Von Ihnen erhoffe ich mir eine Auskunft darüber, ob es sich lohnen könnte, mit jemandem aus diesem Personenkreis zu reden und wenn ja, mit wem."

Mit einem nachdenklichen Gesichtsausdruck versuchte Grießler Zeit, zu schinden. Die Frage, die er sich gerade selber stellte, war die, ob er König von dem Streit erzählen sollte.

Als Patient und Zeuge war die Antwort darauf ein klares Ja. Als Kriminalbeamter sah das ganz anders aus. Seiner Meinung nach war der Streit nicht relevant, denn er hielt keine der Frauen, die gestern im Schwimmbad gewesen waren, für fähig, einen Mord zu begehen.

Aber er kannte sie ja auch und König nicht. Es war ja möglich, dass der die Geschichte in den falschen Hals bekam. Das wiederum konnte dazu führen, dass er sich zu sehr auf eine falsche Spur konzentrierte und die echte übersah.

Wenn Grießler ihm die Sache also verschwieg, dann tat er ihm eigentlich einen Gefallen.

Und überhaupt, es konnte sich immer noch herausstellen, dass es ein Unfall war.

Er sah langsam auf und antwortete ohne zu zucken: „Ich wüsste nicht, wer Ihnen von den Leuten aus der Schwimmhalle etwas anderes erzählen könnte, als ich."

„Na, dann legen Sie mal los!"

Das tat Grießler auch.

Dabei bemühte er sich, den Ablauf des Abends beim Schwimmen so wertungsfrei wie möglich zu schildern.

Wer wann gekommen und wieder gegangen war, gehörte dazu.

König machte sich eifrig Notizen.

Grießler konnte natürlich Spitzers arrogantes Auftreten nicht ganz unter den Tisch fallen lassen. Mit diesem Macho-Gehabe war er ja auch sonst in Erscheinung getreten. Er erwähnte auch, dass Spitzer den Frauen gern eine extra Therapiestunde in Form von Wassergymnastik angedeihen ließ.

Königs Mimik zu folge, wusste der bereits davon.

Als Grießler mit seiner Schilderung fertig war, blickte König für eine Frage kurz von seinen Notizen auf.

„Machte es auf Sie den Eindruck, als ob Herr Spitzer mit einer der gestern anwesenden Frauen näher bekannt war, Herr Kollege?"

Jetzt war er also wieder zum Kollegen avanciert. Grießler schmunzelte in sich rein.

Er schüttelte den Kopf, gab aber noch zu bedenken: „Ist aber schwer einzuschätzen, da es hier unter den Patienten üblich ist, sich zu duzen."

„Ja leider und das macht es uns nicht gerade leicht", kam es mit einem Anflug von Bedauern von König. „Haben Sie in Punkto Spitzer sonst noch etwas bemerkt, was uns helfen könnte?"

„Nein. Ich hatte weiter keinen Kontakt zu ihm. Er war als Patient der Kardiologie nicht mit uns Psychosomatikern zusammen."

„Ich gehe mal davon aus, dass Sie mir sagen würden, wenn Sie etwas wüssten, über einen Streit zum Beispiel."

Diese letzte Frage hätte jeden anderen zum Schwitzen gebracht, aber nicht Grießler. Für ihn stocherte König nur ein bisschen im Nebel. Von dem Geplänkel gestern wussten nur er und die Frauen und von denen war noch keine befragt worden.

Was Grießler aber langsam stutzig machte, war die Tatsache, dass König offenbar schon nach einem Motiv für ein Verbrechen suchte, obwohl noch gar nicht feststand, dass es eins gegeben hatte.

Er beschloss, nun doch den Spieß umzudrehen.

„Wieso das Interesse an Spitzers Umgang und eventuellen Streitigkeiten zu so einem frühen Zeitpunkt? Das Ergebnis der Obduktion kriegen sie doch frühestens morgen. Für mich hört sich das so an, als ob Sie schon Anhaltspunkte für etwas anderes als einen Unfall haben."

Grießler sah König an, dass er mit sich kämpfte und er verstand das natürlich.

Egal ob Kollege oder nicht, über eine laufende Ermittlung wurde nun mal mit keinem Außenstehenden geredet und dazu zählte er auch gerade.

Dennoch entschied sich König dafür, eine Ausnahme zu machen.

„Ich werde selbstverständlich nicht ins Detail gehen, aber so viel kann ich Ihnen sagen. Unser Rechtsmediziner hat bereits bei der Leichenschau erste Anzeichen von Gewaltanwendung auf den Körper gefunden."

Grießler riss die Augen auf.

„Ein Kampf? Spitzer war durchtrainiert und ein guter Schwimmer. Sein Kontrahent müsste mindestens genauso gut in Form gewesen sein, wenn er sich auf ein Gerangel mit Spitzer im Becken einließ. Da werden Sie nur wenige Kandidaten hier finden."

König sah ein, dass er sich mit seiner Indiskretion ganz schön in die Zwickmühle gebracht hatte. Nun musste er wohl oder übel Farbe bekennen.

„Es war wohl eher ein Angriff von außerhalb des Beckens."

Nun kam Grießler ins Grübeln. Ein Angriff mit einer Waffe konnte nicht gemeint sein. Dann hätte man Verletzungen bei der Leichenschau gefunden und der Unfall wäre schon längst vom Tisch.

Er wollte König schon mit seiner Vermutung konfrontieren, als der sich erhob und resigniert sagte: „Was soll's, kommen Sie mit. Ich zeig Ihnen was."

Fünf

Grießler folgte König quer durch die Klinik und schnell wurde ihm klar, dass sie zur Schwimmhalle unterwegs waren.

Aus den Augenwinkeln sah er Sandra und Gerti in der Cafeteria sitzen. Sandra schickte ihm einen fragenden Blick, auf den Grießler nur mit einem Lächeln reagierte. Daraufhin nahm Sandras Gesicht zunächst einen enttäuschten Ausdruck an, dann wandte sie sich Gerti zu und beide steckten die Köpfe zusammen.

„Sind das zwei von den Frauen, die gestern Abend beim Schwimmen waren?", fragte König unvermittelt.

Dass der Kommissar den Blickkontakt mitbekommen hatte, störte Grießler nicht. Schließlich standen sie in der Klinik irgendwie ständig unter Beobachtung. Daran hatte er sich längst gewöhnt. Ihn ärgerte nur, dass er nicht daran gedacht hatte, dass König es genauso halten würde.

Seine Antwort fiel entsprechend knurrig aus.

„Ja und sie haben die Schwimmhalle zur selben Zeit wie ich verlassen."

König reichte ihm einen Zettel mit fünf Namen und fragte: „Und die beiden eben waren?"

Grießler schaute auf den Zettel.

Da standen nur Nachnamen und die meisten sagten ihm nichts. Aber er schlussfolgerte aus der Anzahl, dass es sich um eine Liste der gestern Abend anwesenden Frauen handeln musste

„Tut mir leid, ich kenne nur Sandra Büchner und Gerti Ziegler."

Mit unergründlicher Miene steckte König den Zettel wieder ein.

Sie waren inzwischen im Sporttrakt angekommen.

Der Sichtschutz wurde gerade abgebaut, das hieß, der Leichnam war schon weggeschafft worden.

Durch eine Glastür betraten König und Grießler die Schwimmhalle.

Die Spurensicherung beendete gerade ihre Arbeit rund ums Becken und nahm sich nun die Umkleideräume vor.

Also konnten die beiden Männer auf Schutzkleidung und Handschuhe verzichten.

Jetzt, wo auch der Sichtschutz in den Fenstern entfernt worden war, lag das Schwimmbecken in vollem Licht und für alle sichtbar.

Die spiegelglatte Wasseroberfläche ließ den Ort so friedlich und unberührt wirken, dass es schon einiger Fantasie bedurfte, sich eine Leiche darin vorzustellen.

Grießler brauchte allerdings keine Fantasie dazu. Er stand am Beckenrand, schaute ins Wasser und schon hatte er ein Bild vor Augen.

Bei all den Tatorten, die er schon gesehen hatte, war sein Problem eher, diese Bilder aus seinem Kopf zu bekommen. Das wurde ihm gerade jetzt so richtig bewusst.

König stand inzwischen bei einem Kollegen, der gerade damit beschäftigt war, sich aus der weißen Montur herauszuschälen. Nach einer kurzen Diskussion, rief König Grießler hinzu.

Der Kollege entpuppte sich als der Rechtsmediziner, von dem schon die Rede gewesen war.

Ohne Einleitung kam Königs Aufforderung an den Rechtsmediziner: „Zeigen Sie's ihm!" und als der zögerte, unterstrich König seine Forderung mit den Worten: „Na los! Ich nehme das auf meine Kappe."

Mit sichtlichem Widerstreben holte der Angesprochene ein Tablet hervor und ließ Grießler einen Blick auf eine Reihe von Tatortfotos werfen. Dem fiel sofort auf, dass es keine Fotos von Spitzer im Wasser gab.

Wahrscheinlich hatte man ihn gleich nach dem Auffinden aus dem Becken geholt und Wiederbelebungsmaßnahmen eingeleitet.

König schien seine Gedanken zu ahnen, denn er sagte: „Ein Mann von der Reinigungsfirma hat den Toten gefunden und ihn aus dem Wasser gefischt. Er hat auch mit der Ersten Hilfe angefangen, nachdem er den Notknopf betätigt hatte und danach übernahm Droktor Michalski die Wiederbelebung, bis die Rettungskräfte ankamen."

„Michalski hatte Nachtdienst, nehme ich an", hörte Grießler sich sagen.

„Ja, das stimmt", antwortete König.

„Wann wurde Spitzer gefunden?"

„Der Alarm wurde um 4:28 Uhr ausgelöst, also würde ich sagen so gegen 4:20 Uhr."

Grießler begann laut zu denken.

„Dann liegt der Todeszeitpunkt irgendwo zwischen 21:15 Uhr und 4:15 Uhr."

Der Rechtsmediziner öffnete den Mund, kam jedoch nicht dazu, etwas zu sagen. König schnitt ihm das Wort mit einer knappen Handbewegung ab und fragte stattdessen: „Warum?"

„Schwimmzeit ist bis 21 Uhr. Spätestens 21:15 Uhr wird dann abgeschlossen. Aber das wissen Sie doch längst."

König nickte und bestätigte.

„Ein Pfleger hat die Glastür verschlossen. Die Türen zu den Umkleideräumen sind ohnehin immer zu. Aber die können ja mit den Zimmerschlüsseln geöffnet werden, habe ich gehört."

„Und der Pfleger hat nichts gesehen?", fragte Grießler.

„Er sagt, dass das Licht in der Halle schon aus war. Also hat er die Halle nicht betreten müssen."

Damit wollte sich Grießler nicht zufriedengeben.

„Man kann von der Tür aus, das Becken gut einsehen."

„Er sagt, dass es zu dunkel war, um etwas zu erkennen und er hat auch nicht darauf geachtet."

„An Ihrer Stelle würde ich das mit der Dunkelheit überprüfen."

Grießler nahm verwundert zur Kenntnis, wie schnell er die Gesprächsführung übernommen hatte und noch mehr verwunderte es ihn, dass König das scheinbar akzeptierte. Grießlers Versuch, ihm zu sagen, was er tun sollte, nahm er aber nicht so gut auf.

„Was glauben Sie denn, was ich heute Abend vorhabe", gab er schmallippig zurück. Er war ja schließlich kein Anfänger mehr.

König beschloss, dass es Zeit wurde, dass sie die Rollen wieder tauschten.

51

„Es gibt also zwei Möglichkeiten. Entweder war Spitzer schon tot, als abgeschlossen wurde oder es passierte danach."

Dem konnte Grießler nicht ganz zustimmen.

„Wenn Spitzer beim Abschließen noch am Leben war, hätte der Pfleger ihn gesehen und aus dem Wasser geholt.

„Spitzer könnte gerade in der Umkleide gewesen sein."

Den Einwand ließ Grießler mal gelten, hatte aber gleich die nächste Frage.

„Haben Sie schon eine Vermutung, den Todeszeitpunkt betreffend? Vor oder nach 24 Uhr?"

Jetzt schauten beide Kommissare den Rechtsmediziner fragend an.

Der winkte ärgerlich ab, äußerte sich aber dann doch.

„Was habt ihr nur immer mit euren Vermutungen? Ich bin doch kein Hellseher."

„Ach kommen Sie. Bei der anderen Sache waren Sie auch nicht so zurückhaltend."

Für diese Bemerkung kassierte König einen eisigen Blick und die frostige Antwort: „Warten Sie gefälligst die Obduktion ab."

„Und inoffiziell?", fragte Grießler.

Der Rechtsmediziner gab sich geschlagen.

„Inoffiziell würde ich sagen, vor 24 Uhr. Aber das ist wirklich nur eine Vermutung und mehr gibt's erst nach der Obduktion. Was ich aber jetzt schon mit Sicherheit weiß, ist, dass die Leute von der Kripo in Magdeburg genauso nervig sind, wie bei uns."

Genau das Gleiche hatte Grießler gerade von den Brandenburger Rechtsmedizinern gedacht, aber das sagte er lieber nicht laut. Stattdessen wandte er sich wieder an König.

„So, wie ich die Sache sehe, haben Sie schon drei Verdächtige. Den Pfleger und die beiden Frauen, die zuletzt noch bei Spitzer waren. Die beiden dürften ihn zumindest als letzte lebend gesehen haben."

Und wieder fühlte König sich genötigt, zu antworten.

„Bei der Befragung des Pflegers haben sich keine Anhaltspunkte ergeben, dass er was damit zu tun hat. Die Frauen werde ich noch befragen. Das scheint ja jetzt doch zwingend erforderlich zu sein."

Grießler bemerkte, dass der Rechtsmediziner sich anschickte, zu gehen und stutzte.

Da war doch eben noch was gewesen? König hatte etwas von einer *anderen Sache* gesagt? Er fragte nach.

„Was meinten Sie eigentlich mit der *anderen Sache,* bei der der Doktor nicht zurückhaltend gewesen war?"

König brauchte einen Moment, um den Zusammenhang zu erkennen.

„Ach ja richtig, deshalb bin ich ja eigentlich mit Ihnen hierhergekommen."

Ehe der Rechtsmediziner es verhindern konnte, griff er nochmals nach dem Tablet und zeigte Grießler zwei Großaufnahmen von Spitzers Oberkörper. Es waren Nahaufnahmen von Rücken und Nacken. Grießler sah etwas, was sich unterhalb der Schulterblätter quer über den Rücken zog, konnte aber nicht sagen, was es war. Sein Blick ging fragend zum Rechtsmediziner.

Mit einer resignierenden Geste lief der zu einer Trage neben dem Eingang zur Halle. Darauf lagen mehrere

Beweismitteltüten und ein langer, in Folie verpackter, Gegenstand, den er sich griff.

Erst als er Grießler den Gegenstand direkt vor die Nase hielt, erkannte der eine T-förmige Stange. Die stand sonst in einer Ecke, zusammen mit den Übungsutensilien für die Wassergymnastik.

Grießlers Augen wanderten zwischen Fotos und Stange hin und her.

Er überhörte fast die Bemerkung des Rechtsmediziners.

„Die Abdrücke, die Sie auf der oberen Rückenpartie sehen, könnten von dieser Stange sein. Aber auch das muss noch verifiziert werden."

Grießler schaute auf die Stange und besah sich das T-förmige Ende genauer.

Möglich wär's, schoss es ihm durch den Kopf.

Spitzer war dafür bekannt, dass er gern durchs Becken tauchte. Wenn man ihm in einem günstigen Moment mit der Stange auf dem Grund des Beckens fixiert hatte, konnte das auch einen so geübten Schwimmer wie Spitzer in Schwierigkeiten bringen. Kein Wunder, dass König schon wie verrückt in Richtung gewaltsamen Tod ermittelte.

Anscheinend hatte der Rechtsmediziner Nachfragen erwartet. Als die nicht kamen, fing er von sich aus an, zu erklären.

„Wichtig ist eigentlich nur, dass die Stange senkrecht auf dem Druckpunkt platziert wird, damit der Körper nicht wegrutschen kann."

„Womit wir wieder bei einer kräftigen Person wären", äußerte sich Grießler.

Damit schienen König und sein Kollege nicht einverstanden zu sein.

„Natürlich ist dafür eine gewisse Kraft vonnöten", begann der Rechtsmediziner und König ergänzte sofort: „Aber wir glauben nicht, dass es zwangsläufig ein Mann gewesen sein muss."

Ihre Argumente kamen abwechselnd und in so schöner Gleichmäßigkeit, es klang fast, als hätten sie es einstudiert. Daraus zog Grießler den Schluss, dass sie schon darüber geredet haben mussten und sich sehr einig waren.

„Ein geübter Schwimmer gerät zwar nicht so schnell in Panik unter Wasser …"

„… aber Spitzer war kein so geübter Schwimmer, wie er vorgab. Das war schon auf Grund seiner Erkrankung nicht möglich. Er hätte gar nicht tauchen dürfen."

„Außerdem ist man unter Wasser in seiner Bewegungsfähigkeit stark eingeschränkt."

„Wenn dann noch Atemnot dazu kommt …"

„Das kann schon nach 1 – 2 Minuten eintreten."

„… gerät man in Panik."

„Wildes umherstrampeln erhöht den Sauerstoffverbrauch und der Stickstoffgehalt des Blutes steigt. Nach 3 bis 5 Minuten beginnt man zu ersticken."

„Man muss den Körper also nur eine kurze Zeit unter Wasser halten, dann erledigt die Zeit den Rest. Das kann eine kräftige Frau auch."

Grießler hatte den verbalen Schlagabtausch aufmerksam verfolgt und machte nun seinerseits eine Ergänzung.

„Oder zwei Frauen?"

König zog die Schultern nach oben.

„Es wäre auf jeden Fall möglich. Hoffen wir, dass die Techniker auf der Stange Spuren oder Abdrücke finden."

Der Rechtsmediziner meldete sich mit einem Räuspern und fragte: „Ist die Séance dann jetzt beendet? Wenn ja, würde ich mich gern an meine eigentliche Arbeit machen. Wie ich Sie kenne, wollen Sie doch so schnell wie möglich die Todeszeit wissen."

König nickte nur und der Rechtsmediziner atmete hörbar auf. Bevor er endlich die Schwimmhalle verließ, drehte er sich für eine letzte Frage noch mal um.

„Nur zur Sicherheit, wem von Ihnen soll ich die Ergebnisse denn mitteilen?"

König wollte schon antworten, sah aber noch rechtzeitig das breite Grinsen seines Kollegen und winkte genervt ab. Zu Grießler gewandt, fragte er leise: „Ist Ihrer in Magdeburg auch so?"

„Hm. Vielleicht eine Berufskrankheit?", tippte Grießler. König erwiderte: „Ich glaube, die haben dafür extra ein Studienfach, mit Prüfung."

„Das werde ich unseren Rechtsmediziner zu gegebener Zeit mal fragen. Und Sie?"

König hob die Hände und rief: „Ich nicht! Auf keinen Fall! Wir haben zu wenige von denen, als dass man es sich auch nur mit einem verscherzen könnte."

Sie lachten und machten sich daran, dem Rechtsmediziner zu folgen.

Vor der Schwimmhalle hielt König Grießler jedoch noch mal zurück. Ihm lag da noch was auf der Seele.

„Was halten Sie von der Möglichkeit, dass Spitzer nach Ende der Schwimmzeit noch mal hierherkam? Dann kann der Pfleger nichts gesehen haben, weil nichts da war." Als Grießler Königs fragenden Blick sah, sagte er schulterzuckend: „Na, mir fällt nur ein Grund ein, warum man sich nachts in eine dunkle Schwimmhalle schleichen sollte und das endet gewöhnlich nicht mit einer Leiche. Die Badehose hatte er doch noch an, oder?"

Darauf bekam er keine Antwort. Stattdessen meinte König nur: „Warten wir das Ergebnis der Obduktion ab. Bevor wir die Todeszeit nicht eingrenzen können, ist alles nur reine Spekulation. Das lohnt sich nicht."

„Und was machen wir als nächstes"

„Ich weiß ja nicht, was Sie jetzt auf Ihrem Plan zu stehen haben, ich werde mich mal mit den beiden Frauen unterhalten, die Spitzer als Letzte gesehen haben."

Grießler verstand den Wink mit dem Zaunpfahl. Trotzdem wagte er noch einen Vorstoß.

„Dann sollten Sie auf jeden Fall mal fragen …"

Er kam nicht dazu, es auszusprechen. König hatte wohl endgültig genug von einer Zusammenarbeit.

„Wissen Sie was, ich glaube, ich schaffe das allein."

Mit diesen Worten ließ er Grießler stehen.

Sechs

Sandra saß in ihrer Ergotherapie-Gruppe, die in einem
Nebengebäude der Klinik stattfand. Natürlich gab es in
der Gruppe kein anderes Thema als den Toten aus der
Schwimmhalle.

Wie nicht anders zu erwarten, waren die Gerüchte
inzwischen hochgekocht und das Meiste, was in die Runde
geworfen wurde, konnte man getrost als Blödsinn abtun.
Trotzdem hörte Sandra aufmerksam zu, während sie ihr
Körbchen flocht.

Ein paar Bemerkungen waren durchaus interessant.

Spitzer nahm als Patient der Kardiologie zwar nicht an
denselben Therapien wie die Psychosomatiker teil, in der
Freizeit vermischten sich die Stationsgruppen aber schon.
Offensichtlich war der Tote sehr kontaktfreudig gewesen,
was so viel hieß wie, er quatschte jeden, der nicht schnell
genug weg war, an.

Das war bei vielen nicht gut angekommen, hatte Spitzer
aber nicht davon abgehalten, es trotzdem zu tun. Mit seiner
Personal-Trainer-Masche und seinen ständigen klugen
Ratschlägen in Sachen Fitness und gesunde Ernährung
hatte er auch keine Punkte machen können.

Nein, beliebt war Spitzer nicht gewesen.

Ein Patient erzählte sogar, dass eine Frau aus seiner
Basisgruppe mal von ihm unschön angemacht worden
wäre. Wer die Frau war, wusste er nicht, da sie sich nur
einer Schwester anvertraut hatte. Die Klinik hatte sofort

reagiert und diskret nachgefragt, ob es noch weitere
Vorfälle gegeben hätte.

Daran konnte Sandra sich erinnern.

Das war gleich in der ersten Woche gewesen, in einem
Stationsgruppentreffen mit einer Schwester.

Langsam kam Sandra zu der Erkenntnis, dass Spitzer mehr
als nur aufdringlich und unhöflich gewesen war.

Sie beugte sich zu der neben ihr flechtenden Heike.

„Ob sich da noch andere Frauen gemeldet haben? Hast du
was mitgekriegt?"

Heike, ein, auf den ersten Blick, stilles unscheinbares
Mäuschen, sah sie mit großen Augen an. Ihre Reaktion
war ziemlich heftig.

„Wieso soll ich denn was mitgekriegt haben? Ich habe
damit doch nichts zu tun!"

Sandra nahm die Entrüstung Heikes erstaunt zur Kenntnis.
Wieso ging die denn gleich hoch? Sie hatte doch nur mal
gefragt.

„Ich meine ja nur. In unserer Basisgruppe hat ja keiner was
gesagt. Du bist doch aber auch in anderen Gruppen und da
spricht man ja mal mit anderen Frauen. Ich dachte, dass du
vielleicht von denen was erfahren hast?"

Darauf reagierte Heike nicht. Also fing Sandra an, von
Spitzers Verhalten im Schwimmbad zu erzählen, in der
Hoffnung, Heike damit zu besänftigen. Sie endete mit der
Einschätzung, Spitzer müsse sich ja für den größten Hecht
im Karpfenteich gehalten haben und dabei sei er höchstens
ein Hering gewesen.

Heikes Wangen glühten plötzlich und sie beugte ihren
Kopf noch tiefer über ihre Flechtarbeit.

Bedauernd nahm Sandra zur Kenntnis, dass das Gespräch zu Ende war, bevor es richtig begonnen hatte.

Auf dem Weg vom Kreativ-Center zur Klinik zurück kam sie auch an der Schwimmhalle vorbei und glaubte ihren Augen nicht zu trauen.

Da stand doch Grießler mit zwei Kripoleuten in der Halle und diskutierte eifrig.

Sie hantierten mit einer Stange herum und waren so in das Gespräch vertieft, dass sie die Beobachterin vor dem Fenster nicht mal bemerkte.

Sandra lief kopfschüttelnd weiter und dachte bei sich:

So viel also zu deiner Weigerung, sich mit der Polizei zu unterhalten, Sören. Du verdammter Heimlichtuer!

Kurz danach saß Sandra beim Mittagessen und stocherte achtlos in ihrem Essen. Ihre Aufmerksamkeit galt nicht den Königsberger Klopsen auf ihrem Teller, sondern der Tür zum Speisesaal.

Der Grund, sie wollte Grießler abpassen. Es gab einiges, wie sie fand, worüber sie reden mussten.

Doch sie wartete vergebens und auch am Nachmittag entdeckte sie Grießler nirgends. Erst bei der Einweisung in den Schlafentzug, kurz vor dem Abendbrot, traf sie wieder auf ihn.

Sie konnte aber nicht ungestört mit ihm reden, denn Marzena war natürlich auch dabei.

Nach dem Abendbrot musste sie eine Gelegenheit finden. Sie wollte sich mit Marzena und Grießler im Wintergarten treffen.

Eigentlich sollte es um das Programm des Abends gehen, der zum Schlafentzug dazugehörte. Aber Sandra verfolgte noch einen anderen Plan.

Sie bat Gerti dazu und beauftragte sie, sich mal ein bisschen intensiver mit Marzena zu unterhalten, damit sie sich Grießler vornehmen konnte.

Gerti wirkte nicht glücklich und maulte: „Ich hab' sie doch schon den halben Tag mit mir rumgeschleppt."

Das ließ Sandra nicht gelten.

„Was heißt hier mit rumgeschleppt? Ihr seid doch in denselben Therapiegruppen gewesen. Also hab dich nicht so."

„Was glaubst du, wer dafür gesorgt hat, dass sie da auch hingeht?"

Sandra legte beruhigend die Hand auf Gertis Schulter.

„Komm, spul dich nicht so auf, denk an deinen Blutdruck. Wir haben sie in unsere kleine Gruppe geholt und nun müssen wir uns auch um sie kümmern. Ich hatte sie das ganze Wochenende um mich, als du zuhause warst. Und habe ich mich beschwert?"

„Ja, hast du. Ich habe alle deine Nachrichten noch in WhatsApp."

„Das war eine rhetorische Frage, die musst du nicht beantworten."

Gerti sah immer noch nicht besänftigt aus und Sandra hatte durchaus Verständnis.

Marzena war ihrer aller Sorgenkind. Sie war mit einer schweren Depression in der Klinik angekommen und in diesem leidigen Zustand war sie Sandra natürlich aufgefallen. Kurzerhand hatte Sandra die meist für sich bleibende Frau angesprochen und sie in die muntere Gruppe geholt. Für Marzena war das sicher ein Glücksfall gewesen, denn die Gesellschaft tat ihr gut. Das konnte man auch sehen, ohne Psychologe zu sein.

„Also was ist?", fragte Sandra nach und keine Sekunde zu früh, denn Marzena betrat gerade mit Grießler den Wintergarten.

„Ich muss mit Sören sprechen. Der wird aber garantiert nicht reden, wenn noch jemand anderes dabei ist."

„Ist ja schon gut", schnitt Gerti ihr das Wort ab. „Ich werde sie beschäftigen. Aber ich will wissen, was Sören erzählt hat."

„Klar doch", gab Sandra mit verschwörerischem Unterton zurück.

Sandra wirkte daher auch sehr zufrieden, als die anderen zwei sich zu ihnen setzten.

Das Programm für den nächsten Abend war schnell besprochen. Sie einigten sich auf eine kulturelle Unternehmung in Berlin und die Wahl fiel auf die Blue Man Group. Anschließend wollten sie noch auf die Schönhauser Allee in einen Burlesque-Club. Letzteres war der Tipp eines Berliner Patienten gewesen. Den Rest der Nacht würde man sich dann in der Klinik um die Ohren schlagen.

Marzena, deren Beitrag darin bestand, zuzuhören, ließ sich nun doch zu einer Bemerkung hinreißen.

„Ach Sandra, das wird aber mega anstrengend."

Sandra warf Gerti einen vielsagenden Blick zu, worauf die ihre Augen verdrehte. Aber es gelang ihr tatsächlich,

Marzena wegzulocken, indem sie die Polin mit einer Partie Billard köderte.

Grießler, der sich gerade noch um das Buchen der Tickets im Internet gekümmert hatte, wollte sich erheben, als Sandra ihn zurückhielt.

„Wie war denn dein Gespräch mit dem Kommissar von der Kripo?"

Natürlich fragte sich Grießler, woher Sandra das schon wieder wusste, stellte diese Frage aber nicht. Musste er auch nicht. Die Antwort gab Sandra ganz von selbst.

„Ich hab' euch in der Schwimmhalle gesehen, als ich heute aus dem Kreativ-Center kam. Ich dachte, du wolltest dich nicht einmischen?"

Grießler kannte inzwischen Sandras Hartnäckigkeit gut genug, um zu wissen, dass sie nicht lockerlassen würde. Wahrscheinlich hatte sie es so eingefädelt, dass er mit ihr allein am Tisch geblieben war. Da er aber auch keinen Grund sah, sein Treffen mit König geheim zu halten, antwortete er.

„Das war ein offizielles Gespräch, das Kommissar König mit mir als Zeugen, führen wollte. Ich hatte also kaum eine Wahl."

„Und was hat er erzählt? War es ein Unfall oder Mord?"
Es hätte ihm klar sein müssen, dass sie keine Ruhe geben würde. Sandra war eine begeisterte Krimileserin, wie er inzwischen wusste.

In den ersten Tagen hatte sie ihn regelrecht ausgequetscht über seinen Job bei der Kripo. Sie wollte einfach alles wissen.

Welches sein schlimmster Fall gewesen war?

Ob er schon mal auf jemanden schießen musste?

Wie viele Mordfälle er pro Jahr so bearbeitete?

Jedes noch so schaurige Detail hatte sie aufgesogen wie ein Schwamm.

Grießler war klar, so leicht würde sie sich nicht abwimmeln lassen. Also ließ Grießler den Kommissar raushängen.

„Sandra, bei allem Verständnis, ich darf doch mit Außenstehenden nicht über einen Fall reden. Das solltest du eigentlich wissen."

Hatte er wirklich geglaubt, damit Erfolg zu haben?

Sandra konterte, wie er zugeben musste, sehr geschickt.

„Wenn du der ermittelnde Beamte wärst, dann würde das zutreffen. Aber du hast doch eben gesagt, dass du als Zeuge vernommen wurdest. Also meines Wissens ist es Zeugen nicht verboten, über alles, was da besprochen wurde, zu reden."

Touché.

Mal sehen, ob er Sandras Neugier mit ein paar banalen Informationen stillen konnte.

„Es ging hauptsächlich um den gestrigen Abend, also wer, wann und wie lange beim Schwimmen war. Keine Sorge, da ihr mit mir die Halle verlassen habt, müsst ihr wohl nicht damit rechnen, befragt zu werden."

Sandra sah bei Grießlers Worten absolut nicht besorgt aus. Im Gegenteil, sie schien enttäuscht darüber zu sein, dass sie keine Gelegenheit haben würde, mit Kommissar König zu reden.

Dann blitzte die Erkenntnis in ihren Augen plötzlich auf.

„Wenn dieser König wissen wollte, wer mit Spitzer zuletzt in der Schwimmhalle gewesen ist, dann vermutet er bestimmt, dass es kein Unfall war. Glaubst du, Gudrun und Marlies stehen unter Verdacht, etwas mit Spitzers Tod zu tun zu haben?"

Jetzt musste er aber gegensteuern, sonst nahm das mit Sandras Neugier noch ein schlimmes Ende.

„Sandra, jetzt hör mir mal gut zu. Im Moment ermittelt die Kripo noch in jede mögliche Richtung. Bevor die Rechtsmedizin nicht bestätigt, dass Spitzer einen Unfall hatte, kommt natürlich auch ein Verbrechen in Frage. Bis zum Vorliegen des Berichts werden alle Zeugen befragt, die möglicherweise etwas zur Aufklärung beitragen könnten. Ich sage Zeugen und genau das sind Marlies und Gudrun, Zeugen und keine Verdächtigen. Ist das klar?"

„Ja doch. Man wird ja wohl noch mal darüber nachdenken können."

„Denken kannst du so viel du willst, aber nicht laut. Du bringst dich damit nur in Schwierigkeiten. Hast du euren kleinen Streit gestern vergessen? Was glaubst du, wie sowas bei der Kripo ankommt? Wir freuen uns immer, wenn wir solche kleinen Geschichten hören."

Das war zwar etwas übertrieben, aber es schien zu wirken. Sandra war zumindest so beunruhigt, dass sie vorsichtig fragte: „Hast du deinem Kollegen davon erzählt?"

Grießler setzte eine betont strenge Miene auf und meinte nur: „Hätte ich wohl besser tun sollen. Dann würdest du endlich mal in den Genuss einer polizeilichen Befragung kommen. Das scheint ja etwas zu sein, was du dir sehnlichst wünschst."

Das Schulterzucken Sandras zeigte Grießler, dass sie den Ernst der Situation immer noch nicht ganz verstand und die nächste Frage bestätigte das.

„Warum habt ihr euch denn die Stange angesehen? Hat man Spitzer damit…"

„SANDRA! Es reicht!"

„Ach Sören, komm schon."

Grießler stand auf und ging. Es war ihm egal, dass Sandra nun enttäuscht von ihm sein würde. Er würde sie auf keinen Fall in ihrem Detektivspiel bestärken.

Sandra sah aber keineswegs enttäuscht aus, wie sie so hinter ihm herschaute. Sie lehnte sich mit einem ziemlich zufriedenen Ausdruck in ihrem Gesicht in die Polster zurück und dachte nach.

Ihre Gedanken behielt sie aber vorerst für sich.

Die Schwimmhalle war an diesem Abend verwaist, wenn man von Sandra und Gerti mal absah. Sie saßen in der gefliesten Fensterbank und blickten auf die gläserne Tür zum Flur.

Gerti seufzte leise, dann fragte sie: „Glaubst du, dass noch wer kommt?"

Sandra zuckte nur mit den Schultern. Ihr sehnsüchtiger Blick lag auf der spiegelglatten Wasserfläche. Dieses Bild hatte so etwas Unberührtes und Friedliches an sich. Wie gern wäre sie jetzt die Erste, die ins Wasser steigt.

Doch daraus würde nichts werden, wenn nicht noch eine dritte Person auftauchte.

Leider sah es nicht so aus, als ob. In diesem Becken hatte ein Toter gelegen und obwohl alles gereinigt und das Wasser ausgetauscht worden war, keinem schien heute der Sinn nach einer Runde Schwimmen zu sein.

Sie hatten ein paar von den üblichen Schwimmern gefragt und nur Absagen bekommen.

Marzena war bei Sandras Frage fast ausgeflippt. „Spinnst du?", hatte sie geschrien. „Ich werde nie wieder in dieses Becken steigen."

Gerti hatte auch erst nicht gewollt. Nur die Aussicht darauf, etwas über Sandras Gespräch mit Grießler zu erfahren, hatte sie umgestimmt.

Doch jetzt saßen sie schon seit 15 Minuten in der Halle und Sandra hatte noch kein Wort geredet.

„Also, wenn wir schon nicht ins Wasser können, dann erzähl mir wenigstens, was ihr besprochen habt, Grießler und du."

Sandra blieb stumm. Erst nachdem Gerti sie kräftig anstupste, fing sie an zu reden. Es hörte sich allerdings etwas anders an, als es wirklich abgelaufen war.

Das lag daran, dass Sandra ihre Schlussfolgerungen mehr in den Vordergrund rückte und nicht, was Grießler gesagt hatte.

Bei ihr klang es so, als ob die Kripo inzwischen nur noch von Mord ausging und man in der Stange die Mordwaffe vermutete.

„Die denken, Spitzer ist erschlagen worden?", fragte Gerti erstaunt.

„Grießler hat nichts von einer Wunde gesagt und ich glaube das auch nicht. Überleg doch mal, wenn er

67

erschlagen worden wäre, dann hätte dort auch Blut sein müssen. Je nachdem, wo man ihn erschlagen hat, entweder im Wasser oder neben dem Becken. Und wenn das der Fall wäre, dann hätten wir auf jeden Fall davon gehört. Das könnten die nicht geheim halten."

Gerti wollte ihre Vermutung nicht so schnell aufgeben und erwiderte: „Er könnte doch auch in der Dusche oder in der Umkleide erschlagen worden sein. Dann hätte die Person, die ihn gefunden hat, in der Halle nichts davon gesehen."

Sandras Blick zeigte keine Zustimmung, im Gegenteil.

„Auch dann wäre Blut im Wasser gewesen. Nein, ich tippe auf was anderes."

„Und was?"

Wortlos stand Sandra auf, ging zu den Körben mit den Schwimmhilfen und kam mit einem grünen Schwimmbrett, das einen Frosch darstellen sollte, zurück. Den warf sie ins Wasser und sah sich suchend um. Die Stange war nicht zu entdecken, aber das war nicht verwunderlich. Die hatte die Polizei sicher mitgenommen. Eine neue würde es bestimmt so schnell nicht geben. Sandra behalf sich mit einem Wischmopp.

Sie stellte sich neben das Becken und drückte mit dem Wischmopp den Frosch nach unten.

„Spitzer wurde mit einer Stange unter Wasser gedrückt und ertränkt."

Da sie von Gerti nur einen ungläubigen Blick erntete, fügte sie noch hinzu: „Davon bin ich absolut überzeugt. Alles andere macht keinen Sinn."

In diesem Moment ging die Tür der Männerumkleide auf und Grießler kam in die Halle.

68

Mit einem Blick hatte er die Situation erfasst.

Sein Gesichtsausdruck sprach Bände und seine Worte waren mehr als deutlich.

„Zeigst du Gerti gerade, wie du es gemacht hast oder was soll das sein? Ich dachte, ich hätte mich klar genug ausgedrückt. Wofür hältst du das hier, für Cluedo?"

Natürlich fühlte sich Sandra ertappt. Sie sparte sich die Antwort und versuchte lieber, den Frosch mit dem Mopp aus dem Wasser zu fischen.

Gerti, in völliger Unkenntnis der Ursache für Grießlers Verstimmung, sprang erfreut auf und rief: „Gut, dass du kommst, Sören. Uns hat noch ein Dritter gefehlt. Jetzt können wir doch noch schwimmen."

Grießler sah die beiden Frauen missmutig an und brummte: „Da mach ich nicht mit. Sucht euch einen anderen Dummen."

Kaum hatte er es ausgesprochen, war er auch schon wieder in der Umkleide verschwunden.

Gerti sah ihm verwundert nach und meinte: „Was hat der denn?" Und zu Sandra: „Hast du eine Ahnung, wieso der so schräg drauf ist?"

Der Fluch, den Sandra ausstieß, konnte sowohl Grießler, als auch dem Frosch gelten, der allen Versuchen zum Trotz immer noch im Wasser herumdümpelte. Genervt schmiss Sandra den Mopp hin und griff sich ihren orangefarbenen Bademantel.

„Gehen wir!", rief sie Gerti zu. „Heute ist das Schwimmen abgesagt."

Hätte Sandra geahnt, dass eine halbe Stunde später König mit seinen Leuten die Halle betreten würde, um die gestrigen Bedingungen beim Abschließen nachzustellen, sie wäre natürlich geblieben.

Sie hätte es zumindest versucht.

Nach einer weiteren halben Stunde war der ganze Spuk vorbei.

Als letzter verließ König die Schwimmhalle und er sah keineswegs zufrieden aus.

Er konnte die Behauptung des Pflegers nicht widerlegen.

Nun hieß es also, auf die Ergebnisse aus der Rechtsmedizin zu warten.

Sieben

Der Mittwoch brach an, der erste Tag des Schlafentzugs,
den Grießler mit Sandra und Marzena gemeinsam
überstehen musste.
Er beschloss, wenigstens tagsüber zu versuchen, den
Frauen aus dem Weg zu gehen. Es gelang ihm schließlich
besser als gedacht.
Die einzige gemeinsame Therapie war das Walking-Team,
kurz vor Mittag, doch da tauchte Sandra nicht auf und
Marzena war auch nirgends zu sehen. So konnte Grießler
das ruhige, ungestörte Laufen durch den Park genießen.
Dafür lief ihm Kommissar König mehrmals über den Weg.
Der hatte aber entweder keine Lust auf ein Gespräch mit
ihm oder genug Anderes um die Ohren.
Grießler tippte auf Letzteres.
Bestimmt standen heute noch Zeugenbefragungen auf
seiner To-Do-Liste. Mehr als ein kurzes Nicken hatte
König für seinen Kollegen jedenfalls nicht übrig. So kam
es, dass Grießler erst am Nachmittag in der Basisgruppe
wieder auf die drei Frauen traf.
Er betrat den Raum und schaute sich um.
Die Basisgruppe war eine Gruppentherapie und wurde von
den meisten einfach *Stuhlkreis* genannt. Wohl auch
deshalb, weil die elf Stühle im Kreis aufgestellt worden
waren.
Der Therapeut, der die Gruppe betreute, war Andrees und
das bedeutete zunächst mal eins: Alle Frauen hatten ein
Lächeln auf den Lippen und glänzende Augen. Sie saßen

Andrees direkt gegenüber. Die Plätze rechts und links neben ihm waren den Männern der Gruppe vorbehalten. Außer ihm und Jürgen war das nur noch einer, Rüdiger. Er hatte sich den Platz links neben Andrees ausgesucht. Über und über tätowiert und mit kurzgeschorenen Haaren, sah Rüdiger aus wie ein Knacki. Wie bei so vielen Menschen, war der erste Eindruck nicht immer der richtige.

Grießler hatte schnell erkannt, dass Rüdiger unter dieser rauen Schale ein Gemütsmensch war. Er selber sagte über sich, er sei harmoniebedürftig und gehe jedem Streit aus dem Weg. Rüdiger redete gern und viel, meist über sich und kochte jedoch gern sein eigenes Süppchen.

Ganz anders Jürgen. Der immer in sich gekehrte, stille Mann sprach zwar sonst kaum mit anderen Patienten, zeigte sich in den Therapien aber von einer ganz anderen Seite. Hier redete er erstaunlich offen und ohne Scheu über seine Probleme. Das hatte Grießler ihm, wenn er ehrlich war, gar nicht zugetraut.

Heute saß Jürgen mit einem Platz Abstand, auf der einen Seite von Andrees. Als Grießler bemerkte, dass Sandra auf einen freien Stuhl neben sich deutete, steuerte er den freien Platz zwischen Andrees und Jürgen an.

Er konnte Sandra ansehen, dass sie was auf dem Herzen hatte. Vielleicht wollte sie sich ja bei ihm wegen der Sache in der Schwimmhalle entschuldigen, doch sein Ärger war noch nicht verflogen.

Auf gar keinen Fall, dachte er und würdigte sie erst mal keines Blickes.

In der letzten Therapiestunde hatte Rüdiger den Vorschlag gemacht, sich heute mit dem Thema *Abgrenzung* zu beschäftigen. Doch Andrees kam gleich zu Beginn auf das Geschehnis der letzten Nacht zu sprechen und fragte in die Runde, ob jemand etwas dazu sagen wolle.

Grießler verdrehte bei Andrees Worten genervt die Augen. Das hatte ihm gerade noch gefehlt. Jetzt goss der auch noch Öl auf die Lampe.

Erstaunlicherweise blieb es zunächst völlig ruhig. Das war wieder mal typisch.

Alle schauten sich betreten an, so als wolle keiner den Anfang machen. Rüdiger blickte schon hoffnungsvoll in die Runde, aber Andrees wartete einfach ab und wie sich zeigte, zurecht. Ganz plötzlich erhob sich ein, zunächst zaghaftes, Durcheinander von Stimmen. Die einzigen, die schwiegen, waren Grießler, Andrees, Heike und Jürgen. Als die Stimmen immer lauter wurden, griff Andrees ein. Er sprach kein Wort, stand nur auf, ging zum Flipchart und legte nach und nach die Blätter um, bis er zu den Gruppenregeln kam.

Eine davon lautete: Einzeln reden!

Eine andere: Ausreden lassen!

Augenblicklich wurde es still.

Andrees schaute lächelnd von einem zum anderen und fragte schließlich: „Wer möchte denn den Anfang machen?"

Es war zu Grießlers großem Erstaunen nicht Sandra, sondern Gerti, die als erste redete.

„Also, ich finde es unmöglich, dass man uns nicht darüber informiert, was da passiert ist. Dadurch entstehen Gerüchte und die können einem ganz schön Angst machen."

„Na, dann hast du ja gleich was für die nächste Sitzung in der Angst-Gruppe", kam es plötzlich von der neben Gerti sitzenden Heike.

So eine bissige Antwort war man von der zierlichen Frau gar nicht gewöhnt.

Aus ihrem Mund klang sogar Kritik, als wäre es nur ein freundlicher Hinweis und dazu trug sie stets dieses scheue Lächeln nach außen. Allerdings argwöhnte Grießler, dass dieses mäuschenhafte Gehabe nur Fassade war.

Er beobachtete, wie Gertis Gesicht einen erstaunten Ausdruck annahm und hörte sie dann antworten.

„Du tust gerade so, als ob deine Themenvorschläge so wahnsinnig interessant wären."

„Was soll das denn heißen?"

Das Blut schoss Heike regelrecht ins Gesicht.

„Ich sage nur Panikattacke, Klappe die Dritte!"

Heike fauchte zurück.

„Dann schlag du doch mal was vor, aber du hältst dich doch immer schön zurück."

„Das liegt daran, dass du keinen zu Wort kommen lässt. Es sei denn, man passt den Moment ab, wenn du Luft holst."

Gerti pumpte bei ihrer Antwort wie ein Maikäfer, so dass Sandra ihr beruhigend die Hand auf den Arm legte.

Heike bekam diesen Zuspruch natürlich nicht und wie auf Kommando schossen ihr die Tränen in die Augen, was ihren Worten einen theatralischen Anstrich verlieh.

„Ich will jedenfalls nicht über diese furchtbare Sache sprechen. Der Gedanke daran ist schon schrecklich genug."

Bevor es zu einer Erwiderung kam, hob Andrees plötzlich die Hand. In diesem Moment sah er nicht wie ein Therapeut aus, sondern eher wie ein Schuljunge, der sich vorsichtig zu Wort meldete, was nicht nur an seinem jugendlichen Aussehen lag.

Den Mund leicht geöffnet und mit großen Augen, blickte er jetzt auffordernd von einem Streithahn zum anderen. Mit diesem Gesichtsausdruck konnte er wirklich jeden zum Schweigen bringen.

Es gelang ihm auch dieses Mal.

Als er zu sprechen begann, tat er das mit leiser, eindringlicher Stimme, wie man es schon aus den Meditationsübungen kannte.

„Natürlich ist das, was geschehen ist, furchtbar. Dass wir nicht genau wissen, wie es dazu kam, macht es noch schrecklicher. Wir alle haben den Drang in uns, für so etwas eine Erklärung finden zu wollen. Doch manchmal gibt es die nicht so schnell. Dass Sie und auch wir, die Klinik, noch keine Informationen bekommen haben, liegt daran, dass die Umstände noch nicht geklärt sind und solange die Polizei noch ermittelt, wird man uns auch nichts darüber sagen. Die Polizei tut sicher alles, um herauszufinden, wie es zu dem Todesfall kam. Also müssen wir noch etwas Geduld aufbringen."

Gerti schien mit dieser Aussage zwar nicht zufrieden, aber doch etwas beruhigt zu sein. Ganz anders Sandra.

„Na, man macht sich aber schon so seine Gedanken. Der beliebteste Mitpatient war Spitzer ja wohl nicht, oder?"

„Hast du ihn gekannt?", fragte Grießler leise.

„Nein, nur so vom Sehen. Aber man hört so einiges über ihn."

„Geredet wird schnell. Das muss aber nicht immer stimmen. Also wäre ich vorsichtig damit, dem Klatsch zu viel Bedeutung beizumessen."

„Du bist Kriminalist, du musst das natürlich anders sehen."

„So ist es. Und wir sind auch die, die sich täglich mit solchen Fällen beschäftigen müssen. Glaub mir, ich würde meinen Beruf gern sofort an den Nagel hängen und Amateuren wie dir den Platz überlassen, wenn das möglich wäre."

Zu spät sah Grießler, das Andrees sich eifrig Notizen machte. Das bedeutete nichts Gutes für das nächste Einzelgespräch. Schnell fügte er deshalb noch hinzu:

„Geht aber nicht, denn Amateure können eben nur im Film Verbrechen aufklären, Miss Marple." Und nach kurzem Zögern ergänzte er: „Warum gehst du nicht zu Kommissar König und erzählst ihm von eurem Streit in der Schwimmhalle?"

Eigentlich hatte Grießler nicht vorgehabt, das zur Sprache zu bringen. Doch bei Sandras ständigem Widerspruch war ihm schlichtweg der Kragen geplatzt.

Nun herrschte plötzlich beängstigende Stille im Raum. Alle Augenpaare waren auf ihn gerichtet. Sogar Heike hatte es die Sprache verschlagen und ihr Gesichtsausdruck wechselte in einer Sekunde von erschrocken zu interessiert.

Ausgerechnet Jürgen war es, der die Stille brach und Sandra ansprach.

„Warum hattet ihr Streit?"

„Ist nicht wichtig", gab Sandra kurz angebunden zurück und ihr Ton ließ keinen Zweifel daran, dass sie nicht in diesem Kreis darüber reden wollte.

Jürgen akzeptierte das sofort, Grießler nicht. Er hakte gleich noch mal nach.

„Für die Polizei könnte es das aber sein."

„Ach ja?" Jetzt wurde Sandras Stimme unangenehm schrill. „Sollen die mich verdächtigen? Verdächtigst du mich, Kommissar Grießler? Ich denke, du interessierst dich nicht für den Fall?"

Grießlers Antworten auf ihre drei Fragen kamen kurz und knapp.

„Nein, nein und hab' ich nie behauptet. Ich lasse die hiesige Polizei ihren Job machen."

„Dann bleib auch dabei. Und im Übrigen: Ich habe heute mit Kommissar König geredet. Gerti und Marzena auch und wir haben ihm alles erzählt. Im Gegensatz zu dir, hat er uns wie Zeugen und nicht wie Verdächtige behandelt. Es war überhaupt ein sehr freundliches Gespräch. Ich könnte dir ja sagen, was die Polizei inzwischen annimmt, aber das tue ich nicht, weil er mich darum gebeten hat, nichts zu erzählen."

Grießler grinste in sich hinein.

„Oh gut, dann ist der Fall ja bestimmt bald aufgeklärt", erwiderte er trocken und lehnte sich entspannt zurück.

Sandra konnte einfach nicht anders, sie musste das letzte Wort behalten.

„König hat gesagt, dass er noch mit jedem reden wird, der Spitzer gekannt hat und das sind e i n i g e."

Das letzte Wort betonend, schaute sie sich herausfordernd in der Runde um. Aber in den Gesichtern der Anwesenden konnte sie nichts außer Unverständnis und Desinteresse erkennen.

Nein, nicht bei allen. Es gab zwei Ausnahmen und das waren Grießler und Heike.

Grießler blickte Sandra mit zusammengekniffenen Augen an und sagte:

„Das hat König garantiert nicht zu dir gesagt."

Hatte er auch nicht, aber das konnte und wollte Sandra nicht bestätigen, denn dann hätte sie gleichzeitig zugeben müssen, dass sie Königs Gespräch mit seinem Kollegen belauscht hatte.

Deshalb bestand ihre Antwort nur aus der lapidaren Bemerkung: „Pah, glaub doch, was du willst."

„Ich denke, das sollen wir nicht", konterte Grießler.

An diesem Nachmittag bekam Andrees die Kurve nicht mehr und nach ein paar vergeblichen Versuchen, die aggressive Diskussion mehr in Richtung *Abgrenzung* zu lenken, beendete er die Therapiesitzung. Die Basisgruppe löste sich schnell auf und ließ einen ziemlich nachdenklichen Therapeuten zurück.

Da war einiges hochgekommen, was er noch nicht einordnen konnte.

Die Reaktionen von Sören Grießler und Sandra Büchner fand er schlüssig.

Auch Gerti Zieglers Frage konnte er nachvollziehen.
Was Heike Ostrowskis emotionale Aufwallungen betraf,
sah das anders aus. Die waren nur zum Teil echt gewesen.
Es war ihm nicht schwergefallen, das zu erkennen.
Zuerst Ablehnung, dann Betroffenheit, Rückzug und
Tränen und kurz darauf große Aufmerksamkeit, als der
Streit erwähnt wurde. Als es um weitere polizeiliche
Befragungen ging, verschwand diese Aufmerksamkeit
jedoch abrupt wieder.
Das war ein regelrechtes Gefühlskarussell gewesen, das
Heike gezeigt hatte. Interessant aber nicht ungewöhnlich
bei ihrer Persönlichkeit.
In einem irrte sich Andrees allerdings. Er dachte, all das
war nur von ihm bemerkt worden.
Aber es war Grießler auch nicht entgangen, allerdings nur,
weil Heike ihm direkt gegenübergesessen hatte.
Er fand es, genau wie Andrees, bemerkenswert, wie
schnell sie von einem Extrem ins andere verfallen war.
Während Andrees' Gedanken in eine ganz spezielle
Richtung gingen, sah der Kommissar in Grießler Heikes
Emotionen aus einer anderen Perspektive.
Bisher war sie nur als besonders zurückhaltende und
verletzliche Frau in Erscheinung getreten. Ihr übertrieben
dramatisches Auftreten heute war etwas Neues und für
Grießler die Bestätigung seiner Theorie über Heikes
Fassade.
Womöglich verbarg sie noch viel mehr dahinter? Aber
schließlich waren sie alle ja auch nicht grundlos in der
Reha.
Wie lautete ihr Mantra? Glaube nicht alles, was du denkst.

❖

Grießler hatte den Raum als einer der Ersten verlassen, doch er kam nicht weit.

Sandra holte ihn schon an der Treppe zu den Stationen ein und stellte sich ihm in den Weg.

„Willst du echt nicht wissen, was König gesagt hat?", schleuderte sie ihm provokatorisch entgegen.

„Hab' ich eine Chance, es nicht von dir zu erfahren?", war seine Antwort.

„Die gehen inzwischen von Mord aus, aber das weißt du ja sicher."

Als Grießler einfach an ihr vorbeigehen wollte, hielt sie ihn am Arm fest.

„Ich habe die Fotos von der Stange gesehen, die am Tatort gemacht worden sind. Damit hat man ihn unter Wasser gedrückt."

Grießler hob Sandras Hand von seinem Arm und schaute sie eindringlich an.

„Und diese Fotos haben einfach so vor dir gelegen, ja?" Hatten sie nicht und es war auch nur ein Foto gewesen, auf das sie einen Blick hatte werfen können. Und auch nur, weil König die Akte auf dem Tisch liegengelassen hatte, als er von einem Kollegen für einen Moment vor die Tür gerufen worden war. Diese kleine Übertreibung sowie die, die sie vor ein paar Minuten vom Stapel gelassen hatte, rechtfertigte Sandra vor sich selbst mit dem Gedanken, Grießler so doch noch dazu zu kriegen, mit ihr zu ermitteln. Manchmal heiligte der Zweck eben doch die Mittel.

Da sie aber keine eiskalte Lügnerin war und Grießler nicht noch mehr verstimmen wollte, gab sie etwas nach.

„Ich hab' ein Foto gesehen. Wie, ist doch egal. Ich hab' auch gehört, dass der Befund der Rechtsmedizin einen Unfall ausschließt. Spitzer ist ertrunken und hatte Wasser in der Lunge."

Gerti und Marzena, die hinzugetreten waren, nickten zustimmend.

Grießler riss die Augen auf, führte die Hand zum Mund und rief: „Wasser in der Lunge? Oh mein Gott!"

„Das stand im Bericht, das habe ich gehört." Sandra konnte einfach nicht zugeben, dass sie sich das ausgedacht hatte.

„Wenn das im Bericht des Rechtsmediziners stand …", bemerkte Grießler wieder ganz ruhig und schaute Sandra dabei fest in die Augen. „… dann ist der ab morgen arbeitslos."

Vorsichtshalber trat Sandra einen Schritt zurück, da sie den nächsten Anpfiff von Grießler befürchtete, doch der blieb aus. Grießler schob sich einfach an ihr vorbei und lief eilig los.

„Wo willst du denn hin?", rief sie ihm nach.

„Ich muss zu König und ihm sagen, dass er Spitzers Taucheruhr kontrollieren muss. Die ist bestimmt stehengeblieben, als er starb."

Es dauerte einen Moment, bis Sandra erkannte, dass es sich bei dem Geräusch, das Grießler dabei machte, um Lachen handelte.

„Was ist denn in den gefahren?" Sie sah ihre Freundinnen an.

Gerti fand sein Benehmen auch etwas befremdlich und brummelte mit beleidigtem Unterton: „Der denkt wohl, wir wissen nicht, dass Uhren nicht stehenbleiben, wenn einer stirbt." Sie rief dem Davoneilenden nach: „Ich gucke Criminal Detectives."

Es war die schweigsame Marzena, die Grießlers Benehmen zu guter Letzt einen Sinn gab.

„Ich glaube, er meint das mit dem Wasser in der Lunge." Erst die fragenden Blicke ihrer Freundinnen ließen sie weiterreden.

„Ich habe mal gelesen, dass ein Ertrunkener nicht immer Wasser in der Lunge hat. Der kriegt einen Krampf und kann nicht mehr atmen, oder so."

„Na, dann hat er eben kein Wasser in der Lunge gehabt. Woher soll ich denn das wissen? Ich bin doch kein Rechtsmediziner." Das klang ziemlich beleidigt.

Als Grießler verschwunden war, gab Sandra ihren Freundinnen mit einem Wink zu verstehen, näher zu kommen.

„Eins hab' ich aber wirklich aufgeschnappt und das kriegt Sören jetzt nicht zu erfahren." Sie machte gar nicht mehr den Versuch, ihre Lauschattacke zu beschönigen. „Morgen wird Spitzers Zimmer gründlich durchsucht."

Gerti wollte etwas fragen, doch Sandra legte einen Finger auf den Mund. Der Grund war Heike, die vorbeiging und dem Trio einen missbilligenden Blick zuwarf.

Erst als sie vorbei war, durfte Gerti ihre Frage stellen.

„Und was ist so wichtig an dieser Neuigkeit?"

Darauf konnte Sandra nur die Augen verdrehen.

„Na, überleg doch mal. Die suchen noch immer nach einem Motiv für den Mord und hoffen, in seinem Zimmer was zu finden."

„Das leuchtet doch ein. Und?"

„Ich finde so etwas Wichtiges hätten die heute schon machen müssen. Haben sie aber nicht, weil ihnen die Leute dafür fehlen. Sie haben das Zimmer nicht mal versiegelt. Ich habe vorhin nachgesehen, es ist nur zugeschlossen und mit Flatterband abgesperrt."

„Sprich es bitte nicht aus!"

Gertis Stimme wurde lauter und nahm einen leicht hysterischen Ton an.

Ein vorwurfsvoller Ausdruck legte sich auf Sandras Gesicht und ihre Worte klangen ebenso.

„Was denn? Wir werden nur mal ganz vorsichtig nachschauen. Oder soll der Täter noch eine Nacht Gelegenheit haben, Beweise verschwinden zu lassen?"

„Kommt nicht in Frage, Sandra. Soll die Polizei unsere Spuren dort finden? Ich gehe sofort zu Sören, wenn du das machst."

„Na gut", gab Sandra nach. „Du hast ja Recht. Wir müssen das Zimmer ja nicht betreten. Ist ja auch abgeschlossen. Es reicht schon, wenn wir uns auf dem Flur aufhalten. Auf die Weise sorgen wir nur dafür, dass die Polizei morgen alles noch so vorfindet, wie es war. Was denkt ihr? Ist das ein Plan?"

Gerti hatte es die Sprache verschlagen, aber nur kurz.

„Du bist verrückt, wenn du glaubst, dass wir mit dabei sind."

„Gerti, mit irgendwas müssen wir uns die Zeit heute Nacht sowieso vertreiben. Oder habt ihr den Schlafentzug vergessen?"

„Weißt du was? Ich bin gerade so was von froh, dass ich nicht bei dieser Pyjamaparty mitmache. Aber Sören ist dabei, das hast du wohl vergessen? Der wird über deine Idee begeistert sein."

Sandra winkte ab.

„Den wimmele ich ab. Dazu muss ich nur anfangen, über den Mord an Spitzer zu reden. Hast doch gesehen, wie schnell er dann weg ist."

„Ohne mich. Da mach ich nicht mit." Gertis Antwort klang endgültig.

„Und was ist mit dir, Marzena? Ich kann mich doch auf dich verlassen, oder?"

Marzena hob den Kopf und sagte teilnahmslos, wie immer: „Du bist wirklich verrückt und mega anstrengend."

„Ich werte das mal als Ja", gab Sandra grinsend zu Antwort.

Acht

Der Ausflug nach Berlin hatte sich zu einem ziemlichen Reinfall entwickelt. Grießlers heftige Vorwürfe über Sandras eigenmächtige Privatermittlung lagen noch immer wie Blei über den drei Schlafentzüglern. Das drückte die Stimmung ins Bodenlose. Selbst die Blue Man Group hatte mit ihren Späßen kaum etwas daran ändern können. Nur bei Marzena war etwas Freude aufgekommen.
Allein auf ihr Drängen hin, war der Besuch der Bourlesque Show nicht ins Wasser gefallen, aber so richtig einen drauf gemacht, hatten sie nicht.
Das lag vielleicht auch am fehlenden Alkohol, denn der war bei dieser Unternehmung nicht erlaubt.
Auf der Heimfahrt war es sehr still auf der Rückbank des Taxis.
Sandra brütete vor sich hin und starrte auf die vorbeifliegende nächtliche Kulisse der Stadt.
Den ganzen Abend über hatte Grießler jeden Versuch, ein Gespräch zu beginnen, durch seine wortkarge Art zunichte gemacht. Und die Nacht war noch nicht vorbei.
Marzena war kurz vorm Einschlafen. Dafür bekam sie von Sandra einen Rippenstoß verpasst.
Grießlers Einsilbigkeit verflog in dem Moment, als sie das Taxi bestiegen, denn nun unterhielt er sich angeregt mit dem Taxifahrer. Dabei ging es hauptsächlich um die Bourlesque-Show und Grießlers Entschluss, seiner Frau lieber nichts davon zu erzählen.
Sandra verzog die Mundwinkel nach unten.

Männer!

Es war inzwischen schon nach 2 Uhr, als sie wieder in der Klinik ankamen. Im ganzen Haus herrschte eine ungewohnte Stille. Alle Patienten lagen in ihren Betten und der Nachtdienst hatte sich in seine Diensträume zurückgezogen.

Niemand interessierte sich für die Heimkehrer.

Etwas irritiert standen sie in der Eingangshalle und sahen sich an.

„Und was nun?", fragte Sandra. „Hat einer 'ne Idee, was wir machen können?"

Grießler zog eine Augenbraue nach oben und fragte: „Du meinst, außer Blödsinn anzustellen?"

Dieses Mal ließ Sandra sich nicht provozieren.

Eigentlich wusste sie ja ziemlich genau, was sie machen wollte. Es zog sie in die erste Etage, auf den Flur zu Spitzers Zimmer.

Vorher plante sie, einen letzten Versuch zu unternehmen, Gerti umzustimmen, das hieß, falls sie sie wachbekam.

„Ich hol' mir einen Kaffee und geh in den Fernsehraum", brummte Grießler schließlich und schlug den Weg zum Kaffeeautomaten ein.

Marzena schloss sich ihm an und Sandra trottete nach kurzer Überlegung hinterher.

Eine glückliche Fügung wollte es, dass Grießler, nach einigem Herumzappen, bei einer Wiederholung eines Wallander Krimis hängenblieb. Schon bald ergab sich für Sandra die Gelegenheit, einige Bemerkungen über die Darstellung des Kommissar Wallander zu machen und über dessen kriminalistische Fähigkeiten.

„Kenneth Branagh ist wirklich gut als Wallander, aber wenn einer so ein Trauma erlebt hat, dann kann man ihn doch nicht einfach weiterarbeiten lassen. In dem Zustand braucht der erst mal eine Therapie."

Grießler verfluchte seine Programmwahl.

Nur um weiteren Diskussionen aus dem Weg zu gehen, antwortete er: „Da hat er aber Glück, dass er Schwede ist."

„Kenneth Branagh ist doch kein Schwede", kommentierte Sandra mit einem Kopfschütteln.

„Ich meinte auch Wallander. Der ist Schwede und damit kommen weder unsere Klinik noch unser Mordfall für ihn in Frage und er muss sich nicht mit dir und deinen ständigen kriminalistischen Einfällen rumärgern."

Das Grinsen auf Sandras Gesicht entging ihm.

„Jetzt hast du aber damit angefangen. Und überhaupt, wer hat denn den Film ausgesucht?"

Ohne ein Wort zu erwidern, griff Grießler nach der Fernbedienung und drückte solange darauf herum, bis er den Sportkanal erwischte.

Zwei bärtige Männer kämpften auf einer Yacht mit ihrer Angel und dem riesigen Fisch daran.

Entspannt lehnte Grießler sich zurück und warf Sandra einen herausfordernden Blick zu. Die Botschaft war klar.

Sandra gab sich fassungslos.

„Echt jetzt? Angeln?"

„Sportfischen."

Mehr kam von Grießler nicht, worauf Sandra aufstand und verkündete: „Da geh ich doch lieber in den Fitnessraum und quäle das Laufband. Marzena komm mit, hier schläfst du nur ein."

Unwillig erhob sich die Polin und wurde von Sandra energisch durch die Tür geschoben. Kurz bevor sie die Tür schloss, drehte sie sich noch mal zu Grießler um.

„Sören, weißt du, was noch langweiliger ist, als Angeln? Zugucken beim Angeln!"

Marzena sah ihre Freundin fragend an.

„Ich dachte, das gilt nur fürs Puzzeln?"

„Dafür auch", lautete Sandras Antwort, dann fiel die Tür ins Schloss und Grießler atmete hörbar aus.

Sandra hatte natürlich Recht und als er sicher war, dass sie nicht wieder zurückkam, stellte er das Programm wieder um.

Wallander war wirklich viel interessanter.

Hätte er sich nicht so darauf konzentriert, um keinen Preis eine Diskussion mit Sandra anzufangen, dann wäre ihm das kurze selbstzufriedene Lächeln auf ihrem Gesicht nicht entgangen. Oder er hätte sich zumindest darüber gewundert, wie schnell sie aufgegeben hatte. Doch diese Gedanken kamen ihm nicht.

Kaum hatte sich die Tür hinter Sandra geschlossen, als der Ärger aus ihrem Gesicht verschwand.

Sie zog Marzena hinter sich her, bis zu Gertis Zimmertür. Das erste zaghafte Klopfen wurde zu einem immer lauter werdenden und endlich tauchte Gertis verschlafenes Gesicht im Türspalt auf.

„Oh, ich globs ja nich. Seid ihr nich mehr ganz knusper?" Sandra ließ sich durch Gertis Protest nicht beirren.

„Los komm, die Gelegenheit ist gerade super günstig. Sören ist im Fernsehraum und wenn wir Glück haben, auch gleich eingeschlafen."

„Ich hab' doch gesagt, dass ich da nicht mitmache, also lass mich in Ruhe."

Gerti klang nicht nur genervt, sie war es auch. Gegen Sandras Hartnäckigkeit kam aber nicht einmal sie an.

„Jetzt hab' dich nicht so, bist ja eh wach. Marzena steht Schmiere und wir sehen uns mal um."

Marzenas Blick zeigte deutlich, dass sie von der ihr zugedachten Aufgabe bis zu diesem Moment nichts gewusst hatte. Sie schien aber nicht böse darum zu sein, dass sie nur eine Nebenrolle spielen sollte.

Mit den Worten: „Ich geh' aber nicht ins Zimmer rein, klar?", schloss Gerti die Tür und kam nach zwei Minuten im Jogginganzug auf den Flur. Nun also zu dritt, huschten sie möglichst leise durch die Gänge, bis zur Station 1, auf der Spitzer gewohnt hatte.

Marzena ließen sie am Treppenaufgang zurück. Für den unwahrscheinlichen Fall, dass doch jemand kommen würde, sollte sie eine Warnung abgeben. Wie die aussehen sollte, wurde nicht besprochen.

Sandra und Gerti bogen um die Ecke in den Flur. Von weitem schon, sah man das Flatterband quer über eine Tür gespannt. Die Zimmer auf dieser Seite gingen zum gartenähnlichen Gelände der Klinik, die Zimmer gegenüber wiesen zum Parkplatz hin.

Je näher die Frauen dem abgesperrten Zimmer kamen, umso vorsichtiger setzten sie ihre Schritte.

Sandra ging voran. Zwei Meter vor dem Ziel blieb sie plötzlich stehen und hinderte mit ausgestrecktem Arm auch Gerti am Weiterlaufen.

„Was is?", zischte Gerti, so leise sie konnte.

Sandra sagte nichts, deutete nur mit einer Hand nach vorn. Jetzt sah Gerti es auch.

Die Tür zu Spitzers Zimmer war nur angelehnt.

Unwillkürlich schnappte Gerti nach Luft. Als sie auch noch den Mund öffnete, drehte Sandra sich blitzschnell um und presste ihre Hand auf die Lippen der Freundin, um deren Kommentar im Keim zu ersticken.

Am Sprechen gehindert, versuchte Gerti nun mittels Gesten ihre Komplizin zur Umkehr zu bewegen.

Hier mussten andere Kräfte her. Am besten erst mal Grießler holen und dann die Polizei.

Mit Erschrecken stellte sie fest, dass Sandra gar nicht daran dachte, dies zu tun. Es sah doch tatsächlich so aus, als wolle sie sich weiter dem Zimmer nähern.

„Bist du verrückt geworden?" Gertis Warnung klang mehr wie ein heiseres Krächzen, als ein Flüstern.

Sandra war jetzt direkt neben der Tür, dicht an die Wand gepresst. Gerti stand noch immer wie angewurzelt mitten auf dem Flur. Sandras heftiges Winken brachte sie keinen Millimeter vorwärts, aber rückwärts ging's auch nicht.

Wie erstarrt musste sie mitansehen, wie Sandra mit dem Fuß gegen die Tür stieß, die sich daraufhin langsam zu öffnen begann.

Der schwache Schein des gedimmten Flurlichts vermochte das Innere des Raums nicht zu erhellen und von ihrem Standort konnte Sandra sowieso nicht ins Zimmer schauen.

Es blieb ihr nichts weiter übrig, als den Kopf nach vorn zu schieben.

„Niiiicht Sandra!" Gerti stand inzwischen kurz vor einem Herzinfarkt. Davon bemerkte Sandra aber nichts. Vom Jagdfieber gepackt, machte sie den ersten Schritt durch die Tür und verschwand aus Gertis Blickfeld.

Die Zimmer waren nicht groß. Erst ein kurzer Gang, an dessen rechter Seite eine Schiebetür zum Bad führte. Nach drei Schritten war man schon mitten im Raum. An der linken Wand standen zwei Schränke sowie ein Schreibtisch, rechts das Bett und davor ein Fernsehgerät, direkt neben dem Fenster.

So sehr Sandra sich auch bemüht hatte, leise zu sein, sie war anscheinend doch bemerkt worden, wie ein gedämpftes Geräusch aus dem Zimmer ihr verriet.

Sandra stand regungslos im Gang, hielt den Atem an und lauschte in die Stille.

Wenn sie doch nur sagen könnte, woher das Geräusch gekommen war?

Es hatte sich angehört wie …

Sie kam nicht mehr dazu, den Gedanken zu beenden. Gerade als sie sich erinnerte, dass es wie ein sich bewegender Duschvorhang geklungen hatte, schoss eine Gestalt aus dem Bad und stieß Sandra mit voller Wucht gegen den Kleiderschrank. Der Aufprall von Kopf und Schulter war schmerzhaft und mit einem lauten Schrei sackte Sandra zusammen.

Nach einem tiefen Atemzug begann sie laut zu rufen: „Gerti, mach Licht!", doch das war völlig sinnlos.

Gerti hatte sich schon längst auf dem Absatz umgedreht und war davongelaufen.

Die Hilfe der Freundin blieb also aus und die Gestalt machte sich bereits am Fenster zu schaffen. Gleich würde der Eindringling verschwunden sein und soweit wollte Sandra es nicht kommen lassen. Das Adrenalin, das in diesem Moment durch ihren Körper schoss, ließ sie den Schmerz vergessen und sie warf sich mit aller Kraft in Richtung Fenster.

Mit einer Hand bekam sie tatsächlich etwas zu fassen und zerrte wie wild daran. Als sie die zweite Hand zu Hilfe nahm, kam auch der Schmerz zurück. Ein Tritt des Eindringlings gegen ihre ramponierte Schulter beendete die Rangelei. Sanda ließ los, die Gestalt stieg durchs Fenster und sprang.

Mühsam versuchte Sandra, sich aufzurappeln, was ihr jedoch erst im dritten Anlauf gelang. Sie beugte sich hinaus und blickte angestrengt in die Dunkelheit. Was sie sah, war entmutigend.

Das Zimmer lag direkt über dem Speisesaal. Dessen Flachdach erstreckte sich nur einen halben Meter tiefer über die ganze Fensterfront auf dieser Seite. Der Eindringling hatte also ganz leicht aus dem Fenster auf das Dach und von dort auf den Boden springen können.

Der war längst weg.

„Scheiße!", fluchte Sandra lautstark.

In diesem Augenblick ging das Licht im Zimmer an und Sandra wetterte drauf los: „Kommst du auch schon? Deinetwegen ist der Kerl entwischt. Jetzt stehen wir mit gar nichts da und alle werden uns für die Einbrecher halten."

„Soll ich das als Geständnis werten?", kam es von der Tür. Aber es war natürlich nicht Gerti, sondern Grießler, der das gesagt hatte. Sein Ton ließ keinen Zweifel darüber, dass seine Bemerkung durchaus ernst gemeint gewesen war.

Es blieb nicht bei dieser Äußerung und jeder Versuch von Sandra, sich zu erklären, schnitt Grießler mit einer energischen Geste ab. Da von Gerti immer noch keine Unterstützung kam, gab Sandra auf und ließ das Gewitter stumm über sich ergehen.

Pfleger Dietmar steckte den Kopf durch die Tür. Entweder hatte ihn der ungewöhnliche nächtliche Lärm angelockt oder einer der Patienten von Station 1 hatte wegen dieses Lärms den Notknopf gedrückt. Als er sah, dass es nur bedepperte Gesichter aber keine Verletzten gab, wandte er sich um und beruhigte die Neugierigen, die inzwischen den Flur bevölkerten. „Alles in Ordnung, Herrschaften. Gehen Sie bitte wieder in Ihre Zimmer."

Nur widerstrebend kam man seiner Bitte nach. Doch die Action war ohnehin vorbei.

Gerade als Grießler seine Gardinenpredigt beendete und im Flur wieder Ruhe eintrat, tönte plötzlich ein markerschütternder Schrei durch die nächtliche Stille. Grießler war mit einem Satz am Fenster. Sandra, die ebenfalls hinaussehen wollte, bekam einen bitterbösen Blick zugeworfen, ließ sich aber davon nicht beeindrucken.

Von der Tür her hörten sie Gertis völlig verängstigten Ausruf.

„Ach du Scheiße, was war denn das?"

Den Gedanken, dass sich der geflüchtete Eindringling bei seinem Sprung vom Vordach vielleicht ein Bein gebrochen hatte, kam Grießler als erstes in den Sinn. Doch der Schrei kam von weiter weg. Wer mit einem Beinbruch noch so eine Entfernung zurücklegen konnte, würde nicht so schreien.

Das Schreien war verstörend genug gewesen, doch nun wurde es zu einem schrillen Kreischen und Grießler erkannte: Eine Frau schrie.

Es klang angsterfüllt und nach großen Schmerzen.

Etwas Furchtbares passierte gerade.

War eine Frau dem Eindringling zufällig in die Quere gekommen?

Was immer da draußen geschah, es blieb nicht unbemerkt. In den umliegenden Fenstern gingen die Lichter an. Das reichte zwar nicht aus, um den ganzen Innenhof zu erleuchten, aber es half ein wenig. Grießlers Sehvermögen war sehr gut und als er sich an die Dunkelheit gewöhnt hatte, glaubte er zwischen den Büschen am Rand des Klinikgeländes mehrere Schatten zuerkennen.

Inzwischen hatte das grauenvolle Schreien aufgehört, dafür war ein anderes Geräusch nun umso deutlicher zu hören und das ließ auf keinen guten Verlauf des nächtlichen Geschehens schließen.

In diesem Moment begriff Grießler, was da unten vor sich ging. Zur selben Zeit tauchten die ersten Lichtkegel auf dem Rasen auf.

Zwei ganz Verwegene waren, mit Taschenlampen bewaffnet, auf dem Weg zur Unglücksstelle.

Kaum war Grießler ihrer ansichtig geworden, beugte er sich weit aus dem Fenster und rief so laut er konnte: „Sofort zurück ins Haus! Nicht weitergehen!"
Eine Stimme antwortete: „Da braucht jemand Hilfe!"
„Ja und ihr auch gleich! Da sind Wildschweine! Also sofort zurück mit euch."
Die Lichtkegel stoppten. Es war eine allseits bekannte Tatsache, dass es hier am Rand der Großstadt Wildschweine gab, die auf ihrer Suche nach Futter auch bis in die Vororte kamen. Das Gelände der Klinik war ringsherum eingezäunt, doch die Spuren auf den Beeten und dem Rasen, die man immer wieder fand, zeigten deutlich, dass die Biester immer wieder einen Weg hineinfanden.
Sie hatten die Scheu vor dem Menschen verloren, aber das machte sie nicht zu Kuscheltieren.
Langsam setzten sich die Helfer wieder in Bewegung, nun aber in Richtung Haus zurück. Keiner wollte sich mit einer Rotte Wildschweine anlegen, vor allem, weil sie erst zu sehen waren, wenn man direkt vor ihnen stand.
Die Lichter verschwanden und Stille legte sich über das Gelände.
Ab und zu hörten sie noch ein Rascheln, doch das konnte auch vom Wind in den Bäumen sein.
Grießler atmete erleichtert auf. Wenigstens war keiner auf die Idee gekommen, mit Lärm zu versuchen, die Schweine zu verjagen. Lärm würde die Tiere höchstens noch gefährlicher machen.
Erst als Grießler sich sicher war, dass niemand mehr draußen herumgeisterte, wandte er sich um.

Bei all der Aufregung hatte er nicht bemerkt, dass Sandra sich vom Fenster zurückgezogen hatte.

Jetzt stand sie mit angstgeweiteten Augen neben Gerti und beide sahen ziemlich blass aus. Pfleger Dietmar stand hinter ihnen, seine großen Hände auf die Schultern der Frauen gelegt. Das sollte wohl eine schützende Geste sein, sah aber eher aus, als wolle er sie am Davonlaufen hindern.

„Rufen Sie die Rettungskräfte und die Polizei", wies Grießler ihn an. Erstaunlicherweise kam sofort Bewegung in den großen kräftigen Kerl. Er wirkte erleichtert, dass Grießler das Kommando übernehmen wollte.

Eine Ärztin kam angelaufen.

Grießler kannte sie nicht, doch sie schien zu wissen, wer er war.

„Haben Sie die Leute zurück ins Gebäude geschickt?", fragte sie atemlos. „Sie sind der Polizist, nicht wahr?"

Sein Nicken musste ihr als Antwort reichen, tat es auch.

Nun verließ Grießler das Zimmer und scheuchte, nachdem die Ärztin das Zimmer verschlossen hatte, alle noch Anwesenden vor sich her.

Jeder Patient, der jetzt noch den Kopf in den Flur steckte, bekam die energische Aufforderung: „Zurück ins Zimmer! Hier gibt's nichts zu glotzen!", zu hören. Keiner wagte einen Widerspruch.

Die Ärztin begleitete die Frauen, auf Grießlers Bitte hin, nach unten in den Fernsehraum. Pfleger Dietmar kam mit dem Handy am Ohr zurück und reichte es stumm an Grießler weiter.

Es war unverkennbar Kommissar König, der mit ihm reden wollte.

„Wir sind unterwegs. Die Kollegen müssten gleich eintreffen. Ich bringe noch den Revierförster mit. Sehen Sie bloß zu, dass keiner das Haus verlässt."

Nach einer kurzen Atempause fragte er noch: „Stimmt es wirklich, dass ein Mensch von den Biestern angefallen wurde?"

„Es hörte sich jedenfalls so an. Um was zu erkennen, war es viel zu dunkel."

„Wieso macht einer um diese Zeit eine Nachtwanderung über das Gelände? Ein Ortsansässiger würde das garantiert nicht tun. Also muss es jemand aus der Klinik gewesen sein."

Darauf wollte Grießler lieber nichts sagen, solange König noch nicht hier war. Der ließ aber nicht locker.

„Kam das vermeintliche Opfer also aus der Klinik?"

„Ja."

„Und da sind Sie sicher, weil …?"

„Weil es wahrscheinlich die Person war, die aus dem Fenster gesprungen ist."

„Aus welchem Fenster?" Der unheilschwangere Ton, der in der Frage mitschwang, entging Grießler nicht. König ahnte wohl schon, dass er sich mit voller Absicht so wortkarg ausdrückte.

„Aus dem von Spitzers Zimmer." Jetzt war es raus.

König holte geräuschvoll Luft, bevor er fragte.

„Haben Sie diesen Fensterspringer beobachtet? Ich hoffe doch sehr, nicht."

„Nein, ich nicht. Es war Sandra Büchner. Sie sah, dass die Tür offen war und wollte nachsehen. Im Übrigen, wieso war da eigentlich kein Siegel dran."

Mit der letzten Frage wollte Grießler nur erreichen, dass König endlich schwieg. Es funktionierte nicht. Im Gegenteil, König fühlte sich auf den Schlips getreten und reagierte entsprechend frostig.

„Nicht, dass ich Ihnen Rechenschaft schuldig wäre, aber das Zimmer war kein Tatort. Es wurde verschlossen und das Flatterband war ja wohl auffällig genug."

Jetzt erst ertönte ein typisches Knacken und das Gespräch war beendet, vorerst jedenfalls.

Grießler stöhnte leise auf.

Wenn König jetzt schon so angepisst war, na dann Prost Mahlzeit. Dabei wusste er bisher nur, dass sich jemand Zutritt zu Spitzers Zimmer verschafft hatte, von Sandra aufgescheucht, dann durchs Fenster abgehauen und von Wildschweinen angefallen worden war.

Was König noch nicht wusste, er, Grießler, war auch im Zimmer gewesen. Das Zimmer war nun ein Tatort, der nun durch mehrere, unbefugte Personen kontaminiert worden war.

Das würde ein Spaß werden, König darüber zu informieren.

Und noch eine Sache hatte Grießler ihm verschwiegen, nämlich, dass der Eindringling mit ziemlicher Sicherheit eine Frau gewesen sein musste, so wie die Schreie geklungen hatten.

Grießler seufzte vernehmlich.

Über eins brauchte er sich, so wie die Dinge lagen, keine Sorgen mehr zu machen: Den Rest des Schlafentzugs würde er nun ohne Probleme durchhalten.

Neun

Vor dem Haupteingang wimmelte es nur so von Einsatzkräften. Blaulicht und Scheinwerfer erleuchteten das Areal und das lockte natürlich wieder die Patienten an die Fenster und auf die Flure.

Ein paar Uniformierte sperrten innen und außen alles weiträumig ab und überließen es den Neugierigen, ihre eigenen Vermutungen anzustellen. Das wurde ausgiebig getan und so kursierten schon bald die wildesten Gerüchte. König rauschte im Eiltempo durch die Eingangstür, einige ziemlich schwer bewaffnet aussehende Männer folgten ihm.

In ihrer Mitte befand sich auch ein Zivilist mit einem Gewehr. Das musste der Revierförster sein. Besonders wohl schien er sich zwischen den vermummten Einsatzkräften nicht zu fühlen.

Grießler hatte sich in der Nähe des Eingangs postiert, da er die Vermutung hegte, dass König ihn sprechen wollte. Er sollte Recht behalten. Kaum war König seiner ansichtig geworden, als er ihn auch schon heranwinkte.

„Wo?", lautete die knappe Frage, die Grießler mit einer Geste in Richtung Wintergarten beantwortete.

„Sie warten hier."

Diese Bemerkung wäre unnötig gewesen. Grießler hegte ohnehin nicht den Wunsch, sich in der Dunkelheit auf Wildschweinpirsch zu begeben.

Er sah König und dessen Eskorte hinterher und fragte sich ein wenig neidisch, wie der Kommissar es in so kurzer

Zeit geschafft hatte, das SEK ranzuschaffen. Vielleicht brachte die unmittelbare Nähe zur Hauptstadt es mit sich, dass man hier schneller reagierte.

Während König mit der Verstärkung in der Dunkelheit verschwand, bauten sich Notarzt und Sanitäter mit ihrer Ausrüstung im Wintergarten auf, bereit sofort loszustürzen, wenn die Lage als sicher eingestuft worden war.

Das ging dann auch erstaunlich schnell.

Zwei einzelne Schüsse ertönten kurz nacheinander. Dem Klang nach aus einem Gewehr, also hatte der Förster geschossen und wahrscheinlich in die Luft. Für gezielte Schüsse war die Lage zu unübersichtlich. Dies war immerhin ein Wohngebiet.

Jetzt konnten Notarzt und Sanitäter endlich ihre Arbeit machen. Sie verschwanden mit der Ausrüstung in der Dunkelheit.

Nach einer gefühlten Ewigkeit, die aber tatsächlich nur eine halbe Stunde gedauert hatte, tauchten König und die Rettungskräfte wieder auf.

Erleichtert nahm Grießler wahr, dass eine Trage hereingeschoben wurde, auf der eine Gestalt lag.

Das hieß, die Person war noch am Leben, wenn auch in keinem besonders guten Zustand, wie man an den Schläuchen, den blutigen Verbänden und dem Beatmungsgerät sehen konnte.

Auf einen Wink des Kommissars trat die Ärztin kurz an die Trage heran, murmelte etwas, drehte sich schnell wieder um und lief davon.

Die Besatzung des RTWs setzte ihren Weg mit der Trage zügig fort und der Rettungswagen fuhr kurz darauf mit Blaulicht, aber ohne Sirene, vom Gelände.

Als nächster verließ der Förster die Klinik.

Nach und nach tauchten auch die SEK-Leute wieder auf. Das Gelände war durchsucht worden und damit war ihr Einsatz beendet. Nachdem der Einsatzleiter sich kurz mit König besprochen hatte, zogen auch die Vermummten ab. Grießler, König und sein Kollege, den er als Kommissar Kurz vorstellte, setzten sich in die leere Cafeteria.

Jetzt endlich wurde Grießler aufgefordert, zu berichten. In aller Ruhe erzählte er das, was er wusste. König unterbrach ihn kein einziges Mal, beobachtete ihn aber ganz genau. Sein Kollege machte sich derweil eifrig Notizen.

Als Grießler seinen Monolog beendet hatte, machte sich Stille breit.

Bevor ein weiteres Wort gesprochen wurde, kam die Ärztin dazu und legte eine Akte auf den Tisch.

König studierte die Akte flüchtig. Nach einem kurzen Moment des Zögerns schob er sie Grießler zu.

Bevor der einen Blick hineinwerfen konnte, legte die Ärztin ihre Hand darauf und protestierte.

„Das ist eine Patientenakte, die ist vertraulich. Lassen Sie es mich nicht bereuen, dass ich sie Ihnen ohne richterlichen Beschluss gegeben habe." Ihr Blick lag auf Grießler, doch ihr Vorwurf richtete sich an König.

„Frau Doktor, erstens ist Herr Grießler ein Kollege und ein sehr erfahrener noch dazu und zweitens wird er sowieso erfahren, wer unser Opfer ist. Oder glauben Sie, dass sich das nicht längst rumgesprochen hat? Wahrscheinlich ist Herr Grießler der Einzige, der es noch nicht weiß."

Grießler sah der Ärztin, deren Namensschild sie als Frau Dr. Baumann-Egner auswies, eindringlich an und ergänzte: „Ich habe nicht vor, die medizinischen Befunde anzusehen. Ich würde den Quatsch sowieso nicht verstehen, selbst wenn ich ihn entziffern könnte."

Das besänftigte die Medizinerin zwar nicht, aber sie gab die Akte frei.

Mit einem unguten Gefühl schlug Grießler sie auf und erblickte gleich auf der ersten Seite ein Foto. Er sah in ein blasses, schmales Gesicht mit vielen Sommersprossen, umrahmt von rotblonden langen Haaren. Die wasserblauen Augen, eine spitze Nase und die dünnen, zusammengepressten Lippen ließen das Gesicht leicht überheblich und abweisend aussehen. Diese Wirkung hatte die Person auch in Natura auf ihre Mitpatienten gehabt, wusste Grießler.

Es war das Gesicht von Heike Ostrowski, in das er schaute und ein Schauer lief ihm über den Rücken.

Heike war eine kleine, zierliche Frau. Wenn sie das Opfer einer Wildschweinattacke geworden war, na dann gute Nacht.

Er schaute die Ärztin an und fragte: „Sind Sie sicher? Haben Sie sie erkannt?"

Zunächst bekam er nur ein Nicken als Antwort. Dann tippte die Frau auf die Haare. Die waren zwar auffällig, aber reichte das? Er fragte nach.

„Und außer den Haaren? Gab es sonst noch was, woran sie zu erkennen war?" Grießler sparte mit Absicht das Wort *Gesicht* aus.

Ein Blick zu König bestätigte seine Vermutung: Das Opfer war schlimm zugerichtet worden.

Eigentlich wollte Grießler es dabei bewenden lassen, doch die Ärztin schien die Frage durchaus beantworten zu wollen. Mühsam um Fassung ringend, versuchte sie zu reden. Doch mehr als ein kaum verständliches: „Tattoo, Schulter rechts", kam nicht über ihre Lippen. Dann brach sie in Tränen aus.

Auf ein Zeichen von König hin führte sein Kollege die Ärztin beiseite, übergab sie zwei Schwestern und kam zurück.

König sah ihr nach und meinte leicht entschuldigend: „War wirklich kein schöner Anblick. Ich hätte ihr das ja gern erspart, aber was hätte ich denn tun sollen. Es war ja gerade kein anderer in der Nähe, den ich fragen konnte, wer unser Opfer ist. Als Ärztin, dachte ich, ist sie den Anblick von Blut gewöhnt. Aber das ist wohl bei Seelenklempnern nicht so. Na, wenigstens kann sie sich gleich selber therapieren."

Grießler sah seinen Kollegen erstaunt an. Er war bestimmt auch nicht immer zartfühlend im Umgang mit Zeugen, aber Königs Bemerkungen waren schon ziemlich kaltschnäuzig. Abgesehen davon, dass Frau Dr. Baumann-Egner eine Kardiologin war und keine *Seelenklempnerin*, es hätte bestimmt eine andere Möglichkeit gegeben, das Opfer zu identifizieren. Sie war ja nicht die Einzige, die Nachtdienst hatte.

Auch wenn er mit der Vorgehensweise von König nicht ganz einverstanden war, Grießler schwieg. Das hier war schließlich nicht seine Baustelle. Doch König schien es jetzt gerade zu seiner machen zu wollen, denn schon stellte er seine Gedanken zur Diskussion.

„Wenn die Ostrowski in Spitzers Zimmer war, dann muss sie was gesucht haben. Sie hatte aber nichts bei sich, als wir sie fanden. Also ist es vielleicht noch im Zimmer? Ihre Patientenfreundin hat sie wohl überrascht, bevor sie fündig wurde. Wenn ich es mir recht überlege, finde ich das allgemeine Interesse an Spitzers Zimmer ziemlich auffällig. Schlafentzug hin oder her, was wollte Ihre Freundin denn um diese Zeit auf dem Flur ausgerechnet vor Spitzers Zimmer?"

Grießler passte so einiges nicht an Königs Bemerkungen und sein selbstgefälliger Ton auch nicht. Seine Erwiderung war entsprechend frostig und verblüffte König.

„Die Frau heißt Sandra Büchner, sie ist eine Mitpatientin und nicht meine Patientenfreundin. Ansonsten habe ich Ihnen alles erzählt, was ich weiß. Wenn Sie also sonst keine Fragen haben …?"

„So war das doch nicht gemeint. Ich wollte doch nur Ihre Meinung zu der ganzen Sache hören, wie man das so unter Kollegen macht."

Grießler wusste ganz genau, was König wirklich wollte. Es war wie in der Schwimmhalle. Seine Vermutungen und Hinweise waren sehr willkommen, solange sie dem Kommissar halfen. Weiter reichte die Kollegialität nicht. Aber das ließ Grießler nicht mit sich machen. Entweder gab es eine echte Zusammenarbeit oder eben nicht.

Er beugte sich leicht nach vorn und sah König freundlich an.

„Eigentlich bin ich ja hier nur ein Patient, wie alle anderen und vielleicht noch ein Zeuge, aber da Sie schon so nett gefragt haben. Wenn dies meine Ermittlung wäre und ich schon in der Schwimmhalle die ersten Anzeichen für das Vorliegen eines Verbrechens entdeckt hätte, dann wären das Zimmer des Opfers und seine persönlichen Sachen ganz nach oben auf der To-do-Liste für die Spurensicherung gerückt."

König riss den Mund auf und setzte zu einem Einwand an. Doch da Grießler wusste, was nun kommen würde, kam er ihm zuvor.

„Selbst wenn mir für eine sofortige Spurensuche im Zimmer die Leute fehlen, Spitzers Sachen hätte ich auf jeden Fall gesichert und wenn ich sie persönlich eingetütet hätte. Oh, und ich wäre ganz sicher auf die Idee gekommen, das Zimmer versiegeln zu lassen. Aber wer weiß", rief er, immer lauter werdend, „vielleicht haben Sie ja Glück und finden in Spitzers Zimmer wirklich noch das, was Heike Ostrowski gesucht hat. Es könnte aber auch sein, dass es die Wildschweine gefressen haben."

Ohne auf eine Reaktion zu warten, stand Grießler auf und verließ den Wintergarten. König sah ihm mit hochrotem Kopf nach, Kurz hielt den seinen auffällig gesenkt. Das musste auch König bemerkt haben, denn er schnauzte ihn an.

„Was sitzen Sie denn noch hier rum? Fragen Sie gefälligst nach, wann wir das Opfer befragen können und dann kümmern Sie sich um Spitzers und Ostrowskis Zimmer."

Kurz eilte sichtlich froh über den Auftrag davon, während König Grießler missmutig hinterherschaute.

Etwas später betrat er die Bibliothek, um mit den drei Frauen zu reden.

Eine Beamtin war die ganze Zeit über bei ihnen geblieben, nicht aus Besorgnis über den Gesundheitszustand, sondern um Absprachen zu vermeiden.

König holte sich jede einzeln in den Seminarraum nach nebenan und befragte sie sehr gründlich.

Viele Informationen bekam er nicht. Im Gegenteil, Sandra Büchner versuchte doch glatt, ihm ein paar Informationen zu entlocken. Das fand König nicht witzig und sie musste sich einige besonders unangenehme Fragen gefallen lassen. König wusste inzwischen von dem Streit zwischen Spitzer und den Frauen beim Schwimmen und hakte da natürlich nach. Immer noch auf der Suche nach einem Motiv für den Mord, wollte er nichts unversucht lassen.

Wütend über die unterschwellige Verdächtigung des Kommissars, verließ Sandra nach einer Stunde den Seminarraum. Zurück in die Bibliothek wollte sie eigentlich nicht gehen, aber in ihr Zimmer auch nicht. Schon deshalb, weil König sie quasi dazu aufgefordert hatte.

„Der kann mich mal", murmelte sie vor sich hin.

Mit einem Kaffee aus dem Automaten bewaffnet und mit finsterem Blick setzte sie sich in den Wintergarten, wo sie kurze Zeit später von Grießler entdeckt wurde.

Der war in ähnlich übler Stimmung und genau wie Sandra, wegen König. Dennoch versuchte er ein Gespräch in Gang zu bringen und fragte behutsam.

„Wie war das Tête-à-Tête mit König?"

Sandras Reaktion war ziemlich heftig.

„Fang du nicht auch noch an, mich auszufragen", fauchte sie regelrecht.

„Entschuldige, ich dachte nur, du willst drüber reden. Aber ich bin ja nicht dein Therapeut. Und an den kommt ja sowieso keiner ran."

Ein scharfer Blick traf ihn.

Wollte Grießler sie hochnehmen?

Sandra war, wie er, bei Andrees.

Grießler fragte unbekümmert weiter.

„Hat König dir gesagt, wer das Opfer ist?"

Kopfschütteln, gefolgt von einem leisen: „Das weiß ich auch so, glaube ich."

„Aber sicher bist du nicht?"

„Eigentlich doch, ich will es nur nicht wahrhaben."

Sie sah Grießlers fragenden Blick und sagte: „Es muss Heike gewesen sein."

Das überraschte Grießler nun doch und er wollte zu gern wissen, wieso Sandra darauf gekommen war.

„Als wir gestern nach der Basisgruppe zusammenstanden, da ist Heike in dem Moment vorbeigegangen, als ich erwähnte, dass Spitzers Zimmer am nächsten Tag durchsucht werden soll. Das muss sie gehört haben."

„Das könnte wirklich der Grund gewesen sein für ihren Einstieg", gab Grießler ihr Recht.

Sandra redete weiter.

„Erkannt habe ich sie nicht und mir ist diese Begegnung zuerst auch nicht eingefallen. Aber als ich die Schreie hörte, dachte ich sofort, dass es eine Frau sein musste. Es hat nicht lange gedauert, bis mir Heike einfiel."

„Hast du König von der Begegnung erzählt?" Er kannte die Antwort schon, bevor Sandra sie in Form eines trotzigen Kopfschüttelns gab.

„Das solltest du auf jeden Fall noch nachholen", riet Grießler ihr daraufhin, schränkte den Rat aber mit dem Wörtchen „Morgen" ein.

Er hatte es kaum ausgesprochen, als Königs Kollege auftauchte.

„Haben Sie den Kommissar gesehen?", fragte er Grießler. Der fasste in Sekundenschnelle einen Entschluss, sah Kurz einen Moment so an, als würde er überlegen und sagte dann: „Nein. Ich glaube er wollte zu Spitzers Zimmer hoch."

Es war ein Schuss ins Blaue und er traf genau, wie die Antwort zeigte.

„Da komm ich gerade her. Dort war er nicht."

Als Grießler sah, dass Sandra etwas sagen wollte, warf er ihr einen bedeutsamen Blick zu, den sie zum Glück verstand und ihn weiterreden ließ.

„Dann ist er vielleicht in dem anderen Zimmer?"

Er bekam ein Kopfschütteln und die Antwort: „Auch nicht. Das habe ich schon vorher versiegelt, damit die SpuSi morgen alles noch im Originalzustand vorfindet."

Schwang da ein leichter Hauch von Anerkennung in Grießlers Stimme mit, als er entgegnete, „Das ist gut" oder war es Ironie?

Ehe Kurz sich darüber Gedanken machen konnte, ergänzte Grießler: „Dann ist er wahrscheinlich nur mal für Königstiger und kommt gleich wieder."

Bei dem Wort Königstiger bekam Sandra einen Hustenanfall und drehte sich schnell weg. Grießler tat völlig unbeeindruckt.

Mit einer Geste forderte er Kurz auf, sich zu ihnen zu setzen, was der auch tatsächlich machte.

„Wie geht es denn Frau Ostrowski? Hat man Ihnen was über ihren Zustand gesagt, oder sind die hier auch so schweigsam wie bei uns in Magdeburg?"

Letzteres traf zwar nicht zu, aber Grießler wollte erreichen, dass Kurz plauderte und die kleine Notlüge tat ihre Wirkung.

„Bei uns ist man kooperativer. Sie wird noch operiert und kann sicher nicht vor morgen Abend befragt werden."

Grießler hatte seine unergründliche Ermittlermine aufgesetzt und während er lustlos in einer Illustrierten blätterte, fragte er wie beiläufig: „Dann bleiben also nur die Zimmer von Spitzer und Ostrowski. Was Interessantes habt Ihr wohl noch nicht gefunden, oder?"

Ganz so unbedarft, wie Grießler gehofft hatte, war Königs Kollege nun doch nicht. Statt zu antworten, warf er ihm einen fragenden Blick zu, den er in Sandras Richtung wandern ließ.

Grießler winkte müde ab.

„Frau Büchner wurde schon befragt und weiß Bescheid. Ich habe sie gerade gefragt, ob der Eindringling, also Frau Ostrowski, etwas in den Händen gehalten haben könnte, als sie durch das Fenster flüchtete. Sie war sich ziemlich sicher, dass dem nicht so war."

„Hm hm." Mehr kam nicht als Antwort.

„Was könnte die Ostrowski eigentlich gesucht haben? Nachts in Spitzers Zimmer einzudringen ist ganz schön gewagt. Das muss schon etwas Wichtiges gewesen sein, wofür sie dieses Risiko eingegangen ist." Auf diese Bemerkung reagierte Kurz nur mit Schweigen.

„Oder etwas Wertvolles?", meldete sich plötzlich Sandra zu Wort.

„Und was?", nahm Grießler wie selbstverständlich den Faden auf.

„Geld vielleicht? Könnte doch sein, dass sie einfach nur klauen wollte"

„Ist aber sehr weit hergeholt. Das würde Ostrowskis Tat zu einem einfachen Einbruchdiebstahl machen", gab Grießler zu bedenken.

„Die einfachste Lösung ist immer noch die beste", meinte Sandra leichthin. Sie fand offensichtlich Gefallen an diesem verbalen Schlagabtausch.

Grießler überraschenderweise auch, denn er setzte das Ganze fort, richtete seine Worte aber jetzt direkt an Kurz.

„Ich weiß nicht, ich glaube eher an etwas, was Ostrowski direkt mit Spitzer in Verbindung gebracht hätte und dass sie deshalb an sich bringen wollte. Was denken Sie?"

So unmittelbar angesprochen, gab der Mann nach und antwortete, wenn auch zögerlich.

„Ich glaube auch, dass sie einen guten Grund gehabt haben muss, für ihren Einbruch. Wobei, ein Einbruch war es vielleicht gar nicht. Die Tür wies keine Spuren eines Einbruchs auf."

„Ach, das wissen Sie schon? Ich dachte die SpuSi kommt erst morgen?"

Das war ein bisschen frech von Grießler und Kurz fühlte sich natürlich zu Unrecht in Frage gestellt. Das wollte er so nicht stehen lassen.

„Also, Sie dürfen uns ruhig schon zutrauen, dass wir auch so erkennen, ob eine Tür aufgebrochen wurde. Das war bei Spitzers Zimmer nicht der Fall und Ostrowskis Zimmer war verschlossen. Da sie den Schlüssel nicht bei sich hatte, werden wir ihn vermutlich auf dem Gelände finden, wenn es hell ist."

„Dann vielleicht doch wegen Geld?", mutmaßte Grießler und griff Sandras Idee auf.

Kurz schien darüber amüsiert zu sein, dass Grießler sich jetzt auch genauso aufführte, wie sein Kollege und sich großzügig der Idee eines Anderen bediente. Er blickte Sandra freundlich an, um ihr zu zeigen, dass er immer noch sie als Urheberin dieser Theorie betrachtete und entgegnete: „Spitzers Geldbörse mit ca. 100 € und der Bankkarte waren noch im Schranksafe. Sein Handy übrigens auch. Was anderes Wertvolles gab es nicht zu holen."

Grießler machte zwar ein nachdenkliches Gesicht und Kurz rechnete mit einem Einwand, doch der kam nicht. Grießlers Interesse an Kurz' Erkenntnissen war ganz plötzlich erschöpft.

Er schlug sich auf die Oberschenkel und erhob sich. Dem erstaunt aufsehenden Kurz sagte er: „Tja, dann warten wir mal ab, was die Techniker noch finden, viel wird es ja nicht sein. Frau Büchner und ich werden jetzt mal den Kampf gegen die Müdigkeit fortsetzen."

Er legte den Arm um Sandras Schulter und zog sie mit sich. „Komm Sandra. Jetzt wo es bald hell wird, schmeißen wir uns mal in die Sportklamotten und gehen an die frische Luft."

„Nach hinten aufs Gelände dürfen sie aber nicht, das bleibt vorerst noch gesperrt", rief ihnen Kurz hinterher.

Grießler winkte ab und erwiderte. „Hatten wir auch nicht vor, Kollege. Aber danke für den Hinweis."

„Hat der dir ernsthaft gerade gesagt, was du nicht tun darfst?", fragte Sandra stirnrunzelnd. Grießlers Antwort ließ sie ihre Augen weit aufreißen.

„Sandra, die Frage ist doch, werde ich mich daranhalten?"

„Du meintest doch sicher: Werden wir uns daranhalten?", kam es sofort von Sandra zurück. Grießlers Grinsen machte seine Antwort unnötig.

Kurz war immer noch perplex über Grießlers plötzlichen Aufbruch. Hätte er in die entgegengesetzte Richtung geschaut, wäre ihm der Grund dafür klar geworden.

König war im Anmarsch und er kam nicht aus der Toilette, sondern aus dem Seminarraum, wo er die ganze Zeit gewesen war.

Bei seinem Kollegen angelangt, sah er Grießler und Sandra in einem Flur verschwinden und fragte: „Haben die noch was Interessantes gesagt?"

Kurz, dem bei Königs Frage plötzlich klar wurde, dass er die ganze Zeit über Grießlers Fragen beantwortete hatte und nicht umgekehrt, schwieg und schüttelte den Kopf.

Bevor König die Gelegenheit ergriff, nachzufragen, zog Kurz es vor, seinen eigentlichen Bericht über die Zimmer und Ostrowskis Zustand abzuliefern. Dass er Grießler gerade eben fast das Gleiche erzählt hatte, verschwieg er lieber.

Im Grunde hatte er ja auch nichts Interessantes gesagt, wie er fand und Grießlers Grinsen war ihnen entgangen.

Zehn

Kaum waren sie aus Kurz' Blickfeld verschwunden, als Grießler Sandra festhielt und stehenblieb.

„Wir treffen uns in fünf Minuten am Haupteingang", lautete seine Anweisung kurz und knapp.

„Was ist mit Gerti und Marzena?"

Grießler verdrehte die Augen.

„Das soll kein Gruppenausflug werden. Ich hatte übrigens nicht den Eindruck, dass den beiden deine Unternehmung gefallen hat."

Er wartete nicht auf eine Antwort, sondern ging zügig in Richtung Zimmer.

Sandra blieb nichts weiter übrig, als das Gleiche zu tun.

Fünf Minuten später kamen sie beide gemeinsam die Treppe in die Halle herunter, in Trainingsanzug und mit Handy.

Zufrieden registrierte Grießler, dass die beiden Kriminalisten, in ihr Gespräch vertieft, keine Notiz von Sandra und ihm nahmen.

Trotzdem drängte er mit den Worten: „Komm Sandra, bevor K&K es sich anders überlegen und uns Stubenarrest erteilen."

Sandra grinste amüsiert. „K&K? Das ist gut. Könnte glatt von mir sein."

„Du meinst, weil du sonst die Leute mit Spitznamen ausstattest?"

Sandras Grinsen erstarb.

„Woher weißt du denn davon? Das ist doch nur für die Mädels und mich. Damit keiner mitkriegt …" Sie biss sich ärgerlich auf die Zunge und Grießler vervollständigte den Satz.

„… über wen ihr gerade tratscht? Das ist doch kein Geheimnis. Das machen andere auch, schätze ich mal. Und ich glaube, dass sogar die Therapeuten manchmal zu diesem letzten Mittel greifen. Was ist eigentlich mein Spitzname?"

„Du hast keinen, du bist einfach Sören. Außerdem sind es keine Spitznamen, sondern Decknamen. Und wir tratschen nicht, wir tauschen nur Eindrücke aus."

Grießler setzte seinen Ermittlerblick auf, schaute Sandra in die Augen und konterte etwas spöttisch: „Und das soll ich dir glauben? Ich weiß, welchen Spitznamen, Verzeihung Decknamen, du unserem Therapeuten gegeben hast und den von Jürgen kenne ich auch."

Sandra klang, als würde sie nach Luft schnappen, worauf Grießler sie beruhigte.

„Keine Sorge, euer kleines Geheimnis ist bei mir gut aufgehoben. Und jetzt vorwärts, es wird bald hell und dann kommen die großen Jungs raus und wollen mitspielen."

Grießler begann sichtlich Spaß an der Heimlichtuerei zu haben, wie er selber verblüfft feststellen musste. Sandra auch, doch das zeigte sie lieber nicht.

Zügig schritten sie aus und Eile war wirklich geboten, wollten sie noch im Schutz der Dunkelheit agieren.

Um unbemerkt dorthin zu gelangen, wohin Grießler wollte, mussten sie einen großen Bogen um das Klinikgelände schlagen. Das hieß, erst einmal liefen sie ein Stück in Richtung Hauptstraße, bis sie außer Sichtweite des Gebäudes gelangten. Dann nahmen sie ihren Weg durch die umliegenden Einfamilienhäuser und kamen an der Rückseite der Klinik über die Zufahrt zum Parkplatz wieder zum Haus zurück.

Ein Zaun, der die Wildschweine fernhalten sollte, umgab das Gelände. Er war kaum einen Meter hoch, also nicht mal für die kleine Sandra ein Hindernis. Abgesperrt mit Flatterband waren ohnehin nur die Tore im Zaun. Strenggenommen, fand Grießler, machten sie also nichts Verbotenes, wenn sie an anderer Stelle über den Zaun stiegen. Jedenfalls nicht, wenn sie sich nicht erwischen ließen und das hatte er nicht vor.

Sandra hielt sich jetzt dicht hinter ihm.

Nach ein paar Schritten, hin zur vermeintlichen Stelle des nächtlichen Angriffs auf Ostrowski, raunte sie Grießler zu: „Hoffentlich sind die Schweine nicht zurückgekommen." Wäre es nicht so dunkel gewesen, sie hätte Grießlers amüsierten Blick sehen können. Sein ironischer Unterton genügte ihr aber auch so.

„Du meinst, weil es den Täter immer wieder zurück an den Ort des Verbrechens zieht? Sandra, das hier ist kein Fernsehkrimi. Aber bleib vorsichtshalber schön hinter mir, damit wenigstens ich überlebe, wenn Dr. Lecter von hinten angeschlichen kommt." Unter Kopfschütteln fügte er hinzu: „Was ist eigentlich los mit dir? Wieso muss ich jetzt auf einmal die Witze machen? Hast du deinen unerschütterlichen Humor in Spitzers Zimmer verloren? Ich kann König sagen, er soll bei der Durchsuchung mal danach Ausschau halten."

Das ließ Sandra nicht auf sich sitzen.

„Wie kommst du auf die Idee, dass du witzig bist?",
raunzte sie zurück und fragte im selben Ton weiter: „Was
suchen wir hier überhaupt?"

Sie fand wirklich, es wurde langsam Zeit, dass Grießler
mit seinem Plan rausrückte. Er sah das wohl etwas anders,
denn er ging nicht auf ihre Frage ein. Stattdessen schaltete
er an seinem Handy die Taschenlampenfunktion ein und
begann in kurzen Abständen den Boden abzuleuchten.

Es dauerte nicht lange, bis sie einen weiteren abgesperrten
Bereich fanden. Hier war das Flatterband weiträumig um
eine große Fläche aufgewühlten Bodens gespannt worden,
eine verdammt große Fläche.

Dass es sich um den Schauplatz des Zusammenstoßes von
Mensch und Tier handeln musste, sahen sie an den
Hinterlassenschaften der Rettungskräfte.

Grießler machte die Taschenlampe aus, blieb außerhalb
des Areals stehen und versuchte, Einzelheiten
auszumachen. Doch ohne die zusätzliche Lichtquelle war
das nicht möglich. Also ging er in die Hocke und schaltete
die Lampe wieder ein, hielt sie aber dicht über dem Boden.
Seine Hoffnung war, dass sie sich weit genug vom
Gebäude weg befanden, um nicht bemerkt zu werden.
Sandra hockte sich ebenfalls hin. Ihr Blick folgte dem
Lichtkegel, wohin Grießler ihn auch lenkte.

„Glaubst du wirklich, dass wir hier was finden?", fragte sie
im Flüsterton.

„Nein, aber man kann nie wissen. Es ist wichtig, den
Tatort, oder wie man das hier auch nennen will, in

Augenschein zu nehmen. Wenn es geht, unter den gleichen oder ähnlichen Bedingungen, wie zum Zeitpunkt der Tat."

„Aha, und was sagt dir das nun alles?"

„Dass Heike keine Chance hatte, den Schweinen aus dem Weg zu gehen. Es ist heute Nacht so finster, wie in Plutos Arsch und die Büsche ringsum boten den Viechern ein tolles Versteck."

Er richtete sich auf und sah zur Klinik.

„Heike kam von dort drüben." Er deutete zum Vorbau des Speisesaals. „Sie muss wahnsinnig in Panik gewesen sein, weil du sie überrascht hast. Sie wollte sicher, genau wie wir, die Klinik in weitem Bogen umgehen oder sich irgendwo verstecken und abwarten. Wahrscheinlich hat sie sich ständig umgesehen, aus Angst verfolgt zu werden. Dabei muss sie genau auf die Schweine zugelaufen sein. Keine Chance!"

„Warum sind die Viecher nicht weggelaufen? Haben die denn keine Angst vor Menschen?"

„Normalerweise schon, aber wenn sie schon bis in die Ortschaften vordringen, dann sind sie nicht mehr so menschenscheu. Und wenn sie sich bedroht fühlen, weil jemand auf sie zukommt, dann greifen sie auch an. Ein Wunder, dass Heike noch lebt."

„Sind die so gefährlich?"

„Sie haben Kraft und scharfe Zähne. Wenn dir so ein Wildschwein zwischen die Beine kommt, wirft es dich ganz leicht um und dann muss es nur noch an der richtigen Stelle zubeißen, eine Schlagader erwischen und das war's."

Grießler stand auf und das Licht erlosch.

„Nichts!", gab er enttäuscht von sich.

„Ich hab' doch gesagt, dass sie nichts in der Hand hatte, als sie durchs Fenster ist."

„Ich weiß, was du gesagt hast. Ich weiß aber auch, dass Zeugen sich nicht immer richtig erinnern. Nichts gegen dich, Sandra, aber die Wahrnehmung in solchen Stresssituationen ist bei uns Normalos nicht die beste. Nur weil du nichts gesehen hast, muss das nicht zwangsläufig bedeuten, dass da nichts war."

„Wenn du das sagst." Sandra klang nicht überzeugt. „Hast du auch eine Vermutung, was sie bei sich gehabt haben könnte?"

„Erinnerst du dich, was Kurz gesagt hat, über Spitzers Sachen?"

„Na, dass Geld, Karte und Handy im Safe waren."

„Genau und sonst wäre nichts von Wert im Zimmer gewesen."

„Ja und?" Sandra wurde langsam nervös. Wieso ließ Grießler sich jedes Wort aus der Nase ziehen?

„Ich frage mich, was mit dem Laptop geschehen ist?"

„Laptop?"

„Spitzer hatte ein Laptop, Sandra. Ich selber habe ihn ein paarmal auf der Galerie damit gesehen."

Mit der Galerie war ein Gang gemeint, der in der ersten und zweiten Etage über der Eingangshalle von einem Kliniktrakt zum anderen führte. Dort hatte man den besten Internetempfang über das WLAN und deshalb sah man immer Leute mit ihren Handys, Tablets oder Laptops da oben stehen.

„Vielleicht hat die Polizei den Laptop schon gestern mitgenommen?"

Sandras Erklärungsversuch wurde von Grießler mit den Worten: „Und die Sachen aus dem Safe lassen sie da?", abgeschmettert.

Das klang wirklich nicht sehr logisch, musste Sandra zugeben. Grießler war mit seinen Gedanken schon beim nächsten Punkt.

„Kurz hat auch gesagt, dass es an Spitzers Tür keine Einbruchspuren gegeben hat. Jemand muss die Tür also mit einem Schlüssel geöffnet haben, anders kommt man nicht rein, egal ob abgeschlossen war oder nicht."

„Stimmt, von draußen gibt es nur einen Knauf, keine Klinke. Heike muss sich den Schlüssel besorgt haben."

„Wohl eher nicht. Den hat König wahrscheinlich gestern schon in der Schwimmhalle einkassiert."

„Und wie ist sie dann reingekommen?"

„Gute Frage. Wie bist du reingekommen?"

„Das weißt du doch. Die Tür war einen Spalt auf."

„Heike könnte auf dieselbe Weise reingekommen sein, durch die schon offene Tür."

Sandra dachte kurz nach, bevor sie einwandte: „Aber dann wäre ja noch wer im Zimmer gewesen und das war nicht der Fall."

Grießler lächelte nur milde.

„Nicht mehr, Sandra, aber vorher schon."

„Und lässt die Tür auf, als er wieder geht?" Sandras Zweifel wunderten Grießler nicht.

„Warum nicht? Jemand anders bemerkt die offene Tür und geht rein. Vielleicht will er nachsehen, ob Hilfe gebraucht wird, oder er will einfach die günstige Gelegenheit nutzen." Der Blick, den Grießler Sandra bei seinen Worten zuwarf, sprach Bände.

„Er oder sie hinterlässt dann ein paar schöne Spuren und gerät automatisch in Verdacht. Super Sache für die Kripo, Fall gelöst."

„Übertreib nicht, Sören."

„Du hast ja keine Ahnung, wie schnell das geht." Er hatte schon von einigen dieser Fälle gehört. Die wurden der Öffentlichkeit aber geflissentlich vorenthalten, da sie kein gutes Licht auf die Ermittlungsbehörden warfen.

„Wenn du Heike nicht überrascht hättest, wärst du ganz sicher schön in Erklärungsnot gekommen. Oder hattest du Handschuhe an?"

Darauf erwiderte Sandra lieber nichts. Sie versuchte es mit einer Ablenkung.

„Glaubst du, dass Heike Spitzer ermordet hat?"

„Sie scheint ihn auf jeden Fall näher gekannt zu haben. Das allein ist aber noch kein Motiv."

„Es würde aber ihre Reaktion gestern in der Basisgruppe erklären."

„Ach ja?"

„Na, Schuldgefühle! Deshalb wollte sie nicht darüber reden."

„Oder sie war einfach nur erschüttert über den Tod eines Freundes. Es gibt viele Erklärungen für ihr Verhalten, Sandra. Die Wahrheit kennt nur Heike und es wird eine Weile dauern, bis sie dazu befragt werden kann."

„Ich glaube, sie war es." Sandra hörte sich fast ein bisschen trotzig an, was Grießler zu der Entgegnung verleitete: „Ich glaube das nicht."

„Und wer war es deiner Meinung nach dann?", wollte Sandra natürlich nun wissen.

„Jemand, der sowohl ein Motiv als auch die Gelegenheit dazu hatte, der gewaltlos in das Zimmer gelangen konnte und der jetzt im Besitz von Spitzers Laptop ist."

„Aber wenn Heike ihn nun doch bei sich hatte, unter der Jacke zum Beispiel? Ich hab' ja nur gesehen, dass sie nichts in den Händen trug."

„Dann hätten wir oder die Polizei hier zumindest Überreste davon gefunden."

„Sie könnte ihn irgendwo zwischen Gebäude und hier versteckt haben."

„Sie war auf der Flucht, da sucht man kein Versteck."

„Aber sie könnte ihn weggeworfen haben."

Sandras Stimme wurde immer drängender. Grießler hatte genug und gab nach.

„Also gut, wenn du so darauf pochst, sehen wir uns auf dem Weg zurück mal vorsichtig um."

Ohne noch länger zu warten, setzte er sich in Bewegung. Im Laufen murmelte er: „Mich würde etwas anderes viel mehr interessieren." Sandra, die ihm auf dem Fuß folgte, hatte es gehört und fragte natürlich sofort: „Und was?"

„Das Ergebnis der Durchsuchung von Heikes Zimmer."

„Kurz hat nichts erwähnt davon."

„Weil ihr Zimmer erst mal versiegelt wurde. Die Untersuchung ist für morgen, also heute geplant."

Bei der letzten Bemerkung Grießlers blieb Sandra plötzlich stehen, was nicht unbemerkt bleib.

„Komm bloß nicht auf den Gedanken, dass ich ein Türschloss knacke."

Seine Reaktion war zwar verständlich, aber diesmal überflüssig, weil er Sandras Verharren gründlich missverstanden hatte.

„Sören", flüsterte sie aufgeregt, „ich glaube, ich habe was gefunden."

Grießler schaute sich um.

„Ich sehe nichts, wo denn?"

„Unter meinem Fuß", hauchte sie fast tonlos, bewegte sich aber keinen Millimeter.

„Warum hebst du es dann nicht auf?"

„Ich trau mich nicht."

Das brachte Grießler an den Rand eines Lachanfalls und zu der Bemerkung: „Hat es Klick gemacht?"

„Was? Nein."

„Dann nimm den Fuß weg und lass mich nachsehen."
Grießler bückte sich und hob das Etwas auf.

Es war ein Schlüsselbund, wie es jeder Patient bei sich trug.

„Sie hatte doch Spitzers Schlüssel." Ein leichter Hauch von Triumph schwang in Sandras Stimme mit.

Doch Grießler schüttelte den Kopf.

„Spitzer hatte Zimmer 108 und das ist der Schlüssel zu 207 und das ist …"

„… Heikes Zimmer." Sandras Enttäuschung war nicht zu überhören. Doch dann hellte sich ihre Miene schlagartig auf.

Grießler brauchte keine hellseherischen Fähigkeiten, um diesen Stimmungswandel zu interpretieren.

„Denk nicht mal dran, Sandra. Auch wenn wir den Schlüssel haben, wir werden nicht in Heikes Zimmer nachsehen. Da ist immer noch ein Polizeisiegel dran."

Dagegen fand sogar Sandra kein Argument und gab sich geschlagen. „Und was nun?"

„Wir werden jetzt zurückgehen und König die Schlüssel übergeben."

Als sie die Klinik betraten, konnte Sandra ihre Enttäuschung nicht länger zurückhalten.

„Besonders erfolgreich waren wir ja nicht."

„Wie man's nimmt. Ich bin der Überzeugung, dass außer euch beiden heute Nacht noch jemand in Spitzers Zimmer war und das könnte Heike im Hinblick auf den Mord an Spitzer entlasten."

Suchend blickte Grießler sich um, konnte König und Kurz aber nicht entdecken.

Vielleicht hatten sie sich in die Bibliothek zurückgezogen.

Grießler wollte nachsehen, wurde von Sandra aber zurückgehalten.

„Gib mir den Schlüssel, Sören."

„Nein. Ich dachte, das wäre geklärt."

„Das ist es auch. Gib mir den Schlüssel, bitte."

„Wozu?"

„Wir können zwar nicht im Zimmer nachsehen, aber …"

Mit einer ungeduldigen Geste riss sie Grießler den Schlüssel aus der Hand und ehe er reagieren konnte, lief sie los.

Kurz danach wurde ihm klar, wohin Sandra wollte.

Zu den Briefkästen. Daran hatte er gar nicht gedacht, musste er neidlos zugeben und folgte ihr. Er kam gerade dazu, als Sandra mit zitternden Händen den Briefkasten Nr. 207 öffnete. Der war ziemlich weit oben in der Reihe und Sandra musste sich auf die Zehenspitzen stellen, um hineinsehen zu können.

Sie streckte schon die Hand aus, um den Inhalt herauszuholen, als sie von Grießler sanft aber bestimmt zur Seite geschoben wurde. Aus den Tiefen seiner Hosentasche holte er ein Paar medizinische Einweghandschuhe hervor und streifte sie über, bevor er hineingriff. Er brachte so einen A4 Bogen sowie zwei Briefe zum Vorschein.

Der Bogen war ein Therapieplan, den kriegte man bei jeder Änderung neu ausgedruckt. Grießler legte ihn wieder hinein.

Einer der Briefe war mit der Post gekommen, der interessierte ihn auch nicht.

Der zweite Brief war da schon beachtenswerter. Es handelte sich um einen handelsüblichen weißen B6 Umschlag mit einer dreieckigen Verschlusslasche. Auf dem Umschlag standen weder Adresse noch Absender und er war nicht zugeklebt.

Er spürte förmlich Sandras bohrenden Blick auf sich ruhen.

Sollte er? Der Brief war offen und niemand würde es merken. Aber sollte er wirklich?

Während er noch überlegte, tastete Grießler den Umschlag ab. Da war höchstens ein Blatt drin, so dünn fühlte er sich an.

Sandra fing an zu zappeln.

„Sören! Beeil dich. Jeden Augenblick kann wer kommen."
Sie hatte Recht. Die Gefahr von König mit dem Brief in
der Hand und dem gefundenen Schlüssel hier erwischt zu
werden, war groß und würde Ärger bedeuten. Da musste
sich das Risiko wenigstens lohnen.
Das gab den Ausschlag.
Grießler hob die Lasche an und sah hinein. Es war ein
Foto drin. Als er es herauszog, sah er, dass das Bild darauf
nur teilweise erkennbar war. Jemand hatte fein säuberlich
die Gesichter der abgebildeten Personen
herausgeschnitten.

„Was für ein gruseliges Puzzle ist das denn?", fragte
Sandra und verzog angewidert ihr Gesicht.
Das wusste Grießler auch noch nicht, doch eine vage
Vorstellung bemächtigte sich seiner.
Er wusste zumindest bei einer Person auf dem Bild genau,
um wen es sich handelte, auch wenn es kein Gesicht dazu
gab. Dafür war das Tattoo auf dem rechten Schulterblatt
umso besser zu erkennen.
Die Frau, die in eindeutiger Position vor einem Mann
kniete, war Heike Ostrowski.

Elf

Grießler platzte direkt in die Befragung von Pfleger Dietmar. Ihm wurde schlagartig klar, dass dies sein ohnehin schon angespanntes Verhältnis zu König nicht gerade verbessern würde. Und richtig, als er ihm dann noch Ostrowskis Schlüssel entgegenhielt, verfinsterte sich Königs Miene augenblicklich. Der Pfleger konnte gehen und Grießler wurde bedeutet, Platz zu nehmen.

Das anschließende Gespräch verlief so, wie Grießler es sich schon hatte denken können.

Mit jedem Satz wurde die Luft kälter im Raum und Königs Stimme klang immer mehr wie ein Donnergrollen.

Grießler bemühte sich, so gut es ging, bei der Wahrheit zu bleiben. Allerdings ließ er Sandras Beteiligung an der Aktion weg und tat das Ganze als einen zufällig gemachten Fund ab. Letzteres stimmte ja sogar.

Doch egal was er sagte, bei König hatte er den Bogen überspannt.

Rückwirkend betrachtet, war die Ansage, die Grießler bekam, mehr als umfangreich und in allen wesentlichen Punkten zutreffend.

Worte wie Unkollegialität, nicht teamfähig, sträflicher Leichtsinn und Dummheit fielen. Einmal in Fahrt machte König seinem Ärger ordentlich Luft und ließ kein gutes Haar an Grießlers Fähigkeiten als Ermittler. Das konnte der aber ertragen. Als König aber auch noch die Kompetenzen der Magdeburger Kripo in Zweifel zog, ging er für Grießlers Empfinden zu weit und dann passierte es.

König holte tief Luft und fragte, ob er sonst noch was gefunden hätte.

Grießler sah ihm mit steinerner Miene an und sagte: „Nein."

Das Augenduell dauerte eine gefühlte Ewigkeit, doch schließlich senkte König den Blick.

„Sie können gehen", meinte er kurz angebunden, zeigte dann aber in einem Nachsatz, wie verärgert er wirklich war.

„Ich werde selbstverständlich Ihre Dienststelle von Ihrem Verhalten in Kenntnis setzen, Herr Grießler. Das wird ganz sicher noch ein Nachspiel für Sie haben."

Es war inzwischen 5:30 Uhr. Die bleierne Stille, die sich nach dem schrecklichen Ereignis in der Nacht wieder über die Klinik gelegt hatte, wich langsam der üblichen Geschäftigkeit des frühen Morgens.

Die Putzkolonne fuhr mit ihren Wagen leise über die Gänge, aus der Küche drangen Stimmen und das Klappern von Geschirr. Es schien beinahe so, als wäre nichts geschehen.

Noch waren kaum Patienten außerhalb ihrer Zimmer unterwegs. Nur die Raucher ließen sich nicht von ihrer Morgenroutine abhalten und versammelten sich am einzigen Ort, wo es ihnen gestattet war, ihrem Laster zu frönen, der Raucherecke.

Grießler stand vor dem Haupteingang und holte tief Luft. Er hatte Sandra in ihr Zimmer geschickt, bevor er zu König gegangen war, um ihm den Schlüssel zu bringen.

129

Jetzt stand er hier, dachte über das nach, was er getan bzw. nicht getan hatte.

Vielleicht wäre es besser gewesen, erst nachzudenken und dann zu König zu gehen. Stattdessen hatte er impulsiv gehandelt, etwas, dass er sonst nie tat. Und es war nicht bei diesem einen Mal geblieben. Leider.

Zum ersten Mal seit Beginn der Reha, wünschte er sich, Winkler wäre hier oder wenigstens Pasold. Hauptsache einer, mit dem er über seinen Fall reden konnte.

Na klasse, jetzt nannte er es schon seinen Fall.

Wieso hatte er sich nur dazu verleiten lassen, sich einzumischen?

Jetzt ließ es sich nicht mehr rückgängig machen.

Er hatte heute gegen alles verstoßen, was ihm heilig war. Sich in eine fremde Ermittlung eingemischt, obwohl er Zeuge war, unbefugt nach Beweismitteln gesucht und einen Kollegen bewusst angelogen.

Ging's eigentlich noch schlimmer?

Eine Stimme riss ihn aus seinen Gedanken.

„Guten Morgen, Herr Grießler. Na, das war wohl ein turbulenter Schlafentzug, was?"

Es war Andrees, der heute früher als üblich zum Dienst kam und er war nicht der Einzige, wie es schien. Zwei Bewegungstherapeuten waren auch schon im Anmarsch.

„Sie wissen es schon?", fragte Grießler und beantwortete seine Frage gleich selber. „Natürlich wissen Sie es schon." Sein Therapeut blieb stehen und schaute ihn eindringlich an.

„Ich sehe mir gleich mal meinen Plan für heute an und lasse Sie wissen, wann ich für Sie und Frau Büchner Zeit habe. Wir sollten auf jeden Fall über die vergangene Nacht reden. Und wenn Sie irgendeine Behandlung heute auslassen wollen, geben Sie dem Pflegepersonal Bescheid."

Wie, um Grießler zu trösten, legte Andrees ihm die Hand auf die Schulter. Eine anrührende Geste, aber nicht nötig, fand Grießler.

Bei Sandra hätte dieser Zuspruch seine Wirkung sicher nicht verfehlt. Er brauchte das nicht. Dagegen fand er die Möglichkeit, ein paar Behandlungen ausfallen zu lassen, durchaus verlockend.

Während Andrees noch auf irgendeine Reaktion von Grießler wartete, schob sich Pfleger Dietmar, „Guten Morgen" murmelnd, an ihnen vorbei. Sein Dienst war beendet und er war froh, gehen zu können.

Nach einem letzten aufmunternden Klapps auf die Schulter setzte Andrees seinen Weg ins Innere der Klinik fort.

Dietmar Pietzsch stand an seinem Auto. Von dort warf er einen letzten Blick zu dem Mann am Eingang. Der sah gerade wirklich so aus, als würde er hierhergehören, eben wie ein typischer Patient mit Depressionen.

Hatte sich aber auch ganz schön was anhören müssen von diesem Kripo-Mann.

Auch wenn Pietzsch nicht alles verstanden hatte, als er vor der Tür stehengeblieben war, es hatte jedenfalls nicht freundlich geklungen. Schwungvoll warf Pietzsch seine Sporttasche in den Kofferraum. Vielleicht ein bisschen zu schwungvoll, denn es schepperte leise. Erschrocken zog er den Reißverschluss der Tasche ein Stück auf und sah hinein. Mit Erleichterung stellte er fest, dass alle Fläschchen intakt waren. Das hätte ihm gerade noch gefehlt. Die Auslieferung war heute fällig und da gab es kein Wenn und Aber. Morgen Abend stieg die Party und ohne das Zeug lief nun mal nichts.

Zufrieden schloss er den Kofferraum und grinste in sich hinein.

Er war manchmal aber auch ein kleiner Tollpatsch. Seine großen Hände waren eben für Filigranes nicht besonders gut geeignet. Darum übertrug Schwester Marion ihm auch lieber die etwas gröberen oder schwereren Arbeiten. Das war auch der Grund, warum er sich um sowas wie Blutentnahme nicht zu kümmern brauchte, was ihm nur recht war. Er konnte nämlich kein Blut sehen.

„Was für ein Alptraum", hörte er dicht neben sich eine Stimme. „Wenn das so weitergeht, brauchen wir auch alle eine Therapie."

Die Stimme kam von Frau Dr. Baumann-Egner, die neben ihm stand und nervös nach dem Autoschlüssel suchte. Als sie ihn aus der Tasche zog, zitterten ihre Hände so stark, dass er ihr aus den Fingern glitt und vor Pietzschs Füßen landete. Pietzsch bückte sich und hob ihn auf. Mit einem freundlichen Lächeln drückte er auf den Türöffner und hielt Frau Doktor die Tür auf.

Seine Freundlichkeit täuschte, innerlich kochte er.

Die hatte ihm gerade noch gefehlt. Schlimm genug, dass er ausgerechnet in derselben Woche wie sie Nachtdienst haben musste.

Seit sie Ostrowski identifiziert hatte, war sie aus dem
Heulen nicht mehr rausgekommen. Und er hatte sich ihr
Gejammer anhören müssen. Wenn sie doch endlich
einsteigen würde, aber jetzt fing sie schon wieder an.
„Ich weiß nicht, ob ich das noch lange verkrafte. Das ist ja
die reinste Horrorklinik. Wenn ich das nur vorher gewusst
hätte. Wissen Sie, dass ich in einer Privatklinik am
Tegernsee hätte arbeiten können?"
Ja, das wusste er. Sie hatte es schon tausend Mal erwähnt,
seit sie vor einem halben Jahr hier aufgetaucht war.
Mit geballten Fäusten in den Hosentaschen stand er da und
wünschte sie zum Teufel. Dabei hatte er sie anfangs richtig
nett und zugänglich gefunden. Aber seit dem Zwischenfall
mit Spitzer war sie nur noch hysterisch und nervig.
„Nur wegen meiner Mutter bin ich hiergeblieben.
Er nickte und lächelte.
„Ich werde kein Auge zu machen können, glaub ich."
Also das war es, was sie bedrückte?
Pietzsch verdrehte die Augen. Die Frau war Ärztin und
sollte doch wohl wissen, wie man Schlaflosigkeit
behandeln konnte. Aber diese Weißkittel stellten sich
manchmal wirklich dämlich an.
Er nahm die Hände aus den Taschen und schob die Ärztin
ins Auto. Dann drückte er ihr den Schlüssel in die Hand
und sagte in sehr ruhigem Ton: „Jetzt fahren Sie erst mal
nachhause und nehmen ein schönes warmes Bad. Sie
werden sehen, danach schlafen Sie wie ein Baby und wenn
es Ihnen heute Abend nicht besser geht, dann melden Sie
sich eben krank."

„Vielleicht, wenn ich etwas …" hörte er sie sagen. Doch es waren nicht ihre Worte, die ihm die deutliche Botschaft übermittelten, sondern der flehentliche Blick und ihre Hand, die plötzlich nach ihm griff.

Das konnte doch nicht wahr sein?

Fing die wirklich hier in aller Öffentlichkeit damit an?

Er sah sich verstohlen um. Zum Glück waren sie fast die Einzigen auf dem Parkplatz.

„Sind Sie verrückt? Hier, direkt vor der Klinik? Wenn das jemand mitkriegt", zischte er gereizt und packte ihre Hand, die sich nicht lösen wollte.

„Bitte! Ich weiß, dass Sie …", weiter kam sie nicht. Pietzschs zorniger Blick brachte sie augenblicklich zum Schweigen.

„Nehmen Sie die Hand weg. Sofort!"

Der eisige Ton ließ sie erschrocken zusammenfahren. So hatte sie den Pfleger noch nie erlebt.

Sie wollte ihre Hand zurückziehen, doch er verstärkte den Druck seiner Finger und nun hielt sein schraubstockartiger Griff sie fest. Das zwang sie, ihm in die Augen zu sehen. Auf ihrem Gesicht lag der Ausdruck von Schmerz und Verwunderung und das zu sehen, versöhnte ihn fast schon wieder mit der Situation. Es gab ihm die innere Sicherheit zurück.

„Sie tun mir weh", hörte er sie mit ängstlicher Stimme sagen.

Er beugte sich durch das offene Autofenster zu ihr hinunter. Sein Mund war dicht an ihrem Ohr, während er ihr zuflüsterte: „Fühlt sich nicht gut an, was Frau Doktor?

Wenn Sie mich noch einmal anquatschen, dann werde ich dafür sorgen, dass sie es bereuen."

Sie hatte verstanden, das sah er an ihrem Blick.

Kaum hörbar hauchte sie: „Natürlich Herr Pietzsch. Sie können mich jetzt loslassen."

Pietzsch zog die Hand zurück. Der Wagen wurde gestartet und ohne den Pfleger eines weiteren Blickes zu würdigen, fuhr Baumann-Egner vom Parkplatz.

Pietzsch sah sich aufmerksam um. Niemand schien von ihrem Gespräch Notiz genommen zu haben. Der Mann am Eingang war zum Glück verschwunden und die, die über den Parkplatz liefen, strebten der Klinik entgegen, also weg von ihm.

So weit, so gut.

Trotzdem war er unzufrieden. Das durfte nicht noch mal passieren.

Was glaubte die blöde Kuh, wer sie war?

Besser, er ließ sich schnell was einfallen und zwar s e h r schnell.

Mit diesen Gedanken beschäftigt, fädelte er sich in den Strom der morgendlichen Pendler auf der Hauptstraße ein. Wie jeden Morgen ging es nur schleppend voran. Es war eher wie parken und nicht wie fahren.

Leise fluchend hielt er das Lenkrad umklammert. Das würde heute wieder ewig dauern, bis er zuhause war.

Drei Wagen vor ihm sah er das Auto von Baumann-Egner. Was sollte er mit der hysterischen Schnalle bloß anstellen? Schließlich traf er eine Entscheidung. Sie war nicht optimal, aber was Besseres fiel ihm so auf die Schnelle nicht ein.

Er würde Frau Doktor eben einen Besuch abstatten. Seine Anspannung löste sich und nun erschien sogar ein kleines Lächeln auf seinem Gesicht und auch das Bummeltempo auf der Straße machte ihm nichts mehr aus.

Eile war nicht vonnöten.

Er wusste ja, wo Frau Doktor wohnte. Was zutun war, wusste er nun auch.

Mitten hinein in seine Überlegungen drang der Klingelton des Handys. Normalerweise ging er beim Fahren nicht ran, aber die Geschwindigkeit, mit der er sich gerade fortbewegte, konnte man ja nicht wirklich fahren nennen. Als er die Nummer auf dem Display sah, war die Entscheidung gefallen.

„Ja, was ist? Ich bin schon auf dem Heimweg. Muss aber noch einen kleinen Umweg machen."

Den letzten Satz hätte er sich besser verkneifen sollen, denn nun wurde nachgefragt. Er erzählte in wenigen Worten, was geschehen war. Das zog die nächste Frage nach sich, nämlich, was er nun zu tun gedenke.

„Was denkst du denn? Ich lass mir doch von der nicht auf der Nase rumtanzen. Ich werde ihr schon klar machen, dass sie sowas nicht noch mal versuchen soll."

Er wurde unterbrochen und hörte zu. Was er hörte, gefiel ihm zwar nicht, aber es war wohl die beste Lösung.

„Also gut, das wird dann aber etwas länger dauern. Da muss ich erst noch mal ins Depot."

Ein stummes Nicken und ein abschließendes: „Ja, ist gut. Wir sehen uns heute Abend" und das Gespräch war beendet.

❖

Zuhause angekommen, fuhr Baumann-Egner ihr Auto bis vor die Tür zu ihrem Haus. Der Platz in der Garage blieb Siggis Auto vorbehalten, auch wenn er nur selten hier war. Das war ein Punkt, auf den er beharrte und ihr war es egal. Außerdem, direkt vor der Tür zu parken, war sowieso bequemer. So musste sie die Einkäufe nicht von der Garage quer übers Grundstück schleppen.

Heute führte ihr erster Gang sofort in die Küche. Dort stand noch eine angefangene Flasche Wein von gestern Abend.

Bevor sie zum Dienst musste, war Siggi überraschend aufgetaucht. Erst hatten sie sich gestritten, doch nach einem Glas Wein waren sie im Bett gelandet, etwas, an das sie sich gern erinnerte.

Jetzt war Siggi nicht da, aber es war noch genug Wein übrig, um sich wenigstens etwas zu betäuben.

Mit einem gefüllten Glas in der Hand trat sie an die Tür zur Terrasse. Sie trank gierig und in großen Schlucken. Lag es am frühen Morgen oder daran, dass die Flasche über Nacht nicht verschlossen gewesen war? Der Wein schmeckte nicht mehr so gut, wie sie es in Erinnerung hatte. Diese Sorte würde sie von der Einkaufsliste streichen.

Beim Öffnen der Schiebetür fiel ihr auf, dass sie nicht abgeschlossen gewesen war. Wie leichtsinnig, schimpfte sie sich selber. Dabei hätte sie geschworen, dass sie gestern vorm Verlassen des Hauses alles kontrolliert hatte. Fröstelnd zog sie die Schultern hoch. Es war doch ziemlich frisch heute Morgen. Sie trank das Glas aus und ging zurück in die Küche, wo sie sich den Rest des Weines auch noch eingoss.

Zum Wegschütten war er dann doch zu schade.

Die Terrassentür ließ sie offen, sie war ja im Haus.

Ihr fiel ein, was der Pfleger gesagt hatte. Er mochte ja ein widerlicher Mensch sein, aber die Idee mit dem Entspannungsbad war vielleicht doch nicht so schlecht gewesen.

Während sie das Wasser einlaufen ließ, schaute sie auf ihr Handy. Kein Anruf von Siggi, schade. Sie hätte ihm gerne gesagt, was sie jetzt vorhatte. Sie wusste, dass würde ihn scharf machen.

Na, dann eben nicht.

Langsam ließ sie sich in die Wanne gleiten. Wasser und Wein taten schnell ihre Wirkung. Eingehüllt in Wasser und nach Jasmin duftendem Schaum fühlte sie langsam, wie sich eine wohlige Schwere in ihrem Körper ausbreitete.

Den Kopf auf das Wannenkissen gebettet, lag sie da und spürte die Müdigkeit immer stärker werden. Wie gut, dass sie die Augen schon geschlossen hatte, es wäre ihr ohnehin nicht mehr möglich gewesen, sie offen zu halten.

Wäre es nicht besser, wenn sie ins Bett ginge?

Dieser Gedanke begann sich in den Tiefen ihres Bewusstseins zu formen, doch er drang nicht mehr bis an die Oberfläche. Das Glas entglitt ihrer Hand und ein spärlicher Rest roten Weins ergoss sich auf den makellos weißen Badvorleger.

Der Mann, hinter der Tür im Flur, wartete geduldig, bis er sicher sein konnte, dass die Frau in der Wanne völlig weggetreten war. Bei der von ihm verwendeten Dosis würde sie zwar wieder wach werden, doch nicht so schnell.

Aber das war gar nicht vorgesehen.

Sein Blick fiel auf das Glas und den verschütteten Wein. Das darin befindliche Barbiturat würde sich leicht feststellen lassen. Hinzu kam noch, dass Frau Dr. Baumann-Egner auch in anderer Hinsicht alles andere als ein durchschnittliches Leben führte.

Seine Hände griffen in das warme Wasser, fassten vorsichtig die Fersen und zogen die Füße nach oben. Der Kopf der bewusstlosen Frau rutschte zunächst in den Schaumteppich und sank dann mit einem leisen Plätschern unter die Wasseroberfläche.

Noch eine ganze Weile hielt er die Füße der Frau fest. Zum einen, um schnell reagieren zu können, falls die Bewusstlosigkeit doch nicht so tief war und zum anderen, um den immer schwächer werdenden Puls zu fühlen. Erst als nach mehreren Minuten auf dem Fußrücken und über der Ferse kein Pulsschlag mehr fühlbar war, ließ er die Füße langsam zurück ins Wasser gleiten.

Nach ein paar Handgriffen hatte er alles Notwendige verteilt und die Szenerie perfekt hergerichtet. Es blieb nur noch eins zutun. Er griff sich das Handy, die einzige Verbindung die es noch zu kappen galt. Er wollte es eigentlich im Kanal verschwinden lassen, doch dann fiel ihm ein, dass sein Fehlen zu auffällig sein würde. Also fing er an, Kontakt, Nachrichten und Fotos zu löschen. Von letzterem gab es zum Glück nur wenige. Zufrieden legte er das Handy wieder an seinen Platz.

Von der Tür aus warf er einen letzten Blick zurück. Es sah alles genauso aus, wie er es wollte.

Mit Erstaunen bemerkte er, dass für einen kurzen Moment so etwas wie Bedauern aufkommen wollte, doch dafür war kein Platz in seiner Gefühlswelt.

Dinge und Menschen waren gut, soweit sie in seine Pläne passten. Fingen sie an, zu stören, musste man sich trennen. Nicht immer mit so endgültigen Konsequenzen.

Aber wenn es nicht anders ging?

Lautlos verließ er das Haus auf demselben Weg, auf dem er es betreten hatte, durch die Terrassentür, die er einen Spalt breit offenstehen ließ.

Zwölf

Hilde Schönborn hatte es sich in ihrem Lieblingssessel im Erker gemütlich gemacht. Kleine Dampfwolken entstiegen der geblümten Tasse auf dem Tischchen neben ihr und verbreiteten den Duft von frisch gebrühtem Kaffee. Daneben lag die Zeitung.

Es war ihr allmorgendliches Ritual, Kaffee und Zeitung am Erkerfenster.

Die Morgensonne schien direkt auf ihren Platz und sie spürte deren Wärme auf den Wangen. Noch war die Temperatur angenehm, noch musste sie die Jalousien nicht schließen.

Die alte Dame nippte an dem heißen Kaffee und schaute nach draußen in den Garten auf ihre Rosen und Hortensien. Die standen in voller Pracht und daran freute sie sich jeden Tag aufs Neue. Gestern hatte ihr Enkel endlich die Hecken geschnitten und nun konnte sie auch wieder bis auf die Nachbargrundstücke gucken. Nicht dass sie neugierig gewesen wäre und zu gucken gab es ja sowieso nicht viel.

Rechts lebte ein junges Paar, das vor kurzem Zwillinge bekommen hatte. Sie war der Frau schon begegnet und hatte bei der Gelegenheit auch die Babys bewundert. Die Kleinen sahen wirklich süß aus, wie es bei Babys ja meistens der Fall ist. Nur leider wurden aus Babys auch Kinder, die irgendwann ihre Welt auch auf eigenen Füßen erobern wollten. Das ging nicht ohne laute Geräusche ab.

Hilde seufzte leise bei dem Gedanken daran. Aber so war das nun mal.

Das Paar links wohnte seit einem halben Jahr hier. Eine Frau, nein, eine Frau Doktor, korrigierte sie sich und ein Mann. Der Mann arbeitete wohl als Vertreter oder so was, den sah Hilde nur selten.

Bisher war es erst einmal zu einem kurzen Plausch mit der Frau an der Hecke gekommen. Hilde hatte die Nachbarin darauf aufmerksam gemacht, dass die Terrassentür den ganzen Tag offen gewesen war. Die Frau hatte gelächelt, ihr gedankt und gesagt, wenn es wieder passieren würde, dürfe Hilde ruhig rüberkommen und die Tür schließen.

Hilde Schönborn war sich nicht sicher gewesen, ob Frau Doktor das ernst gemeint hatte. Nachfragen wollte sie aber nicht.

Hätte sie es doch nur getan, dachte sie, als ihr Blick auf die wieder offenstehende Tür fiel.

Von ihrem Platz aus konnte sie nicht sehen, ob das Auto vor der Tür stand. Vielleicht war Frau Doktor nicht zuhause.

„Wie leichtsinnig", murmelte sie.

Sowas lockte Diebe an und dann war das Geschrei groß.

Wie zur Bestätigung sah sie eine männliche Gestalt aus der Tür kommen und ums Haus herum zur Straße laufen.

War das der Mann von Frau Doktor gewesen?

Ehe sie ihre Brille aufgesetzt hatte, war der Mann verschwunden. Hilde überlegte. So eilig wie er über die Terrasse gelaufen war, konnte man ihn glatt für einen Einbrecher auf der Flucht halten.

Andererseits, würde der nicht eher in der Nacht kommen?
Soweit sie erkennen konnte, trug er auch nichts in der
Hand. War wohl doch der Partner gewesen.
Aber die Tür stand immer noch auf.
Was nun?
Sollte sie wirklich rübergehen und die Tür schließen?
Sie wollte sich nicht lächerlich machen. Sie wollte sich
aber auch nicht nachsagen lassen, dass sie einfach
weggesehen hätte.
Schließlich siegten ihr Verantwortungsgefühl und die
Neugier.
Mühsam erhob sie sich und ging hinaus.
In der Hecke war eine Lücke, durch die sie auf das
Nachbargrundstück kam. An der halb offenen Tür blieb sie
stehen und lauschte.
Kam da Musik aus dem Haus?
Sie konnte sich ja mal bemerkbar machen.
„Hallo? Frau Doktor, sind Sie zuhause? Hier ist Frau
Schönborn, Ihre Nachbarin."
Keine Reaktion.
Aber das war eindeutig Musik, was sie hörte.
Vorsichtig betrat sie das Wohnzimmer und ging langsam
in die Richtung, aus der die Musik zu kommen schien.
Vor einer angelehnten Tür, hinter der ein Radio lief, blieb
sie stehen.
„Frau Doktor?", versuchte sie erneut, auf sich aufmerksam
zu machen.
Wieder keine Reaktion.
Warum ging sie nicht einfach wieder?
Was hatte sie überhaupt hier verloren?

Es war wie ein innerer Zwang, der sie die Tür behutsam aufstoßen ließ.

Auch das noch, dachte sie erschrocken. Das war das Badezimmer. Jetzt hatte sie die Frau auch noch in der Wanne überrascht. Wie peinlich!

So leise wie möglich wollte sie sich zurückziehen, als ihr Blick an etwas hängenblieb, das ihr eigenartig vorkam.

Da war ein hässlicher roter Fleck auf dem sonst so blütenweißen Badvorleger.

Wo war die Frau?

Waren das ihre Knie, die aus dem Schaumteppich herausragten?

Aber wo war der Kopf?

Mit zitternden Beinen machte Hilde einen Schritt nach vorn und nun konnte sie in die Wanne schauen. Das Bild war so unwirklich, dass ihr Verstand einen Moment brauchte, um zu begreifen, was sie da sah.

Dort, wo der Kopf sein sollte, hatte sich der Schaum aufgelöst und man konnte den Wasserspiegel erkennen. Darunter schwamm dunkles Haar.

Das Letzte, was Hilde noch bewusst wahrnahm, war ein endloser Schrei. Dass sie selber geschrien hatte, merkte sie nicht. Auch nicht, dass sie immer noch schreiend vom Haus auf die Straße lief, der Zwillingsmutti direkt in die Arme.

Grießler und die Frauen hatten jeder für sich entschieden, das Frühstück ausfallen zu lassen. Darum trafen sie erst in der Achtsamkeitsgruppe wieder aufeinander. Obwohl sie

144

sich, wie immer, nebeneinandersetzten, fiel kein einziges Wort.

Jürgen, der in der Reihe vor ihnen saß, drehte sich um und fragte Sandra leise: „Stimmt das mit Heike? Ich hab' gehört, sie ist verletzt worden heute Nacht."

Jürgen war einer von den sogenannten *Teilstationären*. Das waren die, die nur tagsüber hier waren, an den Therapien teilnahmen und dann nach Hause fuhren. Deshalb hatte er von der Geschichte nichts mitbekommen.

Sandra erzählte ihm in groben Zügen, was sich zugetragen hatte, ohne Heikes Einbruch in Spitzers Zimmer und die eigene Beteiligung zu erwähnen.

Zu mehr blieb auch keine Zeit, denn Punkt 8 Uhr betrat Andrees mit seinem typischen Lächeln den Seminarraum. Augenblicklich wurde es still.

Er begann mit seinem allseits bekannten Ritual. Die schlanken Finger ineinander verschränkt, schickte er sein breites Lächeln über die circa 40 Teilnehmer hinweg und warf leise sein typisches: „Einen fröhlichen Guten Morgen!" in den Raum.

Sein Gruß wurde erwidert, das Lächeln heute nicht. Sonst fehlte es meist nur auf den Gesichtern der Neuankömmlinge, heute taten sich alle schwer damit. Andrees war nicht überrascht.

Als nächstes heftete er ein Blatt Papier an die Tafel auf dem stand:

Bitte <u>Stühle</u> im
hinteren Teil im
Anschluss wieder
<u>umdrehen</u>!

Die einzige Reaktion heute war Unverständnis bei den Neuen. Sie wussten noch nicht, dass aus dem großen Seminarraum mit Hilfe einer Trennwand zwei kleinere gemacht wurden.

Der letzte Teil des Rituals war Andrees Satz: „Bevor wir anfangen, schenken wir ein Lächeln nach rechts und nach links und bekommen auch eins zurück."

Sonst verfehlte diese kleine Geste der Freundlichkeit nie ihre Wirkung und spätestens hier lächelte auch der Letzte im Raum. Heute konnte man das, was auf den Gesichtern zu sehen war, höchstens als gequältes Lächeln bezeichnen. Andrees tat einen tiefen innerlichen Seufzer.

Hoffentlich konnte das heutige Thema der Meditation etwas an der gedrückten Stimmung ändern. Er hatte kurzentschlossen seinen Plan umgeworfen und sich für die Übung zum Umgang mit starken Gefühlen entschieden.

Er begann mit einer kurzen Einführung, die seine Teilnehmer auf die Übung einstimmen sollte. Bei den meisten funktionierte es.

Andrees' Stimme klang leise und beruhigend durch den Raum. Sie hatte fast etwas Hypnotisierendes an sich, wie Grießler fand.

Auch wenn er sich sonst gut auf diese Übungen einlassen konnte, heute bekam er die Gedanken einfach nicht aus dem Kopf. Aber wenn er das, was Andrees gerade sagte, richtig interpretierte, dann sollte man die Ablenkungen und die unangenehmen Gedanken akzeptieren. Genau das tat er.

Seine Gedanken kreisten immer noch um den verschwundenen Laptop und das Foto. Beides hatte er König verschwiegen und das bedeutete, dass er ihm mit diesen Infos erst unter die Augen treten durfte, wenn er dazu auch was Handfestes rausgefunden hatte.

Aber wie sollte er das machen?

Hier in Brandenburg hatte er keinerlei Befugnis und zudem war er noch nicht mal im Dienst. Eins war klar, er würde Hilfe brauchen.

Während alle rings um ihn die Augen geschlossen hielten, in sich hineinhörten oder Andrees einschmeichelnder Stimme lauschten, versuchte Grießler sich gedanklich Notizen zu machen.

Punkt 1: Spitzers Laptop

Der war verschwunden, wahrscheinlich nachts aus dem Zimmer geholt.

Wer hatte Gelegenheit, unbemerkt ins Zimmer zu kommen?

Das konnte jemand sein, der ein einfaches Schloss aufkriegte oder diejenigen, die einen Generalschlüssel besaßen oder wussten, wie man da drankommt.

Zusammengefasst bedeutete das: eigentlich jeder.

Punkt 2: Foto ohne Gesichter

Auf den ersten Blick sah man, worum es auf dem Foto ging: um Sex. Abgebildet waren eine Frau und ein Mann in eindeutiger Position. Auch wenn es auf dem Foto heftig zur Sache ging, er hatte schon weitaus Schlimmeres gesehen. Da war weder etwas Anstößiges oder gar Kriminelles zu erkennen gewesen. Bedeutsam waren nur die herausgeschnittenen Gesichter. Somit lag die

Vermutung nahe, dass es um Erpressung ging. Das Foto lag bei Heike im Briefkasten, also galt die Erpressung höchstwahrscheinlich ihr.

Hatte sie in Spitzers Zimmer die fehlenden Puzzleteile gesucht?

War Spitzer ein Erpresser gewesen?

Erpressung konnte durchaus zum Mordmotiv werden und nicht zu vergessen, es war ja noch eine zweite Person auf dem Foto. Diese Person konnte durchaus für Spitzers Tod verantwortlich sein. Natürlich bestand die Möglichkeit, dass Spitzer auch noch andere Leute erpresst hatte.

Verdammt, er brauchte den Laptop.

Ein Stoß in die Seite brachte Grießler wieder in die Wirklichkeit zurück. Die Meditationsübung war beendet und der Raum begann, sich schon zu leeren.

Sandra sah ihn mit großen Augen an. Bevor sie ihn wieder mit Fragen bestürmen konnte, stand er lieber auf und schob sich in Richtung Tür.

Das war nicht so einfach, denn Andrees war von einem Pulk umgeben, wie Jesus von seinen Jüngern. Grießlers Versuch, unbeachtet vorbei zu kommen, scheiterte an der Größe von Andrees. Mit seinen 1,95 m überragte er seine Anhänger und hatte ihn längst entdeckt.

„Herr Grießler, Frau Büchner", rief er freundlich aber unüberhörbar. Dann drückte er den beiden wortlos einen neuen Therapieplan in die Hand und ließ sie ziehen.

Vor dem Seminarraum warfen sie einen Blick darauf.

Beide hatten genau eine Änderung im Plan und die betraf ein zusätzliches Einzelgespräch bei Andrees.

Als Grießler Sandras fragenden Blick sah, ließ er es gar nicht erst darauf ankommen und eine Entschuldigung murmelnd, wandte er sich ab.

Er brauchte Ruhe, um seinen unterbrochenen Gedankenstrom wieder zum Fließen zu bringen. Dafür suchte er sein Zimmer auf. Dort sah er sich noch mal das Foto an, diesmal etwas gründlicher. Zum Glück hatte er eine Lupe dabei.

In den letzten zwei Jahren war es mit der Weitsichtigkeit schlimmer geworden und er brauchte zum Lesen eine Brille. Für kleine Schrift oder für Details reichte die aber auch nicht mehr.

Sorgfältig schob er die Lupe über das Bild und achtete besonders auf den Hintergrund. Der Bildausschnitt war gut gewählt. Alles konzentrierte sich auf die beiden Personen, von der Umgebung war kaum was zu sehen. Die Frau war nackt, der Mann auch, bis auf die herunterhängenden Hosen. Selbst wenn man davon ausging, dass es um einvernehmlichen Sex ging, es hatte dennoch etwas Würdeloses an sich.

Der Mann lehnte an einem Tisch, das konnte sowohl ein Mehrzwecktisch oder ein einfacher Schreibtisch sein, graue Tischbeine, graue Tischplatte. Die Wand im Hintergrund war weiß oder wenigstens hell. Auf dem Boden glaubte Grießler einen marmorierten Fußboden zu erkennen.

Die Qualität des Fotos war alles andere als gut. Viel rauszuholen war da wirklich nicht.

Alles was er noch entdeckte, waren ein paar merkwürdige Striche an der Wand auf Höhe der Schulter des Mannes. Durch die großzügige Entfernung des Kopfes hatte man leider auch den Teil des Bildes entfernt, auf dem der Ursprung dieser Striche zu sehen gewesen wäre.

Es war doch zum Mäusemelken.

Alles lief darauf hinaus, dass der Laptop auftauchte. Doch damit war wohl nicht zu rechnen.

Nach einer weiteren halben Stunde gab Grießler genervt auf. Mit dem Foto kam er nicht weiter. Dafür hatte er eine andere Idee. Von wegen, er war kein guter Kriminalist.

Sein nächster Weg führte ihn ins Schwesternzimmer. Dort ließ er sich von Schwester Marion unter Vorspiegelung falscher Tatsachen eine Kopfschmerztablette geben.

Schnell kam man auf die letzte Nacht zu sprechen.

Grießler gehörte ja zu denen, die alles aus erster Hand berichten konnte.

Die natürliche Neugier der Schwester, nach einer genauen Schilderung des nächtlichen Ereignisses ausnutzend, bekam er die Gelegenheit, auch ein paar Fragen zu stellen.

Nach ein paar Minuten verließ er mit der Tablette, einigen Antworten und einem A4 Bogen das Zimmer und raunte Schwester Marion noch verschwörerisch zu: „Ich bring das gleich zu Kommissar König."

Das hatte er auch wirklich vor, aber erst nachdem er ein Foto von dem Papier gemacht hatte.

Sein erster Anlaufpunkt auf der Suche nach König war Ostrowskis Zimmer. Da traf er aber nur die Kollegen von der Spurensicherung an.

Sein zweiter Versuch führte ihn einen Flur weiter und hier erwischte er Kommissar Kurz gerade beim Verlassen von Spitzers Zimmer.

Grießler drückte ihm den Bogen mit den Worten: „Ich glaube, Ihr Kollege wartet schon darauf", in die Hand.

In Kurz' Gesichtsausdruck lag nur Unverständnis und ein Blick auf den Bogen änderte nichts daran.

„Soll das die Liste der Leute sein, die heute Nacht Dienst hatten? Die haben wir schon gekriegt."

„Na, dann war's vielleicht ein Versehen."

Grießlers Schulterzucken sah echt aus.

Er setzte zu einer Frage an, kam aber nicht mehr dazu, sie zu stellen. Kurz war schon halb den Flur hinunter.

Möglicherweise hatte er von König die Order bekommen, sich nicht mehr mit Grießler auf ein Gespräch einzulassen, was dieser durchaus verstehen konnte.

So stehengelassen, blieb Grießler nichts weiter übrig, als sich erneut ein ruhiges Plätzchen zu suchen. Das fand er um diese Zeit in der Cafeteria.

Grießlers Arbeitshypothese lautete: Spitzer war ein Erpresser gewesen.

Mit dem Foto hatte er Heike und ganz sicher auch den Mann erpresst. Selbst ohne die Gesichter musste das Foto ein gutes Druckmittel gewesen sein.

Aber wer war der Mann?

Jemand aus der Klinik?

Sehr wahrscheinlich. Entweder ein Mitpatient, ein Arzt, oder ein Therapeut. Zurück zu Spitzer und der Frage nach dem Motiv für den Mord. Erpresser waren entweder in finanziellen Nöten oder lebten auf zu großem Fuß. Eine

Überprüfung von Spitzers finanziellem Hintergrund wäre angebracht, um zu sehen, was davon auf ihn zutraf. Wenn aber das Motiv nicht Geld, sondern Rache war, dann musste sich irgendeine Verbindung zwischen Opfer und Erpresser finden lassen.

Heikes Leben wurde bestimmt schon auf eine solche Verbindung hin überprüft, allerdings im Hinblick auf ihren Einbruchsversuch.

Aber was war mit dem Mann?

Von dem wusste König ja noch nichts und somit auch nicht von der Erpressung.

Wenn er doch nur rauskriegen könnte, wer der Loverboy war. Ohne diese Info konnte er unmöglich zu König gehen und ihm das Foto präsentieren.

Er begann, sich die Personalliste genauer anzuschauen. Sie war kurz. Nachts hatte nur eine Handvoll Leute Dienst. Zwei davon kannte er. Das waren Dr. Baumann-Egner und Pfleger Dietmar. Die anderen drei waren ihm unbekannt: Dr. Pasel, Schwester Ingrid und Schwester Sabine.

Zwischen diesen fünf und Spitzer konnte Grießler auf den ersten Blick keine Verbindung herstellen.

Sein behandelnder Arzt war Dr. Michalski gewesen. Mit den Ärzten Baumann-Egner und Pasel hatte er nichts zu tun gehabt. Eventuell gehörten die beiden Schwestern zur kardiologischen Station. Aber das war es dann auch schon. Und noch eine Frage stellte sich ihm.

Würde Spitzer sich mit seiner Erpressung an das Personal der Klinik wagen?

Auszuschließen war das natürlich nicht.

Doch wenn es ein Mitpatient gewesen war, dann war die Lage noch komplizierter. Die alle zu überprüfen, würde eine Mordsarbeit werden. Zuviel für ihn, er würde sich also auf die Mediziner konzentrieren. Das würde schon schwierig genug werden und ohne Hilfe sah er keine Chance auf Erfolg. Einen letzten Versuch wollte er aber noch wagen.

Oben in seinem Zimmer, rief er seinen Partner in Magdeburg an. Lars Ole Pasold war im Stress, das hörte er sofort an dessen gepresster Stimme. Nach einem kurzen und halbherzigen Smalltalk kam er zur Sache. Er verzichtete auf eine ausführliche Schilderung der Vorgänge und beschränkte sich auf ein paar Fakten und die Fragen, die sich daraus ergaben.

Pasold war alles andere als begeistert von Grießlers inoffiziellem Hilfeersuchen und Grießler hatte durchaus Verständnis.

Die Frage: „Bist du dir sicher, dass du dich da einmischen solltest?", wurmte ihn aber doch.

Seine Antwort klang enttäuscht und gekränkt.

„Ich würde dich nicht bitten, wenn es nicht wichtig wäre. Du sollst das ja auch nicht selber machen. Ich dachte, du könntest deinen Kumpel aus der IT-Abteilung danach fragen. Aber wenn du nicht willst …?" Er ließ offen, was dann wäre und überließ es Pasold, den Satz zu vollenden.

„Ist schon gut. Ich seh' mal, was ich machen kann. Aber so ein dicker Kumpel, wie du denkst, ist der IT-Typ nicht. Ich muss jetzt Schluss machen. Melde mich, wenn ich was weiß."

Das Letzte, was Grießler im Hintergrund hörte, war sein Chef Winkler, der lautstark nach Pasold rief. Dann war die Verbindung getrennt.

Das war nicht viel, aber immer noch besser als gar nichts, dachte sich Grießler, als er wieder nach unten ging. Da er von dieser Seite aber nicht so schnell mit einem Ergebnis rechnen durfte, wollte er noch etwas anderes versuchen. Wenn etwas nicht zu unterschätzen war, dann, dass man hier auf engem Raum vierundzwanzig Stunden am Tag mit den anderen Patienten zusammen war. Da wurde viel erzählt und nicht alle Geschichten, die man loswerden wollte, erzählte man dem Therapeuten.

Auch wenn man die Klatschgeschichten nicht auf die Goldwaage legen durfte, aber ein Körnchen Wahrheit war immer dabei. Deshalb wollte er mal mit ein paar von Spitzers Kumpels reden. Vielleicht kam dabei ja die eine oder andere interessante Idee rum. Ihm würde man vielleicht eher was erzählen, als den offiziellen Ermittlern. Er steckte den Umschlag mit dem Foto in eine Klarsichtfolie und packte Foto sowie Liste in seine Gürteltasche, dann verließ er sein Zimmer.

Schon auf der Treppe schaute er sich aufmerksam um, konnte aber niemanden aus Spitzers Clique entdecken. Dafür fiel sein Blick auf die große Uhr in der Halle und er erstarrte.

In fünf Minuten hatte er seinen Termin mit Andrees. Den durfte er nicht sausen lassen, auch wenn es ihm gerade so gar nicht in den Kram passte.

Schnell durchschritt er die Halle und kam genau in dem Augenblick vor Andrees' Tür an, als diese sich öffnete und Sandra mit geröteten, verquollenen Augen herauskam.

Sie warf Grießler nur einen kurzen Blick zu und hauchte: „Viel Spaß".

Na, das waren ja tolle Aussichten.

Andrees hielt die Tür auf und machte eine einladende Geste.

„Wollen wir?", fragte er, ohne wirklich eine Antwort zu erwarten. Als ob das eine Frage des Wollens gewesen wäre.

Und was hätte Grießler schon sagen können?

Nein, Danke?

Dreizehn

Andrees' Raum war ein schmaler Schlauch. Mit einem schmalen Schreibtisch, einer Untersuchungsliege, einem Beistelltisch und zwei Stühlen war der wenige Platz im Zimmer ausgefüllt.

Auf dem Tisch standen eine Topfpflanze und eine Kleenex-Box. Was von beiden mehr Aufmerksamkeit bekam, stand außer Frage.

Grießler nahm auf dem Stuhl gegenüber dem Therapeuten Platz und wartete. Sekunden vergingen und keiner schien den Anfang machen zu wollen. Das war wohl etwas, was für beide Berufe typisch war. Den anderen reden lassen. Schließlich gab Andrees sich einen Ruck und fragte: „Wie geht es Ihnen?"

Grießler überlegte, wie oft er diese Frage in der letzten Zeit gehört hatte. Gerade jetzt bedauerte er, keine Strichliste geführt zu haben. Diese Frage begann, ihm wirklich auf die Nerven zu gehen. Aber das durfte er nicht sagen, jedenfalls nicht hier. Das wäre ein gefundenes Fressen für seinen Therapeuten gewesen.

Eine therapieerfahrene Freundin seiner Frau hatte ihm den Rat gegeben: „Sag deinem Therapeuten nie, wovor du Angst hast. Dann reibt der sich vor Freude die Hände und fängt genau da an."

Ihre Worte noch im Ohr, sagte er so beiläufig es ging: „Ist ja nicht so, dass das alles neu für mich ist. Ich hatte schon schlimmere Fälle. Sie sollten lieber mit denen reden, die sich nicht mit Mord und Totschlag auskennen."

„Ich rede aber gerade mit Ihnen, Herr Grießler."
Andrees' Ton blieb freundlich und ruhig. Aber so schnell
würde er ihn nicht vom Haken lassen. Also antwortete
Grießler: „Mir geht's gut, wirklich. Außerdem geht mich
dieser Fall ja auch gar nichts an. Ich bin nur ein Patient."
Sein Therapeut lächelte und beugte sich etwas nach vorn.
„Dann frag' ich mal anders. Wie geht es denn dem
Kriminalisten in Ihnen, Herr Grießler?"
„Wie meinen Sie das? Ich habe doch gerade gesagt, dass
mich der Fall nichts angeht. Ich bin nicht als Ermittler
hier."
Als Grießler sah, dass Andrees sich zurücklehnte, wusste
er, dass er ihm auf den Leim gegangen war. Die nächste
Frage bestätigte das.
„Dafür, dass Sie nicht ermitteln, waren Sie aber in das
Geschehen von letzter Nacht ganz schön involviert."
„Das war ganz sicher nicht gewollt von mir. Im Gegenteil,
ich hab' Sandra immer wieder gesagt, dass sie sich nicht
einmischen soll. Hätte ich gewusst, was sie vorhat, hätte
ich sie natürlich davon abgehalten. Aber als Gerti plötzlich
dastand und um Hilfe rief, war es doch schon zu spät und
dann ergab eins das andere."
Andrees nickte und schaute auf seinen Schreibblock.
Grießler hätte zu gern gewusst, was da über ihn stand.
Hatte Sandra vielleicht von ihrem nächtlichen Ausflug
berichtet?
Aber selbst wenn, durfte Andrees ihn eigentlich darauf
ansprechen?
Fiel das nicht unter die ärztliche Schweigepflicht?

Es war nicht der Ausflug, der den Therapeuten beschäftigte, wie seine nächste Frage zeigte.

„Das war ganz schön mutig von Ihnen, in das Zimmer zu gehen."

„Was heißt mutig? Sandra brauchte Hilfe und es war keiner da, außer mir."

„Sie sind in das Zimmer gegangen, obwohl Sie nicht wussten, was Sie dort erwarten würde. Wie hat sich das angefühlt?"

Darauf wollte Andrees also hinaus. Für ihn sah es wohl so aus, als ob er sich in eine gefährliche Situation begeben hatte, aber so hatte er es in diesem Moment nicht gesehen. Das einem Außenstehenden zu erklären, war schwer.

„Selbst wenn es der Mörder von Spitzer gewesen wäre, mit dem Sandra da aneinandergeraten war, die Wahrscheinlichkeit, dass er bewaffnet sein würde, war verschwindend gering. Spitzer wurde nicht mit einer Waffe im eigentlichen Sinne ermordet. In der Regel ändern Täter ihre Vorgehensweise nicht."

„Dann bestand also keine Gefahr?"

„Das will ich so nicht sagen. Wenn ein Einbrecher überrascht wird, ergreift er instinktiv die Flucht. Wenn man sich ihm dabei in den Weg stellt, dann kann die Sache außer Kontrolle geraten."

„Frau Büchner wurde nur zu Boden gestoßen, aber es hätte auch anders ausgehen können."

„Zum Glück ist es das aber nicht."

Erst jetzt bemerkte Grießler, wie sein Puls raste. Instinktiv hatte er sich an den Hals gefasst. Ihm war klar geworden, dass die Situation, in die Sandra sich hineinmanövriert hatte, der seinen damals in der Johanniskirche durchaus ähnlich war.

Auch sie hatte, so wie er damals, einen Alleingang versucht und war durch ihren Leichtsinn einem vermeintlichen Einbrecher direkt in die Arme gelaufen. Dass es sich dabei nur um Heike Ostrowski handelte, spielte keine Rolle. Andrees hatte Recht, es hätte auch anders ausgehen können.

Mühsam versuchte Grießler seine Atmung wieder unter Kontrolle zu kriegen und die Bilder aus seinem Kopf zu verbannen.

Gefühle zulassen, Gedanken ziehen lassen!

Wieso machte ihm das so zu schaffen? Das war doch früher kein Problem gewesen. Lag es an dem, was Ostenberg ihm angetan hatte oder wurde er wirklich langsam zu alt für den Job?

Andrees, der ihm die starken Emotionen ansah, ließ ihm Zeit, sich zu beruhigen, bevor er weitersprach.

„Im Aufnahmebogen haben Sie geschrieben, dass Sie nicht wissen, wie es für Sie weitergehen soll. Gestern sprachen Sie davon, dass Sie gern den Job an den Nagel hängen würden. Lassen Sie uns darüber reden."

Na bitte. Er hatte gestern schon befürchtet, dass seine unbedachte Bemerkung Sandra gegenüber ein Nachspiel haben würde. Natürlich war Andrees darauf angesprungen. Das war aber nichts, worüber er jetzt reden wollte. Er wollte, wenn er ehrlich war, nicht mal darüber nachdenken.

Noch während er Krankenhaus lag, war die Rückkehr in den Job etwas gewesen, das ihn schwer beschäftigt hatte.

Irgendwann würde er eine Entscheidung treffen müssen. Aber das musste doch nicht jetzt und sofort sein.

„Ich gebe zu, dass ich hin und wieder darüber nachdenke, ob ich aufhöre."

„Und Grund genug hätten Sie ja auch. Nach so einem traumatischen Erlebnis, kann man nicht einfach so weitermachen, als wäre nichts geschehen."

„Das ist sicher nicht einfach, aber aufzuhören ist es auch nicht."

„Warum?"

„Wenn ich jetzt aufhöre, dann ist das doch so, als würde ich vor meiner Angst kapitulieren."

„Würde Ihre Frau das so sehen?"

„Nein. Ich glaube, die wäre froh, wenn ich nicht wieder in den Job zurückkehren würde."

„Würden Ihre Kollegen das so sehen?"

„Nein. Ganz sicher nicht."

„Wer würde es dann so sehen?"

„Ich."

„Also nur Sie?"

„Nur ich."

„Sie sind also der Einzige, der sich Versagen vorwerfen würde?"

„Ja."

„Könnte es sein, dass Sie etwas zu streng mit sich sind?"

„Aber wenn ich mich meiner Angst nicht stelle, kann ich Sie doch nicht besiegen."

„Wer sagt, dass Sie das müssen?"

Grießler seufzte. Ja wer schon?

Sein innerer Kritiker und Antreiber. Er hörte seinen Vater sagen: „Wenn du das nicht schaffst, bist du kein Mann." Wie oft hatte er sich diesen Satz anhören müssen. Es hatte erst aufgehört, als er endlich die Kraft gefunden hatte, seinem Vater zu widersprechen.

Der hatte ihm eines Tages wieder mal die Kinderlosigkeit in seiner Ehe mit Billy vorgeworfen. Da war ihm der Kragen geplatzt und er hatte dem Vater geantwortet, dass er sowieso keinen guten Großvater abgeben würde. Das ohnehin kühle Verhältnis war danach noch kühler geworden, aber das war's ihm wert gewesen. Das Thema war nie wiederaufgekommen.

Grießler musste nicht lange nachdenken, um zu erkennen, was das heute für ihn bedeutete.

Wenn er damals gegen seinen Vater aufbegehren konnte, dann sollte es auch kein Problem sein, seine eigene innere kritische Stimme zum Schweigen zu bringen.

Er sah Andrees mit schiefem Grinsen an und sagte: „Ich weiß, was Sie meinen. Ich muss erst mal gar nichts."

Andrees lächelte zurück und antwortete: „Ein gutes Pferd springt nur so hoch, wie es muss."

„Und Sie wollen, dass ich ein gutes Pferd bin."

„Was ich will, ist unerheblich. Wenn Sie ein gutes Pferd sein wollen, dann sein Sie es."

„Das heißt, ich höre auf?"

„Darüber können wir im nächsten Gespräch reden. Sie sind ja noch eine Weile hier. Für heute ist unsere Zeit leider schon um."

Das war sie tatsächlich, wie Grießler beim Blick auf die Uhr erstaunt feststellte.

Auf dem Weg in sein Zimmer sah Grießler sich plötzlich Spitzers Groupies, Marlis und Gudrun, gegenüber. Mit todernster Miene zog ihn Marlis an einen Tisch und hielt ihm einen Stift unter die Nase. Gudrun legte eine Karte vor ihn hin und Grießler war klar, was das zu bedeuten hatte. Trotzdem fühlte sich Gudrun verpflichtet, zu erklären: „Wir haben eine Karte besorgt und lassen alle, die ihn gekannt haben, unterschreiben. Die Klinik wird die Karte dann an die Familie weiterleiten."

Grießler las die Kartenaufschrift.

Er war gewiss nicht pietätlos, aber der Spruch war etwas gewagt.

Wer dich kannte, weiß, was wir verloren haben.

Er unterschrieb trotzdem.

Marlis und Gudrun zogen von dannen und als Grießler sah, wer sich ihm nun näherte, wünschte er sich, er wäre mit ihnen gegangen.

K&K kamen mit schnellen Schritten quer durch die Halle. Sie wurden begleitet von einem Mann, in dem Grießler den Klinikchef erkannte.

Als König Grießlers ansichtig wurde, steuerte er direkt auf ihn zu.

Mit einem knappen: „Wir melden uns", wurde dem Klinikchef wenig charmant signalisiert, dass er nicht mehr gebraucht wurde. Der verstand und zog sich zurück.

König drehte sich Grießler zu und kam sofort zur Sache.

„Herr Grießler, wären Sie so freundlich, uns zu begleiten."

Seine Wortwahl hörte sich zwar nach einer Einladung an, aber sein Ton machte deutlich, dass er Grießler nicht wirklich eine Wahl ließ.

Ihm blieb nichts weiter übrig, als König zu folgen und das Beste zu hoffen.

Als er sah, dass König den Ausgang ansteuerte und die Klinik verlassen wollte, wurde er doch unruhig.

Was hatte das nun wieder zu bedeuten?

Wollten die ihn zur Befragung auf die Dienststelle mitnehmen?

Das war zwar möglich, aber es war üblich, den Zeugen oder Verdächtigen, darauf hinzuweisen.

Hatte König aber nicht gemacht.

Auch wenn der Kommissar nicht gut auf ihn zu sprechen war, würde er soweit gehen?

Grießler entschied, sich vorerst keine Gedanken darüber zu machen. Irgendwann musste der Kollege mit der Sprache rausrücken.

Das geschah in dem Augenblick, als sie zu dritt im Auto saßen und das Klinikgelände verließen. Und wieder kam König sofort auf den Punkt.

Er drehte sich auf seinem Beifahrersitz zu Grießler, der hinten saß und sagte: „Dr. Baumann-Egner ist tot."

Grießler reagierte augenblicklich.

„Was? Sind Sie sicher?"

König nickte und gab eine kurze Erklärung ab.

Die Berliner Polizei war zum Fundort einer weiblichen Leiche gerufen worden. Da die Todesursache nicht eindeutig festgestellt werden konnte, wurde die Kripo hinzugezogen. Die hatten die aufgefundene tote Frau als

Frau Dr. Monika Baumann-Egner identifiziert und festgestellt, dass sie in der Reha-Klinik Rosenburg beschäftigt war. Man wusste von der Mordermittlung in der Klinik und hatte umgehend die Brandenburger Kollegen informiert.

„Wissen Sie schon was über die Auffindesituation?", wollte Grießler wissen.

Zu seiner großen Überraschung zögerte König keine Sekunde und beantwortete die Frage so gut er konnte.

Aber alles, was er wusste war: leblos in der Badewanne, von einer Nachbarin gefunden, keine Einbruchspuren, keine Hinweise auf einen Kampf.

Der Rest der Fahrt verlief schweigend.

Der Tatort lag kaum eine halbe Stunde Fahrzeit von der Klinik weg, in einem Wohngebiet mit ausschließlich Einfamilien- und Reihenhäusern.

Gute Gegend, konstatierte Grießler, ruhig aber nicht abgeschieden.

Das Haus war im Bungalowstil gebaut und lag etwas zurückgesetzt in der Mitte des großen Grundstückes. Eine Einfahrt führte zu einer angebauten Garage und von dort weiter bis zum Hauseingang.

Der BMW der Ärztin stand vor der Haustür, die Einsatzfahrzeuge parkten auf der Straße und der Zufahrt.

König und Kurz zeigten ihre Ausweise, trugen sich ein und Grießler wurde kurzerhand als Magdeburger Kollege in beratender Funktion vorgestellt.

Kurz erhielt den Auftrag, sich die Zeugenaussage der Nachbarin vorzunehmen und gegebenenfalls noch mal mit ihr zu sprechen.

König wollte sich den Fundort ansehen. Grießler durfte ihn begleiten.

Wie sich zeigte, hatte man die Leiche schon abtransportiert.

Da die Kriminaltechniker noch mit der Sicherung der Spuren beschäftigt waren, mussten sie sich vorerst mit den Bildern des Tatorts zufriedengeben.

Die Szenerie im Badezimmer mutete wie aus einem Hitchcock-Film an. Eine Wanne, gefüllt mit Wasser und Schaum, der schon begann, in sich zusammenzufallen. Von der Leiche ragten lediglich die angewinkelten Knie aus dem Wasser. Nur auf den Fotos, die aus der Totalen aufgenommen worden waren, konnte man den Kopf unter den oben treibenden Haaren erkennen.

Ein anderes Foto zeigte ein umgefallenes Weinglas auf der weißen Badematte. Der ausgelaufene Rotwein bildete einen dunklen Fleck auf dem Vorleger.

Bis dahin war nichts Ungewöhnliches zu entdecken.

Auf dem nächsten Foto sah Grießler einen weißen Stuhl neben der Wanne stehen. Über die Lehne hing ein Badetuch. Auf dem Sitz stand eine Weinflasche mit einem Rest Wein. Auch das sah erschreckend normal aus.

„Was denken Sie, ein Unfall oder Suizid?", hörte Grießler den Kollegen fragen.

„Wenn der Mord in der Klinik nicht wäre, würde ich das wohl vermuten, aber so. Ich weiß nicht."

„Aber es gibt keine Anhaltspunkte für eine Fremdeinwirkung bisher."

„In der Klinik wird ein Patient ermordet. Die Patientin Ostrowski wird beim Einbruch in das Zimmer des Opfers überrascht, flüchtet und wird schwer verletz. Und zwei Tage später stirbt ihre behandelnde Ärztin unter, sagen wir, nicht ganz eindeutigen Umständen. Das legt doch zumindest die Vermutung nahe, dass da etwas faul ist. Also ich finde das merkwürdig genug, um genauer hinzusehen."

„Das tun wir ja auch. Aber etwas Handfesteres als Vermutungen wäre mir schon noch lieber."

„Und was?"

König zuckte mit den Schultern. Nach einer kurzen Überlegung äußerte er dann selber eine Vermutung.

„Vielleicht hat Frau Doktor etwas mit Spitzers Tod und Ostrowskis Einbruch zu tun, dann könnte es ein Suizid gewesen sein und wir finden einen Abschiedsbrief."

„Wurde schon danach gesucht?", fragte Grießler sofort nach.

„Das krieg ich raus", war Königs Antwort, mit der er sich auch gleich auf die Suche nach einem machte, der es wissen konnte.

Grießler schaute sich derweil die Bilder zum wiederholten Male an. Da war wirklich nichts zu entdecken, was gegen einen Unfall oder einen Suizid sprach. Und genau das war es, was Grießler daran störte.

Es sah bis ins Detail so akkurat aus. Alles war so schön hindrapiert, wie Billy es nennen würde.

Plötzlich spürte Grießler etwas in sich aufsteigen, dass er schon eine Weile nicht mehr gefühlt hatte, dieses Gefühl von: Hier stimmt was nicht! Sein kriminalistischer Instinkt war erwacht und rumorte.

Die Erpressung fiel ihm wieder ein.

Er musste König endlich von dem Foto erzählen. Dadurch rückten die Vorkommnisse noch mehr zusammen.

König kam zurück und Grießler setzte zu seiner Beichte an, doch er wurde von König gebremst. Der wusste inzwischen etwas mehr und wollte es loswerden.

„Es wurde kein Brief gefunden, weder auf Papier noch auf dem Laptop. Auf der Weinflasche sind Fingerabdrücke, die mit denen auf dem Glas und an den Türen übereinstimmen, also mit größter Wahrscheinlichkeit die von Baumann-Egner."

„Dann hat sie hier allein gelebt?"

„Sie war nicht verheiratet, wenn Sie das meinen. Aber es soll einen Freund oder Lebenspartner gegeben haben. Der war ab und zu hier, das letzte Mal gestern."

„Das ist so vielleicht nicht ganz richtig", ertönte plötzlich die leise Stimme von Kurz, der seine Befragung der Nachbarin beendet hatte.

Fragende Blicke von König und Grießler.

„Die Nachbarin, die die Tote gefunden hat, sah kurz vorher einen Mann das Haus verlassen. Sie meinte, es könnt der Freund gewesen sein."

Diese Mitteilung verschlug Grießler und König für einen Moment die Sprache. Grießler, der sich als Erster fing, ließ seinem Unmut freien Lauf.

„Die Frau sieht einen Mann vom Tatort verschwinden, kurz bevor sie ihre Nachbarin tot in der Badewanne findet und keiner hält es für nötig, uns das mitzuteilen?" Er sah König an und konnte sich einen Seitenhieb nicht verkneifen.

„Stellen Sie noch mal meine Fähigkeiten als Ermittler in Frage. Ich glaub's ja nicht!"

An dem Brocken hatte König erst mal zu kauen.

Inzwischen wurde Kurz weiter von Grießler bestürmt.

„Weiß man schon, wer der Mann ist? Gibt es im Haus Hinweise auf ihn?"

„Bisher noch nicht, aber er fährt einen silbergrauen Mercedes und der steht, wenn er da ist, immer in der Garage."

„Ein silbergrauer Mercedes? Na, wenn das kein Fahndungserfolg wird, weiß ich nicht."

Kurz zuckte verlegen mit den Schultern. Er konnte doch nur berichten, was die Frau ihm gesagt hatte. Doch das schien Grießler nicht zu reichen.

„Konnte die Zeugin den Mann wenigstens beschreiben? Sie haben doch nach einer Beschreibung gefragt?"

Kurz hatte es satt, jetzt auch noch von Grießler angepflaumt zu werden. Es reichte schon, dass König das ständig tat. Er antwortete gereizt: „Fragen Sie sie doch selber. Das ist bestimmt besser …" und leise fügte er hinzu, „… für alle."

Grießler hatte schon eine deftige Bemerkung auf den Lippen, als ihm zum Glück einfiel, dass er trotz allem nur geduldet war. Und inzwischen war das Letzte, was er wollte, von der weiteren Ermittlung ausgeschlossen zu werden.

Er behielt die Bemerkung für sich und fragte stattdessen übertrieben höflich: „Wo finde ich denn die Zeugin?"

Vierzehn

Grießler lief in die von Kurz angezeigte Richtung und König schloss sich ihm an. Kurz ließ die beiden nur zu gern ziehen. Er gesellte sich lieber wieder zu seinen Berliner Kollegen.

Das erschien ihm viel ungefährlicher und zugleich interessanter, da die Spurensicherung gerade aus dem Haus kam.

Hilde Schönborn saß zusammengesunken auf ihrer Terrasse, in einem Gartenstuhl. Sie sah nicht nur aus, wie ein Häufchen Elend, sie fühlte sich auch so.

Ihre zitternden Hände kneteten ein Taschentuch und der Blick war noch vom Weinen getrübt. Der Schock saß tief bei ihr, das sah Grießler schon von weitem.

Bei der Zeugin angekommen, nannte König seinen Namen und Dienstrang. Grießler wurde wieder als Kollege aus Magdeburg vorgestellt. Dann meinte er, sie hätten da noch ein paar Fragen.

„Ich hab' doch schon Ihren Kollegen alles erzählt. Mehr weiß ich wirklich nicht."

„Frau Schönborn", fing Grießler behutsam an. „Es geht uns in erster Linie um den Mann, den Sie aus dem Haus haben kommen sehen. Sie haben ausgesagt, dass das der Freund von Frau Dr. Baumann-Egner war?"

„Naja, ich konnte ihn nicht richtig sehen, aber ich glaube, er war es. Wer soll es denn sonst gewesen sein?"

„Genau das wollen wir herausfinden. Der Mann könnte ein wichtiger Zeuge sein, wenn man bedenkt unter welchen Umständen sie ihre Nachbarin gefunden haben."

Hildes Augen weiteten sich plötzlich, als ihr etwas ganz anderes in den Sinn kam.

„Oh mein Gott! Vielleicht ist Frau Doktor umgebracht worden und dann war der Mann ihr Mörder. Wollten Sie das andeuten?"

„Wir wollen gar nichts andeuten", warf Grießler sofort ein, erstaunt darüber, dass der Zeugin diese Möglichkeit nicht schon eher eingefallen war. „Wir wissen ja noch nicht genau, was passiert ist. Für uns ist der Mann vorerst nur jemand, den wir gern befragen würden."

Das Nicken von Schönborn war ein zaghaftes. So ganz hatte Grießler sie wohl nicht überzeugt. Aber sie hatte sich wieder etwas gefasst.

„Wie sicher sind Sie denn, dass es der Freund war?"

„Nicht so sehr. Wie gesagt, ich konnte ihn nur kurz sehen und ich hatte meine Brille nicht auf. Ich habe einfach angenommen, dass er es war."

„Können Sie den Mann beschreiben?", fragte König dazwischen.

„Er war groß, also bestimmt größer als ich. Er trug eine Jeans und eine Jacke, eine dunkle Jacke. Sie war blau vielleicht, oder dunkelgrün, oder schwarz."

Grießler zeigte seine Enttäuschung nicht, dazu kannte er solche Zeugenaussagen zur Genüge. Vorsichtig fragte er weiter.

„Welche Haarfarbe hatte der Mann?"

„Das konnte ich nicht erkennen. Die Haare waren zu kurz. Ach du liebes Bisschen! Dann war es vielleicht gar nicht ihr Freund. Der hat lockiges Haar. Wie konnte ich das nur übersehen? Und er trägt es nicht so kurz."

Schönborn fand ihre Beobachtung sehr bedeutsam, König nicht.

„Oder er war gestern gerade beim Frisör", raunte er Grießler zu, der aber nicht darauf einging und lieber weitermachte.

„Was wissen Sie denn über den Freund? Kennen Sie seinen Namen?"

„Nein, wo denken Sie hin. Mit Frau Doktor habe ich ein paar Mal gesprochen, aber mit ihm nie. Der war ja auch viel unterwegs. Ist bestimmt ein Vertreter. Sein Auto hat er immer in der Garage geparkt, wenn er mal da war. Sehr ordentlich, der Mann."

Oder vorsichtig, dachte Grießler. So konnte niemand sehen, ob er hier war.

„Was für ein Auto fährt er denn?"

„Einen Mercedes, silbergrau. Sehr chic und immer sauber."

„Haben Sie vielleicht ein Kennzeichen für uns?"

„Na, wissen Sie, was denken Sie denn? Ich spioniere doch meinen Nachbarn nicht hinterher." Das klang ziemlich entrüstet.

„Natürlich nicht, Frau Schönborn. Es könnte doch aber sein, dass Sie es durch Zufall mal gesehen haben. Oder wenn der Mann ein Vertreter war, dann fuhr er vielleicht einen Firmenwagen. Ist Ihnen eventuell ein Logo auf dem Auto aufgefallen."

„Sie meinen so einen Werbeaufdruck von der Firma?"
Grießler nickte hoffnungsvoll. Doch diese Hoffnung
zerplatzte sofort wieder.

„Nein! Da war nichts."

Bisher erwies sich die Befragung wirklich als eine herbe
Enttäuschung und die nächste Bemerkung machte es auch
nicht besser.

„Ich weiß nur, dass es ein Berliner Kennzeichen war und
manchmal hörte ich, wie Frau Doktor ihn Siggi nannte."

Ein silbergrauer Mercedes mit Berliner Kennzeichen, das
einem Mann gehörte, der lockiges Haar hatte und Siggi
genannt wurde. Diese Zeugenaussage gehörte eindeutig in
die Kategorie: *nicht besonders aussagekräftig.* Es war
wohl besser, zu hoffen, dass es in dem Haus irgendwo
Fotos von dem Paar gab.

In diesem Moment kam die Zwillingsmutti mit einem
Glas, was auch immer, herüber und übernahm es, sich um
die alte Frau zu kümmern.

Das und Grießlers Versicherung, Frau Schönborn habe
ihnen sehr geholfen, verschafften ihm und König
wenigstens einen guten Abgang.

Wieder auf dem Nachbargrundstück wandte Grießler sich
an König.

„Fragen Sie doch mal, ob es auf dem Laptop oder dem
Handy der Toten Bilder von ihr und einem Mann gibt. Wir
müssen rauskriegen, wer ihr Freund war. Am besten, wir
fragen auch in der Klinik nach."

König sah aus, als wäre er gerade zum Tester für Eis mit Saure-Gurken-Geschmack gemacht worden.

Es passte ihm nicht, dass Grießler ihm Anweisungen gab. Doch den ließ das kalt, schließlich hatte König ihn förmlich zur Mitarbeit genötigt. Er sah den Kollegen erstaunt an und fragte: „Oder soll ich das machen?" König winkte ab und trat zur Seite.

Kurz kam angelaufen. Er wedelte aufgeregt mit einer durchsichtigen Beweismitteltüte und hielt sie Grießler entgegen.

„Die Frau Doktor hat in ihrem Badezimmer einen beachtlichen Vorrat an verschreibungspflichtigen Medikamenten. Barbiturate von der allerfeinsten Sorte. Entweder war sie extrem süchtig nach dem Zeug oder …" Grießler ergänzte müde lächelnd. „Oder, sie hat damit gedealt."

„Da wäre sie nicht die Erste", war Kurz' Fazit und dem konnte Grießler leider nur zustimmen.

König trat wieder zu ihnen. Seine Nachfrage in der Klinik hatte nichts ergeben.

Baumann-Egner war erst seit einem Jahr dort beschäftigt und niemand kannte ihren persönlichen Status. Sie redete nicht gern über ihr Privatleben, außer über die Tatsache, dass sie für diese Stelle ein Angebot einer Privatklinik am Tegernsee abgelehnt hatte. Als Grund nannte sie ihre Mutter, die hier in einem Pflegeheim lebte. Vor einem halben Jahr war die Mutter verstorben, doch nun hing sie hier fest. Ihrem Ärger über die verpasste Chance hatte sie zu jeder sich bietenden Gelegenheit Luft gemacht.

Alles schön und gut, konstatierte Grießler, aber sie waren dadurch noch keinen Schritt weitergekommen.

Die Berliner Kripo sammelte sich vor dem Haus von Baumann-Egner. Beweismittel wurden verstaut, Notizen abgeglichen und Fotos begutachtet. Offensichtlich wollten sich die Kriminaltechniker noch Frau Doktors BMW und die Garage vornehmen.

„Könnte nicht schaden, sich drin mal umzusehen", äußerte Grießler sich vorsichtig.

„Ich wollte sowieso fragen, ob wir ins Haus können", erwiderte König um den Schein zu wahren, dass immer noch er das Sagen hatte.

Während Kurz seinem Kollegen etwas ungläubig hinterherschaute, nahm es Grießler gelassen, dass er dieses Mal nicht aufgefordert wurde, König zu begleiten.

Sie waren auf Berliner Territorium, also war das hier auch nicht Königs Baustelle. Sie hatten es nur dem guten Willen der Berliner Kripo zu verdanken, dass sie hier sein durften.

Blieb zu hoffen, dass König ihnen die Tour nicht mit seinem brachialen Charme versaute.

Grießler wurde von Kurz unsanft am Arm gepackt und in die entgegengesetzte Richtung gedreht. An der Grenze zu Hilde Schönborns Grundstück stand die Zwillingsmutti winkend und das Winken galt eindeutig ihnen.

Beide, Grießler und Kurz, stapften den Kiesweg bis zum Zaun zu der immer noch aufgeregt winkenden Frau.

„Entschuldigung", begann sie. „Mir ist da noch was eingefallen. Ich weiß aber nicht, ob es wichtig ist."

Grießler hörte diese Wortwahl häufig von Zeugen. Man wollte etwas loswerden, aber natürlich auch nichts Falsches sagen.

„Das finden wir dann schon raus. Was ist Ihnen denn eingefallen?"

Seine Worte verfehlten ihre Wirkung bei der Zeugin nicht.

„Frau Schönborn hat mir gerade von dem Mann erzählt, den sie beim Verlassen des Hauses beobachtet hat. Ich glaube, ich habe ihn auch gesehen."

Grießler und Kurz horchten auf.

„Also, ich war gerade mit den Zwillingen auf dem Weg zur Kita, so gegen halb zehn, da habe ich einen Mann auf der Straße gesehen. Der ist in ein Auto gestiegen, das stand auf der anderen Straßenseite geparkt war."

„Aha. Und weiter? Wieso glauben Sie, dass das derselbe Mann war?"

„Na, er war genauso angezogen, wie Hilde es beschrieben hat und er wohnt nicht in unserer Straße. Und als ich eine halbe Stunde später wieder zurückkam, war das Auto weg. Tja, und dann kam Hilde mir entgegengelaufen, völlig aufgelöst."

„Können Sie zu Frau Schönborns Beschreibung des Mannes etwas hinzufügen?"

„Nein, der war ja schon am Einsteigen, als ich näher ran war. Also Jeans, dunkelblaue Jacke und kurze braune Haare."

„Können Sie etwas über sein Alter sagen?"

„Also, ich habe ihn nur von hinten gesehen. Alt war er nicht, würde ich sagen."

Grießlers Hoffnung auf neue, wichtige Details schwanden mit jeder Sekunde. Kurz sah es wohl ähnlich, denn er klappte sein Notizbuch zu.

Das blieb der Zeugin nicht verborgen und sie zog entschuldigend die Schultern nach oben.

„Tut mir leid. Über den Mann kann ich nicht mehr sagen, aber über sein Auto."

Ehe Grießler etwas sagen konnte, schaltete Kurz sich ein.

„Ein silbergrauer Mercedes mit Berliner Kennzeichen?"

„Nein, der Mann, den ich beobachtet habe, fuhr einen dunkelroten Opel, so einen mit langgezogenem Heck."

„Einen Kombi?"

„Ja und der hatte auch ein Berliner Kennzeichen. An die Zahlen kann ich mich nicht erinnern, aber an die Buchstaben. KM, das sind die Anfangsbuchstaben von meinen Zwillingen, Kiran und Martha. Außerdem hatte er diesen blöden Aufkleber an der Heckscheibe. Deshalb ist er mir ja auch aufgefallen."

Sie schwieg, wartete offensichtlich darauf, dass einer fragte.

Kurz tat nichts dergleichen, Grießler schenkte ihr wenigstens einen fragenden Blick.

Als die Frau antwortete, schwang eine gehörige Portion Entrüstung in ihrer Stimme mit.

„Darauf stand: *Kein Balg mit Scheiß Namen an Bord.* Mit drei Ausrufungszeichen!"

Ihr letzter Satz klang so, als hätte er auch mindestens drei davon, fand Grießler. Aber ein Wunder war das nicht. Keine Mutter würde diesen Aufkleber witzig finden.

„Kennen Sie eigentlich den Freund von Frau Dr. Baumann-Egner?"

Sie schüttelte den Kopf und fügte noch hinzu: „Ich bin mir nicht mal sicher, ob ich den schon mal gesehen habe. Wir sind ja keine direkten Nachbarn."

„Tja, dann Danke für Ihre Informationen. Wenn Ihnen noch was einfällt, melden Sie sich bitte." Kurz reichte ihr eine Visitenkarte, Grießler nickte nur.

Da König noch immer im Gespräch war, nutzte Grießler die Gelegenheit für ein paar Fragen an Kurz.

Dem schien es nichts mehr auszumachen, ihm Rede und Antwort zu stehen.

Nein, einen Laptop hatten sie weder in Spitzers noch in Ostrowskis Zimmer gefunden. Die Handydaten wurden noch ausgewertet, auf den ersten Blick gab es aber keine Verbindung zwischen ihnen.

Grießlers Frage, ob sie schon ein Motiv für den Mord an Spitzer hätten, wurde auch verneint. Da würden sie leider noch im Dunklen tappen.

Wieder nahm Grießler innerlich Anlauf, um endlich das Foto zu erwähnen, doch auch diesmal machte ihm König einen Strich durch die Rechnung.

König winkte ihn und Kurz zu sich rüber, damit war die Gelegenheit wieder vorbei.

Es war doch wie verhext.

„Wir können ins Haus, wenn wir wollen. Die Kollegen sind fertig drin. Ich habe mit der Mordkommission vereinbart, dass es ihre Ermittlung bleibt, wir aber unsere

Ergebnisse austauschen. Bisher wissen sie, dass Frau Doktor heute früh gegen halb sieben die Klinik verlassen hat. Gefunden hat die Nachbarin sie um kurz nach 10 Uhr. Den Todeszeitpunkt grenzt das auf schon mal auf die Zeit zwischen 7 und 10 Uhr. Die Identifizierung des Mannes, der das Grundstück kurz vorher verlassen hat, steht also bei den Berlinern ganz oben an, parallel zur Suche nach dem Freund. Im Moment wird das Handy der Ärztin auf entsprechende Hinweise untersucht."

Kurz legte gleich nach und berichtete von der Unterhaltung mit der Zwillingsmutter. König zuckte mit den Schultern und zeigte nur wenig Begeisterung.

„Genauer konnte die Frau es nicht angeben? Astra, Corsa, Vectra?"

Kurz' Kopfschütteln entlockte König einen Seufzer.

„Wir werden sehen, wie viele rote Opel es in Berlin gibt, auf die diese Hinweise zutreffen. Kurz, kümmern Sie sich gleich darum. "

König, reichte Grießler ein Paar Handschuhe, drehte sich um und betrat das Haus. Grießler rief ihm nach:

„Handschuhe? Ich dachte, die SpuSi ist fertig?"

„Besser ist besser. Ich will Sie nicht noch mehr verdächtigen, als ich es ohnehin schon tue."

Grießler kam es fast so vor, als ob König an seiner letzten Bemerkung mehr Freude hatte, als gut war.

Durch eine kleine Diele gelangte man in den zentralen Wohnbereich mit einer offenen Küche, einem Esstisch für sechs Personen und einer Sitzecke mit Blick auf einen überdimensionalen Flatscreen. Es gab viel Platz für die überschaubaren Möbel.

Eine Tür führte in das Schlafzimmer und von dort aus kam man ins Bad. Die Ausstattung war großzügig: freistehende Wanne, geräumige Dusche, zwei Waschbecken, WC und Bidet. Alles sah sehr edel aus und war bestimmt nicht billig gewesen.

Wie im Rest des Hauses, waren auch hier überall die Spuren der Kriminaltechnik zu sehen.

Das Wasser war inzwischen aus der Wanne gelassen worden. Weinglas, Flasche und andere persönliche Gegenstände hatte man eingepackt und die Türen der Badezimmerschränke standen weit offen.

König hielt Grießler zum Vergleich die Tatortfotos entgegen und deutete auf die offenen Schränke: „Hier hat man die Medikamente gefunden, ziemlich teures Zeug. Da wird die Klinik wohl eine große Inventur machen müssen.“

Grießler interessierte sich für die Fotos von der Waschkonsole. Eine Seite war vollgestellt mit den Kosmetikartikeln der Ärztin, auf der anderen Seite herrschte ziemliche Leere. Jetzt war alles leergeräumt.

„Hat man irgendwelche Klamotten von dem Freund gefunden, die darauf schließen lassen, dass er sich hier öfter aufgehalten hat?“

König sah auf eine Aufstellung, die man ihm übergeben hatte.

„Also hier steht nur was von einer zweiten Zahnbürste. Ansonsten waren in den Schränken hier und im Schlafzimmer nur die Sachen der Ärztin.“

„Keine Hinweise auf einen Mann? Bücher, Zeitschriften, Notizen, Werbung, irgendwas? Wer ist der Kerl? Ein verdammter Geist?"

„Ich krieg auch langsam das Gefühl, dass der Freund ein ganz heimlicher ist. Alles, was wir wissen, ist, er heißt Siggi und fährt einen Mercedes, silbergrau."

„Siggi", brummte Grießler unzufrieden. „Könnte genauso gut Siegfried heißen, wie Sieglinde."

Er ließ sich auf dem Wannenrand nieder und starrte auf die nicht mehr vorhandene Leiche.

In die Stille hinein, fing König plötzlich an zu reden.

„Jedes Mal, wenn ich denke, wir sind dabei, den Knoten zu entwirren, kommt ein neuer zum Vorschein und macht es noch verwirrender. Erst wird die Leiche eines Patienten in der Schwimmhalle gefunden und es stellt sich raus, dass er ermordet wurde. Dann bricht eine Patientin in dessen Zimmer ein, wird überrascht, flieht, wird von Wildschweinen angegriffen und schwer verletzt. Und nun wird die Ärztin dieser Patientin tot in ihrer Badewanne gefunden, kurz nachdem ein unbekannter Mann den Fundort verlassen hat. Hab' ich was vergessen?"

„Nur, dass der Mann wahrscheinlich ein Phantom ist."

„Seid ihr in Magdeburg alle so witzig?"

„Nein, nur an guten Tagen."

„Dann ist das hier ein guter Tag für Sie?"

„Heißt das, Sie finden mich witzig?"

König winkte ab. „Ja, wahnsinnig witzig und so hilfreich."

„Na, dann warten Sie mal ab." Mit diesen Worten stieg Grießler in die Wanne.

Wenn König davon überrascht war, so zeigte er es jedenfalls nicht. Er fragte nur: „Liegen Sie bequem genug oder soll ich Ihnen ein Kissen bringen?"
Darauf erhielt er keine Antwort.
Grießler setzte sich aufrecht hin und versuchte dann nach unten zu rutschen. Selbst mit angewinkelten Knien war das so gut wie unmöglich. Er war zu groß. Die Ärztin war in etwa so groß wie er. „Wie ist sie mit dem Kopf unter Wasser gekommen?", fragte er. „Das wäre nur gegangen, wenn sie ihre Beine über den Wannenrand gehängt hätte." Das hatte sie aber nicht, wie beide wussten.
„Also hat jemand nachgeholfen? Aber warum die Ärztin ermorden?" Königs Fragen waren rhetorischer Natur, wie sich gleich darauf zeigte.
„Nun, all das dürfen zum Glück die Kollegen rausfinden. Mir reicht ein Mord ohne erkennbares Motiv."
Wie gern hätte Grießler diesen letzten Satz überhört, aber nun gab es kein Zurück mehr.
So eine Wanne sollte ja angeblich ein sicherer Ort bei einem Tornado sein. Er zweifelte, dass das auch in diesem Fall zutraf.
Und dann erzählte er König von dem Foto.

Fünfzehn

Nach ihrem aufreibenden Einzelgespräch war Sandra total
fertig. Aber nicht fertig genug, um irgendwo still
sitzenzubleiben. Sie wollte etwas unternehmen. Was sie
nicht wollte, war, dabei allein sein.
Welches der Mädels würde sie wohl überreden können,
mit ihr zu kommen?
Darüber konnte sie in Ruhe nachdenken, solange sie ihre
Vibrationsmassage bekam. Auf dieses Vergnügen zu
verzichten, kam nicht in Frage. Das Gefühl, wie Wärme
und Vibrationen ihren Körper durchströmten, war einfach
zu schön und man bekam ja nur sechs Behandlungen.
Die Augen geschlossen, ließ sie sich durchrütteln, lauschte
der Entspannungsmusik im Hintergrund und überdachte
ihr Vorhaben.
Als die Massage beendet war, war die Entscheidung
gefallen.
Gerti hatte noch ihre wöchentliche, medizinische Visite,
die kam als Begleitung nicht in Frage.
Sie würde es mit Marzena versuchen.
Beim Verlassen der Kabine schaute sie sich aufmerksam
um. Die Badeabteilung lag wie verlassen da. Die
Therapeutin hatte gerade am anderen Ende zu tun.
Als Sandra an einem Regal vorbeikam, griff sie schnell zu
und war im nächsten Moment verschwunden.
Als nächstes suchte sie Marzena und fand sie im
Wintergarten.

Es war wirklich nicht schwer, die Freundin zu einem Spaziergang zu überreden. Ihr Therapieplan war für heute beendet. Außerdem hätte das auch keinen Unterschied gemacht, denn Marzena war über jede Gelegenheit froh, eine Therapie sausen zu lassen.

„Wo gehen wir denn hin, Sandra?", fragte sie beim Verlassen der Klinik. „Wollen wir ins Café?"

Das Café „Drei-Käse-Hoch" war bei allen Patienten der Reha-Klinik sehr beliebt. Zum einen, weil es dort den, O-Ton Gerti, *leckersten Käsekuchen ever* gab und zum anderen, weil man beim Bezahlen immer 50 Cent Stücke für die Waschmaschine einwechseln konnte.

„Nein, Marzena. Käsekuchen gibt's nicht. Vielleicht später, wenn wir fertig sind."

„Fertig? Womit fertig?"

Sandra antwortete nicht. Sie schlug den Weg zur S-Bahn-Station ein. Als ihrer Freundin das klar wurde, blieb sie stehen.

„Ich will aber nicht nach Berlin fahren, Sandra."

„Marzena, ich bitte dich. Wir machen doch nur einen kleinen Ausflug."

„Und wohin?"

„Das erkläre ich dir unterwegs, los komm schon."

Widerstrebend ließ Marzena sich mitziehen, maulte aber immer noch vor sich hin.

Um sie bei Laune zu halten, berichtete Sandra ihrer Freundin unterwegs von dem nächtlichen Ausflug mit Grießler und dem Foto aus Heikes Briefkasten.

Erst in der fahrenden S-Bahn hielt sie das Risiko für klein genug, um die Freundin auch über ihr Vorhaben aufzuklären und Marzenas Reaktion gab ihr Recht.

„Bist du verrückt? Das wird nie klappen. Da kommst du nicht rein. Glaub mir. Ich weiß das." Marzena stand auf und ging zur Tür. Gleich würde die S-Bahn in den nächsten Bahnhof einfahren. Sandra wusste, wenn die Tür aufging, war Marzena draußen. Das durfte sie nicht zulassen.

„Was glaubst du, wieso ich dich gebeten habe, mitzukommen. Weil du dich auskennst." Das stimmte nicht ganz. Es war ihr gerade erst eingefallen, dass Marzenas beruflicher Hintergrund bei dem, was sie vorhatte äußerst nützlich sein konnte.

Marzena stand an der Tür und rührte sich nicht.

„Marzena, ich brauche deine Hilfe. Du kannst mich doch jetzt nicht im Stich lassen. Wir sind die Bademantel-Gang, schon vergessen?"

Na klar war das unfair, aber es war das einzige Argument, dass die stark depressive Marzena überzeugen würde.

Gerti und sie hatten Marzena in ihre kleine Gemeinschaft aufgenommen, als diese ganz verloren über die Flure geschlichen war. Sie hatten sie mitgezogen, aufgemuntert und unterstützt, so gut sie konnten. Marzena jetzt daran zu erinnern, war wirklich ein bisschen hinterhältig, aber der Zweck heiligte in diesem Fall die Mittel, wie Sandra fand. Bei Marzena wirkte es jedenfalls.

Sie blieb stehen, als die Tür sich öffnete und stand noch immer dort, als sie sich wieder schloss.

Sandra atmete auf. Sie hätte ihren Plan auch allein durchgezogen, aber zu zweit war es einfach leichter.

Marzena kam zurück auf ihren Sitzplatz, sah Sandra an und fragte: „Wie willst du ohne aufzufallen da reinkommen, bei all dem Personal?"

Sandra grinste schelmisch, öffnete ihren Stoffrucksack mit dem Aufdruck: *Lächle, du kannst sie nicht alle töten* und ließ Marzena einen Blick hineinwerfen.

„Hast du die geklaut? Sandra, du bist eine Diebin!"

Herrgott, wenn Marzena nur nicht immer so übertreiben würde.

„Ich hab' sie doch nur ausgeborgt und morgen lege ich sie wieder zurück."

Gemeint waren zwei blütenweiße Kittel, Mundschutz und Einweghandschuhe aus der Badeabteilung. Mit Hilfe dieser Requisiten, so Sandras Plan, wollte sie versuchen, bis zu Heike auf die Intensivstation zu kommen.

Marzena, eine erfahrene Krankenschwester, sollte ihr helfen, alle Hürden auf dem Weg dahin zu überwinden.

„Weißt du denn überhaupt, wo genau Heike liegt?"

Sandra nickt triumphierend.

Sie hatte tatsächlich herausgekriegt, wo genau in der großen Charité Heike lag. Schwester Marion war die Informationsquelle gewesen, die aber auch gleich darauf hingewiesen hatte, dass Heike noch keinen Besuch empfangen durfte.

Das wird sich noch zeigen, hatte Sandra gedacht und laut gesagt: „Ach wie schade."

Marzena schüttelte nur mit dem Kopf und meinte resignierend: „Sandra, du bist mega anstrengend."

❖

Nach Grießlers Beichte blieb es minutenlang still.

„Wo ist das Foto?", hörte er schließlich König fragen. Er stieg aus der Wanne, griff in die Gürteltasche und zog den Umschlag heraus.

„Haben Sie den Umschlag etwa geöffnet?"

„Nein, der war offen. Ich bin ja nicht verrückt."

„Da hab' ich aber langsam wirklich meine Zweifel."

Nein, König machte keinen Witz und Grießler war jetzt doch froh, Handschuhe anzuhaben.

Königs Bemerkung von vorhin klang ihm noch in den Ohren.

Der schien sich auch gerade daran zu erinnern, denn er fragte: „Haben Sie wenigstens Handschuhe angehabt, als sie ihn gefunden haben?"

Als Sandra und er ihn im Briefkasten fanden, hatte er welche getragen. Nun versuchte er sich zu erinnern, ob das auch der Fall gewesen war, als er den Umschlag und seinen Inhalt untersucht hatte. Er hoffte es, nickte halbherzig und schwieg.

König betrachtete das Foto interessiert und sagte leise: „Das Tattoo, das ist eindeutig Ostrowski. Aber der Typ vor ihr. Wie Spitzer sieht der nicht aus. Spitzer war gut durchtrainiert, der Typ hier ist eher gutgenährt."

Er schaute Grießler fragend an.

„Hatte Ostrowski einen Kurschatten?"

„Keine Ahnung, ehrlich. Vielleicht können Ihre Spezialisten noch was rausholen"

„Aus dem Foto? Ohne Köpfe und Hintergrund? Wohl kaum."

Er sah noch mal drauf und fragte: „Was ist denn das da für ein Gestrüpp an der Seite?"

Grießler wollte schon mit den Schultern zucken, als das Wort Gestrüpp etwas in ihm auslöste. Er kam aber nicht dazu, den Gedanken zu Ende zu denken, denn König redete schon weiter.

„Also, das lag in Ostrowskis Briefkasten? Wenn nun Spitzer der Absender war, dann hat sie vielleicht den Rest davon in seinem Zimmer gesucht. Spitzer ein Erpresser, wer hätte das gedacht. Er könnte es auch bei dem Mann versucht haben."

„Das dachte ich auch. Deshalb habe ich Ihren Kollegen ja nach dem Laptop gefragt. Darauf sind vielleicht noch andere Fotos."

„So, so, Sie haben also mit Kurz darüber gesprochen. Tja, wie auch immer, wir haben keinen Laptop gefunden. Aber wenn auf dem Handy solche Fotos sind, dann will ich das so schnell wie möglich wissen." Er zückte sein Handy und verließ das Badezimmer.

Grießler atmete auf.

Das war ja halb so schlimm gewesen.

Er hievte sich schwerfällig aus der Wanne, folgte König und kam gerade hinzu, als der sein Telefonat beendet hatte.

„Die nehmen sich das Handy sofort vor."

Grießler beschäftigte sich gerade mit einem anderen Gedanken und sprach ihn auch aus.

„Jetzt haben wir schon zwei unbekannte Männer. Bisschen viel für meinen Geschmack, wenn Sie mich fragen."

„Da sind wir uns ja mal einig, Herr Kollege."

Dass er wieder zum Kollegen befördert worden war, registrierte Grießler gar nicht richtig. Er versuchte diesen einen Gedanken zu fassen zu kriegen, der ihm kurz zuvor bei Königs Frage zu dem Gestrüpp in den Kopf gekommen war. Es wollte ihm einfach nicht gelingen.

Und wieder unterbrach ihn König.

„Wie es aussieht haben wir jetzt wenigstens ein Motiv für den Mord an Spitzer. Jetzt müssen wir nur noch rauskriegen, wer der Mann auf dem Foto ist."

„Ostrowski weiß jedenfalls, wer es ist."

„Aber die können wir frühestens morgen befragen."

Ungeachtet dessen, was König und Grießler zu wissen glaubten, waren Sandra und Marzena zu Heike unterwegs und inzwischen in der Charité angelangt.

Auf einem Lageplan hatten sie den Standort des Rudolf-Nissen-Hauses gefunden. Dorthin, in die Notfallklinik, hatte man Heike Ostrowski gebracht und dort wurde sie, laut Schwester Marion immer noch intensivmedizinisch betreut.

Vor dem 5-stöckigen, schnörkellosen Neubau stehend, atmeten beide nochmal tief durch.

Sie betraten das Gebäude über den Haupteingang Philippstraße, dort wo sich auch die Anmeldung für Patienten befand.

Die ließen sie unbeachtet. Hier nach Heike zu fragen, hatte keinen Sinn.

Marzena orientierte sich an einem Wegweiser.

Nach ein paar Minuten drehte sie sich um und nickte ihrer Freundin zu.

Ihr erster Weg führte sie aber in eine Toilette.

Sandra verteilte die Requisiten und beide verzogen sich in eine Kabine. Zum Glück war gerade nicht so viel los und sie wurden nicht gestört.

Nach dem Verlassen der Kabinen, begutachteten sie gegenseitig ihre Verkleidung. Sandra fand das Ergebnis okay, Marzena wirkte ganz und gar nicht zufrieden.

Die weißen Kittel verdeckten zwar das meiste ihrer Straßenkleidung, aber nicht die Hosenbeine und die Schuhe.

„Das wird nicht klappen", murmelte Marzena, während sie an sich herabschaute.

Sandra war das Gejammer leid.

„Das werden wir erst wissen, wenn wir es probiert haben. Und was machen wir denn schon Schlimmes? Wir wollen ja nicht irgendwo einbrechen und was klauen."

„Geklaut hast du schon", entgegnete Marzena und zog an dem Kittel. „Und du willst, dass wir so tun, als würden wir hier arbeiten. Das macht man nicht."

„Na, du bist doch Krankenschwester, oder etwa nicht? Zur Not können wir immer noch sagen, dass wir unsere Freundin Heike besuchen wollen. Die Kittel haben wir nur angezogen, wegen der Hygiene."

„Als ob Heike und du Freundinnen gewesen seid."

„Das weiß doch keiner, Marzena."

Sandra hatte genug. Sie lief auf den Flur, sah sich kurz um und fragte verstohlen: „Wohin jetzt? Rechts oder links?"

Widerspruchslos trottete Marzena an ihr vorbei und übernahm die Führung. Bevor sie den Mundschutz anlegte raunte sie ihrer Freundin noch zu: „Sag bloß keinem, dass ich Krankenschwester bin, wenn wir auffliegen."
Sandras Grinsen blieb unbemerkt.

Mit dem Fahrstuhl wollten sie in die 4. Etage. Dort, so hatte Marzena erwähnt, befand sich die PACU und auf der würde Heike liegen. Als Sandra fragte, was denn PACU bedeuten würde, erhielt sie als Antwort nur: „Die Post Anaesthesia Care Unit."
Sandra rollte genervt mit den Augen und antwortete spitz: „Echt jetzt? So genau wollte ich es gar nicht wissen."
„Solltest du aber, falls dich jemand fragt. Das ist eine Station zur intensivmedizinischen Betreuung von Frischoperierten."
„Dann sag doch gleich Intensivstation. Das versteht wenigstens jeder."
„Ist aber keine Intensivstation. Mehr so eine Vorstufe davon. Hier werden die Patienten betreut, die nur eine kurzzeitige intensive Betreuung brauchen, also nur für einige Stunden. "
„Ich dachte, das wäre der Aufwachraum?", kam sofort die Frage von Sandra. Schon während sie die Frage stellte, bereute sie es. Als Marzena zu einer weiteren Erklärung ansetzte, fiel sie ihr ins Wort.
„Schon gut, Marzena. Ich glaub dir auch so."
Der Fahrstuhl kam und das Gespräch war beendet.

Von zwei Schwestern, die ausstiegen, wurden sie mit einem freundlichen Nicken gegrüßt. Sandra sah die Freundin mit einem triumphierenden Lächeln an.

„Es funktioniert."

„Abwarten."

In der ersten Etage wurde ihre Verkleidung erneut auf die Probe gestellt. Ein Pfleger schob eine Trage mit einem Patienten in den Fahrstuhl. Sandra wurde etwas mulmig, doch auch er grüßte nur flüchtig und schaute dann auf die Anzeige. Das ließ sie mutig werden.

„Welche Etage?" fragte sie.

„Die zweite", war die Antwort.

Na, Gott sei Dank. Dann hatten sie nicht denselben Weg. Sie warf einen verstohlenen Blick auf den Patienten. Der sah nicht frischoperiert aus, im Gegenteil. Er schaute sie mit großen, glasigen Augen an und lächelte.

Was blieb ihr schon übrig, als das Lächeln zu erwidern. Der Mann wandte den Blick nicht ab und ihr fiel nichts anders ein, als seine

Hand zu tätscheln und zu murmeln: „Das wird schon wieder."

Marzenas Blick ging schnell nach unten.

Grinste die etwa?

Da hörte sie den Patienten nuscheln: „Isch werd' gleisch operiert. Dann geht esch wieder, Frau Doktor. Schie kriegen dasch beschtimmt wieder hin."

Sein Mund öffnete sich und der Grund für die undeutliche Aussprache wurde sichtbar. Keine Zähne. Vielleicht lag es aber auch an den Beruhigungsmitteln, die er schon intus hatte.

Jetzt grapschte der Kerl doch tatsächlich nach ihrem Arm.
Zum Glück erreichten sie in diesem Moment den zweiten
Stock. Beim Rausschieben hörte sie den Pfleger noch
sagen: „Das war jetzt aber erstmal genug Aufregung.
Gleich werden Sie ihren Cocktail kriegen und ein schönes
Nickerchen machen."

Mit einem glückseligen Grinsen rief der beseelte OP-
Kandidat Sandra noch zu: „Bisch nachher, Frau Doktor"
und der Pfleger meinte unter Lachen: „Das waren zwei
Laborantinnen aus der Pathologie. Die wollen Sie
bestimmt nicht wiedersehen."

Das leise „Oh!" des Patienten, ging im Geräusch der sich
schließenden Tür unter.

Sandra atmete auf, bis sie Marzenas unterdrücktes Kichern
hörte.

Sie drehte sich empört um und meinte: „Warum lachst du?
Das war der Bewährungstest für uns. Hättest du doch
lieber mal gefragt, was der Mann gekriegt hat. Das würde
dir bestimmt auch guttun."

„Weiß ich doch. Hält nicht lange an."

Zwanzig Minuten später, standen sie auf der PACU.
Sogar Marzena musste zugeben, dass es zuletzt
erschreckend leicht gewesen war, bis hierher zu kommen.
Welche glücklichen oder unglücklichen Umstände
letztendlich dazu geführt hatten, konnte ihnen schließlich
egal sein.

Das Schild, auf dem Besucher gebeten wurden, sich anzumelden, war von ihnen geflissentlich ignorierten worden.

Dafür hatten sie sich zusätzlich lange Hygienekittel sowie Überschuhe übergestreift und Hauben aufgesetzt. Dadurch war nichts mehr von ihrer Straßenkleidung zu sehen.

Weder in der Schleuse, noch auf dem Flur, lief ihnen jemand vom Personal über den Weg.

Der Empfangstresen vor dem Schwesternzimmer lag verwaist da. Nur aus dem Zimmer hörte man Stimmen und gedämpftes Lachen.

„Die machen Pause. Das ist unsere Chance", meinte Sandra leise.

Keine Minute später standen sie vor Heikes Bett.

Der Anblick von Heike, deren Kopf und Oberkörper unter all den Verbänden fast nicht zu sehen war, erschreckte Sandra so sehr, dass sie beinahe wieder rausgelaufen wäre. So etwas war sie, im Gegensatz zu Marzena, nicht gewöhnt.

Die hielt sie fest und zischte: „Was soll das? Du wolltest doch unbedingt zu ihr. Was hast du denn erwartet? Das sie dich anlächelt und sich für den Besuch bedankt?"

Sandras Kopfschütteln war kaum auszumachen.

„Sowas hab' ich jedenfalls nicht erwartet."

„Und was jetzt?"

„Liegt sie im Koma? Ich muss sie was fragen. Kannst du sie aufwecken?"

Marzena trat ans Bett, schaute auf das Krankenblatt, fühlte den Puls und kontrollierte die Infusion.

„Sie liegt nicht im Koma. Sie hat Schmerzmittel bekommen und schläft. Sprich sie einfach an."

„Kann sie mich denn hören?"

Schulterzucken und eine wenig befriedigende Antwort.

„Wenn du laut genug schreist bestimmt."

„Ich soll schreien? Bist du verrückt?"

„Nicht so verrückt wie du mit deiner bescheuerten Idee, hierherzukommen."

„Jetzt hör schon auf. Du stellst dich ja noch schlimmer an als Gerti."

„Dann frag doch das nächste Mal Gerti, ob sie dich begleitet. Sie wäre dir bestimmt eine große Hilfe gewesen."

Ihre Stimmen waren immer lauter geworden und plötzlich hörten sie ein Stöhnen.

Erschrocken fuhren beide herum und sahen in Heikes geöffnete Augen.

Nach einer Schrecksekunde lief Sandra zum Bett und zog den Mundschutz herunter und beugte sich zu Heike.

„Heike, ich bin's, Sandra. Und Marzena ist auch hier. Du wurdest operiert und bist bald wieder auf den Beinen. Wir sind in Spitzers Zimmer zusammengestoßen, erinnerst du dich?"

Heikes Nicken war kaum zu sehen.

„Was hast du denn in dem Zimmer gesucht?"

Sandra musste sich ganz weit hinunterbeugen, um Heike überhaupt hören zu können. Sie verstand nur ein Wort, sah Marzena unsicher an und flüsterte: „Ich glaube sie hat *Schwein* gesagt.

Marzena kam nun auch näher.

„Schwein? Meint sie vielleicht die Wildschweine?"

„Ja, wahrscheinlich. Was denn sonst?" Sandra drehte sich wieder Heike zu.

„Ja, die Wildschweine haben dich ganz schön zugerichtet. Mensch Heike, nachts auf dem Gelände rumlaufen, das war keine gute Idee."

„Hör auf zu palavern, Sandra. Jeden Moment kann wer kommen."

Marzenas Ermahnung brachte sie wieder zum Thema zurück.

„Heike, wir haben in deinem Briefkasten das Foto gefunden. Wir wissen, dass du die Frau auf dem Foto bist. Hat Spitzer dich erpresst?

Wieder war Heikes Reaktion nur ein schwaches Nicken.

„Und wer ist der Mann auf dem Foto? Vielleicht wurde er auch erpresst?"

Mühsam versuchte Heike, etwas zu sagen. Es fiel ihr sichtlich schwer, auch wegen der Tränen, die ihr aus den Augen rannen.

Erst beim zweiten Anlauf gelang es ihr, etwas zu flüstern und nur weil sie ihr Ohr ganz dicht an Heikes Mund hielt, konnte Sandra überhaupt etwas verstehen.

Der Blick, den sie Marzena danach zuwarf, zeigte pures Erstaunen. Doch bevor sie etwas sagen konnte, wurde die Zimmertür geöffnet und eine Schwester kam herein.

„Was ist denn hier los? Wie kommen Sie denn hier rein? Besucher müssen sich anmelden, das steht doch ganz groß draußen dran."

Sandra tat ganz erstaunt und zog die Schultern nach oben.

„Wir wollten uns ja anmelden, aber es war ja keiner zu sehen. Wir waren aber sehr vorsichtig. Meine Freundin hier ist selber Krankenschwester, die weiß, wie man sich hier verhalten muss."

Marzena konnte es nicht fassen. Sandra ließ sie ja direkt ins offene Messer laufen.

Ehe die Schwester auf diese Ungeheuerlichkeit reagieren konnte, schob Sandra sich und Marzena an der Schwester vorbei durch die Tür. Dabei redete sie unaufhörlich weiter.

„Wir wollten nur nach unserer Freundin sehen, weil wir am Telefon keine Auskunft gekriegt haben. Sie ist mit uns in einer Reha wegen Depressionen und der Schock über ihren Unfall hat uns alle ganz schön runtergezogen. Meine Freundin hier hat nur noch geweint. Nicht mal ihr Therapeut konnte sie beruhigen."

Entweder war die Schwester über Sandras wortreiche, unglaubliche Entschuldigung so perplex, dass sie nicht wusste, wie sie darauf reagieren sollte oder die Sorge um die Patientin hielt sie davon ab. Auf jeden Fall kamen Sandra und Marzena unbehelligt von der Station und standen nach wenigen Minuten wieder auf der Straße. Sie waren immer noch in voller Montur, aber das war ihnen egal.

Während sie in Richtung U-Bahnhof liefen, entledigten sie sich der nun überflüssigen Verkleidung.

„Was hat Heike denn nun gesagt?", wollte Marzena schließlich wissen.

„Sie hat nur einen Namen genannt."

„Mach es doch nicht so spannend, Sandra."

„Das wirst du nicht glauben. Sie sagte *Dietmar*."

„Dietmar? Meinte Sie Pfleger Dietmar?"

„Na, wen denn sonst?"

Sandra zückte das Handy. In der Hoffnung, dass ihre Abenteuerlust gestillt war, fragte Marzena vorsichtig: „Rufst du die Polizei an und sagst ihnen den Namen?"

„Nein, das überlasse ich Grießler. Der hängt aber in letzter Zeit immer mit diesem König zusammen. Also rufe ich Gerti an. Die hat sowieso schon ständig versucht mich zu erreichen. Ich werde ihr sagen, sie soll Sören bitten mich zurückzurufen, wenn er allein ist."

Marzena hörte nicht mehr zu. Sie war damit beschäftigt, die Neuigkeit zu verarbeiten.

„Hättest du Dietmar sowas zugetraut?"

Eine Antwort erhielt sie nicht.

Sechzehn

Draußen vor dem Haus der Ärztin wartete Kurz zusammen mit zwei Uniformierten. Die Berliner Kollegen von der Kripo waren schon fort und die Spurensicherung war offensichtlich auch fast fertig. Nachdem König und Grießler das Haus verlassen hatten, bestand ihre letzte Aufgabe darin, den Tatort zu versiegeln.

Grießler und die beiden K's merkten, dass sie nur im Weg waren und verließen das Grundstück. Als sie sich ein Stück vom Schauplatz entfernt hatten, blieb König stehen. Ihm war nicht entgangen, dass Kurz noch was loswerden wollte.

„Also, was gibt's denn so Wichtiges?", fragte er seinen Kollegen, der sofort loslegte.

„Es gibt erste Informationen aus der Rechtsmedizin. Die Ärztin hatte einen Cocktail aus Alkohol und Barbiturat im Blut, genug um zwei Leute ins Traumland zu schicken. Der Rechtsmediziner sagt, es war im Wein. Was genau sie genommen hat, wird noch untersucht."

„Wieso glauben Sie, dass sie es freiwillig genommen hat?", warf Grießler ein. „Soweit ich weiß, ist das Zeug so bitter, dass der Geschmack nicht zu verdecken ist, auch nicht mit Wein."

„Sie muss es freiwillig genommen haben. Der Doc hat keine Spuren gefunden, die auf ein gewaltsames Einflößen hindeuten."

„Sie wollen damit sagen, dass die Rechtsmedizin einen Suizid nicht ausschließt?"

„Doch, tut sie. Erstens, weil die Menge des Medikaments für einen Suizid nicht ausgereicht hätte. Sie wäre nach ein paar Stunden wieder aufgewacht, unterkühlt und wahrscheinlich erkältet, aber nicht tot."

König verzog sein Gesicht, über die unglückliche Wortwahl seines Kollegen.

„Aufgewacht, aber nicht tot, toll Kurz. Weiter, das war doch noch nicht alles, oder?"

„Zweitens, und das war das Entscheidende, an den Füßen hat man Festhaltespuren entdeckt."

„Das könnte die Mordtheorie untermauern und das bringt uns wieder zu dem Mann, der den Tatort verlassen hat, kurz bevor die Tote gefunden wurde."

Diese Auslegung wurde immer wahrscheinlicher, fand auch Grießler.

„Wenn der Mann schon im Haus war, hat er vielleicht den Wein mit dem Barbiturat versetzt. Dann musste er nur noch darauf warten, dass sie das Bewusstsein verliert. Entweder sie war da schon in der Wanne oder er legte sie hinein. Er braucht dann nur noch ihre Füße nach oben ziehen und schon nach wenigen Minuten ist sie erstickt."

„Ertrunken", verbesserte Kurz.

König sah Grießler entschuldigend an und spöttelte: „Kurz ist erst seit zehn Jahren bei der Kripo, da kann er das noch nicht wissen."

Zu Kurz sagte er ziemlich ernst: „Googeln Sie mal *Trockenes Ertrinken* und *Stimmritzenverschluss.*"

Als der zum Handy griff, raunzte König ihn an. „Aber nicht jetzt!"

199

Grießler war das Ganze etwas peinlich. Es erinnerte ihn daran, wie er manchmal mit Pasold umgesprungen war. Allerdings nur in Pasolds erstem Jahr und wenn Kurz wirklich schon zehn Jahre dabei war, dann sollte er sowas wirklich langsam wissen.

„Warten Sie auf den Sektionsbericht", wollte er Kurz aufmuntern. „Da steht bestimmt drin, dass in der Lunge kein Wasser war. Das nennt man dann *Trockenes Ertrinken*. Das Opfer ist demnach an Sauerstoffmangel gestorben, also erstickt."

Kurz machte nicht den Eindruck, als wäre er Grießler für die theoretische Unterweisung dankbar.

Inzwischen hatte König eine Entscheidung gefällt.

„So, wie es aussieht, können wir hier nichts mehr ausrichten. Die Kriminaltechnik wird frühestens morgen was Neues für uns haben und da die Charité sich noch nicht gemeldet hat, ist Frau Ostrowski auch noch nicht vernehmungsfähig. Das war's dann für heute. Herr Grießler, wir fahren Sie jetzt zurück in die Klinik."

Dagegen hatte Grießler keine Einwände. So langsam machte sich die durchwachte Nacht bemerkbar. Angeblich sollten euphorische Zustände eine Auswirkung des Schlafentzugs sein. Bei ihm waren sie bis jetzt ausgeblieben. Und noch immer lagen einige Stunden vor ihm, bevor er endlich schlafen gehen durfte.

Kaum saßen sie im Auto, konnte sich König eine letzte Spitze nicht verkneifen.

„Ich hätte da noch eine Bitte. Verzichten Sie doch heute Nacht auf irgendwelche Aktivitäten, die mit Leichen,

Wildschweinen oder Einbrüchen zu tun haben. Versuchen
Sie es einfach mal mit Schlafen."

Grießler fand die Bemerkung nicht witzig. König hatte ja
echt Nerven. Als ob die Ereignisse seine Schuld gewesen
waren. Wenn der wüsste, wie sehr er sich gerade jetzt nach
seinem Bett sehnte.

Er lehnte sich zurück in die Polster und schon nach ein
paar Augenblicken fielen ihm die Augen zu.

Gerti saß nervös vor dem Zimmer von Dr. Michalski. Über
eine Stunde hatte sie vergebens nach Sandra und Marzena
gesucht. An die Handys gingen sie auch nicht.

Wehe, wenn die beiden ohne sie ins Café gegangen waren.
Sie probierte es bei Grießler, doch der war ebenfalls
unauffindbar. Als sie dann noch erfuhr, dass Grießler von
Kommissar König abgeholt worden war, fing sie an,
nervös zu werden.

Was war hier los?

Ihr Herz fing an zu flattern. Wenn sie etwas nicht ertragen
konnte, dann Ungewissheit.

Plötzlich summte ihr Handy.

„Sandra, na endlich. Wo seid ihr? Ich hab' schon x-mal
versucht euch zu erreichen. König hat Sören
mitgenommen." … „Nein, ich weiß nicht, wohin."

Gerti verstummte und hörte zu. Die Story, die sie zu hören
bekam, wirkte in keiner Weise beruhigend auf sie. Im
Gegenteil, sie wurde immer hektischer.

„Ihr habt waaas?" … „Seid ihr übergeschnappt?" … „Ich
gloobs ja nich!"

Ihr Gesicht wurde immer blasser.

Zu guter Letzt musste sie sich setzen.

„Ja, gut. Mach ich. Wenn ich ihn sehe. Aber welchen Namen hat sie euch …" … „Sandra?" … „Aufgelegt." Gerti wollte schon auf Rückruf drücken, doch dazu kam sie nicht mehr. Dr. Michalski stand bereits in der geöffneten Tür und bat sie freundlich herein.

Die Geräuschkulisse des S-Bahnhofs Friedrichstraße zwang Sandra dazu, sehr laut zu sprechen. Ihr Bericht war kurz, aber knackig. Ein paar Details sparte sie aus, um Gerti nicht noch mehr aufzubringen.

Marzena sah sich verstohlen um, doch keiner der Pendler schien Notiz von ihnen zu nehmen.

Als die S-Bahn einfuhr, beendete Sandra das Gespräch schlagartig und schob Marzena in den Wagon.

Sie hatten großes Glück, trotz Rushhour fanden sie zwei gegenüberliegende Plätze, doch zum Reden war es zu voll.

Erst nach der Hälfte der Fahrstrecke leerten sich die Plätze um sie herum und Marzena hielt es nicht mehr länger aus.

„Und was hat Gerti gesagt?"

„Das sie gern dabei gewesen wäre und ob wir Fotos gemacht haben." Sandra sah so ernst dabei aus, dass Marzena ihr beinahe geglaubt hätte.

„Das hat sie nicht gesagt. Du willst mich doch nur wieder verarschen."

Sie schaute beleidigt aus dem Fenster und Sandra lenkte ein.

„Nein, hat sie natürlich nicht. Sie hat sich tierisch aufgeregt und gepumpt, wie ein Maikäfer. Bestimmt ist ihr Blutdruck auf 180."

„Wird sie Sören informieren?"

„Wenn sie ihn findet. Der musste König irgendwohin begleiten."

Marzena riss die Augen auf.

„Oh Shit!"

„Ach, mit dem ist alles in Ordnung. Der hatte bestimmt noch mehr Spaß als wir."

„Ich fand's nicht lustig. Warum hast du Gerti den Namen eigentlich nicht genannt?"

„Die war schon aufgeregt genug und wenn sie so nervös ist, dann kann sie ihre Klappe nicht halten. Wer weiß, wem sie's dann alles erzählt, unsere sächsische Klatschtante."

„Sei froh, dass sie das nicht gehört hat."

Erfreut wäre Gerti sicher nicht gewesen, aber im Moment hatte sie andere Probleme.

Michalski hatte Blutdruck gemessen und das Ergebnis war jenseits von Gut und Böse. Er schaute Gerti mit ernster Miene an.

Warum guckten Ärzte immer so furchtbar ernst, wenn sie schlechte Nachrichten überbrachten, ging es Gerti durch den Sinn. Das machte es doch auch nicht besser.

„Ist heute etwas vorgefallen, Frau Ziegler, worüber Sie sich aufgeregt haben?"

Na, der hatte ja Nerven. Wo sollte sie denn da anfangen?

„Das ist bestimmt noch wegen der ganzen Vorfälle die letzten Tage. Und weil die Polizei immer noch nicht weiß, wer Herrn Spitzer das angetan hat. Man fängt ja an, überall Gespenster zu sehen."

„Ich glaube nicht, dass Sie sich ängstigen müssen."

„Ich habe ja nicht meinetwegen Angst. Ich mach mir um meine Freundin Sorgen. Die spielt gerade Privatdetektivin und das, obwohl ihr Sören, also Herr Grießler, gesagt hat, wie gefährlich das sein kann."

„Da hat Herr Grießler sicher Recht. Es ist nicht gut, sich in die Arbeit der Polizei einzumischen. Auch wenn ich nicht glaube, dass es wirklich gefährlich ist, aber man kann ziemlichen Ärger kriegen."

„Das meine ich ja", rief Gerti aufgebracht und schon kam sie richtig in Fahrt.

„Und dann fährt sie auch noch ins Krankenhaus, schleicht sich auf die Intensivstation und will Heike ausfragen. Die ist doch nicht ganz knusper."

Michalskis Blick wurde noch eine Spur besorgter und er nahm Gertis Hand.

„Das ist aber wirklich nicht besonders vernünftig. So eine ITS ist ein besonders geschützter Bereich und die Patienten dort werden nicht umsonst dort betreut. Wenn sie das versucht …"

Gerti fiel ihm ins Wort.

„Das hat sie ja schon und nun hat sie von Heike einen Namen erfahren und denkt, sie weiß, wer der Mörder ist."

„Dann muss Sie die Polizei informieren." Michalski klang jetzt wirklich beunruhigt.

„Das will Sie ja nicht. Ich soll jetzt Sören finden und der soll sie anrufen, damit sie ihm den Namen sagen kann."

„Wissen Sie den Namen denn nicht?"

„Nein, mir hat sie den nicht verraten."

„Ist vielleicht auch besser so. Dann werden Sie nicht in die Sache mit hineingezogen. Wenn Ihre Freundin solche Alleingänge unternimmt, sollte sie auch allein dafür gradestehen."

„Und was soll ich jetzt machen? Sören ist mit Kommissar König unterwegs."

„Sie sollten auf jeden Fall mit Ihrer Therapeutin reden. Haben Sie diese Woche noch einen Termin?"

Gerti verneinte kopfschüttelnd. Den hatte sie schon gehabt.

„Soll ich mal mit ihrer Therapeutin sprechen?"

„Glauben Sie, das hilft?" Gerti klang nicht überzeugt.

„Wir finden bestimmt eine Möglichkeit. Heute wird es aber sicher nichts mehr."

Niedergeschlagen saß Gerti auf dem Stuhl.

Solche Aufregung war einfach nichts für sie.

Michalski musterte sie aufmerksam und sagte schließlich: „Ich denke, das Beste wird sein, wenn Sie sich mal ein wenig hinlegen."

„Schlafen? Ich kann jetzt nicht schlafen. Dazu bin ich viel zu aufgeregt. Heute Nacht werde ich bestimmt auch kein Auge zumachen können."

Michalski setzte ein breites Lächeln auf und meinte beruhigend: „Ich glaube, dagegen können ich was machen. Ich gebe Ihnen etwas zur Beruhigung. Damit schlafen Sie ganz bestimmt."

Gerti wirkte unsicher. Sie war kein Freund von Medikamenten, die halfen immer nur eine gewisse Zeit und dann waren da auch noch die Nebenwirkungen. Sie wollte aber nichts unversucht lassen, also sagte sie: „Na gut, wenn Sie meinen, es hilft."

„Ganz sicher."

Mit Michalskis hoffnungsvollen Worten im Ohr und mit ein paar Tabletten ausgestattet, verließ sie sein Zimmer. Michalski ließ sich in seinem Stuhl zurückfallen und stöhnte auf.

Hörte das denn nie auf?

Dann griff er zum Telefon.

Es war inzwischen früher Abend geworden, als die drei Ermittler auf dem Parkplatz der Reha-Klinik eintrafen. Grießler verabschiedete sich, doch König schien noch nicht mit ihm fertig zu sein. Er wollte ihm wohl noch ein paar letzte ermahnende Worte mit auf den Weg geben, denn er stieg mit aus und winkte ihn beiseite.

„Tun Sie uns bitte einen Gefallen und achten Sie auf Ihre Reha-Freundinnen. Sorgen Sie dafür, dass die uns nicht mehr in die Quere kommen, sonst bin ich wirklich gezwungen, was zu unternehmen."

Grießler nickte, befürchtete aber gleichzeitig, Königs Wunsch nicht entsprechen zu können. Er hatte auf seinem Handy Sandras mehrfache Versuche, ihn anzurufen, entdeckt. Das konnte nichts Gutes bedeuten.

Sehnsüchtig sah er zur Klinik.

Wenn er noch Abendbrot essen wollte, wurde es höchste Zeit. Doch König hielt ihn noch immer zurück.

„Es versteht sich hoffentlich von selbst, dass Sie mich künftig sofort informieren, wenn Sie wieder mal ohne uns an Informationen gelangen."

Dieses Mal kam von Grießler keine Reaktion.

Der stand plötzlich wie vom Donner gerührt da und starrte nach vorn.

„Alles in Ordnung?", fragte König besorgt.

„Das glaub' ich nicht", erwiderte Grießler. Das war aber nicht als Antwort auf Königs Frage gemeint.

Grießler deutete auf eine Parkbucht eine Reihe weiter, vielmehr auf das geparkte Fahrzeug. Als König seinem Blick folgte, wurde ihm schlagartig klar, was Grießler so aus der Fassung gebracht hatte.

Da stand ein roter Opel Astra und auf der Heckklappe prangte ein Aufkleber mit dem ziemlich kinderfeindlichen Text, den die Zwillingsmutter so ungern wiedergegeben hatte.

Wenige Minuten und eine Anfrage später stand der Besitzer fest, ein gewisser Wolfgang Pietzsch aus Berlin Köpenick.

Der Name sagte den Ermittlern erst mal gar nichts. König überlegte, ob es Sinn machte, den Besitzer in der Klinik ausrufen zu lassen, falls das überhaupt ging.

„Guten Abend!", hörten Sie plötzlich jemanden sagen und drehten sich um.

Es war Michalski, der gerade in seinen wohlverdienten Feierabend starten wollte.

„Guten Abend", antworteten alle drei fast im Chor.

„Wir könnten den Doc fragen, ob er weiß, wem das Auto gehört", meldete sich Kurz zu Wort, während er den Kopf durch das Autofenster nach draußen streckte. Königs Antwort ließ nicht auf sich warten.

„Wir wissen, wem das Auto gehört und nein, wir fragen keinen Außenstehenden. Von denen wirken schon genug an unserer Ermittlung mit."

Kurz' Kopf verschwand blitzschnell wieder im Auto. Nachdem er sich aufmerksam umgeschaut hatte, trat König an den Opel heran. Er schaute ins Innere, doch da gab es nicht viel zu sehen. Jedenfalls nichts, woran man den Besitzer hätte ausmachen können.

„Ich wette, Sie würden zu gern einen Blick in den Kofferraum werfen", hörte er Grießler sagen.

Nicht, dass er große Hoffnung hatte, trotzdem probierte König eine Tür zu öffnen.

Natürlich war die abgeschlossen.

„Wäre ja auch zu schön gewesen?", brummte er enttäuscht.

„Was nun? Wo sind die polnischen Kfz-Fachleute, wenn man sie braucht?"

„Sehr witzig."

„Ich wollte nur helfen."

„Kommen Sie bloß nicht auf dumme Gedanken. Da drin weint kein Baby und da ist auch kein Hund eingesperrt."

„Das funktioniert sowieso nur in schlechten Filmen."

Nun starrten sie beide auf das Auto, als würde es sich allein durch die Kraft ihrer Gedanken öffnen. Tat es nicht. Dafür wurden sie durch lautes Hupen aufgeschreckt.

Dr. Michalski wollte vom Platz fahren und sie standen im Weg. Interessiert schaute er aus dem Auto, während er langsam vorbeifuhr. Er hielt ein Handy in der Hand, als wolle er telefonieren, woraufhin König spielerisch mit dem Finger drohte. Michalski lachte und warf das Handy auf den Beifahrersitz.

Als der Doktor durch war, redete König weiter.

„Wenn das Auto hier steht, können wir uns die Fahrt nach Köpenick wohl sparen."

„Dann sollten wir jetzt reingehen und sehen, ob wir diesen Wolfgang Pietzsch finden."

König hatte augenscheinlich nichts gegen Grießlers Hilfe, wohl auch deshalb, weil er Kurz zur Beobachtung des Opels draußen lassen wollte.

Kurz bevor sie das Klinikgebäude erreichten, liefen ihnen Sandra und Marzena über den Weg.

Grießler erinnerte sich an die vielen verpassten Anrufe und rief Sandra zu: „Hi, du hast versucht mich zu erreichen. Ich konnte noch nicht zurückrufen. Was gibt's denn so Wichtiges?"

Als die Frauen ihn und König bemerkten, blieben sie stehen, sagten aber nichts. Grießler fand, sie sahen aus, wie zwei ertappte Teenager. Aber wobei ertappt?

Sandra rang sich ein: „Ach, nichts Besonderes. Wir wussten nur nicht wo du bist", ab.

Fünf Anrufe wegen nichts? Das klang so gar nicht nach Sandra und sie hatte diesen unruhigen Blick.

Er schaute Marzena an. Die war noch nervöser.

„Hast du Gerti gesehen?", fragte sie leise.

„Nein, ich war ja unterwegs. Wieso?" Das Gebaren der beiden Frauen kam ihm immer merkwürdiger vor.

„Wir wollten sie fragen, ob sie nachher mit Schwimmen kommt."

Was sollte das denn schon wieder? Die mussten sich doch nie verabreden, weil sie jeden Abend zum Schwimmen gingen.

Jetzt war Grießler endgültig überzeugt davon, dass die beiden was verbargen.

„Was ist wirklich los?", fragte er unwirsch. „Wenn ihr was auf dem Herzen habt, dann raus damit. Kommissar König und ich müssen den Besitzer eines Autos finden, da drin." Er zeigte auf die Eingangstür, die sich gerade öffnete.

Ein Patient kam heraus, sah, wie Grießler mit dem Finger auf ihn deutete und erblickte den Kommissar direkt daneben. Prompt blieb er stehen, murmelte: „Hab' was vergessen", drehte sich um und ging wieder hinein.

Grießler und König wollten ihm folgen, als Sandra es nicht mehr aushielt.

„Wir wissen, wer es ist!", rief sie aufgeregt.

Die Männer hielten inne und Grießler, der Sandras Ausruf auf seine letzte Bemerkung bezog, sagte ganz ruhig: „Wir wissen auch, wer es ist."

Aber natürlich hatte Sandra nicht den Autobesitzer gemeint.

„Woher wisst ihr das? Wir waren doch eben erst bei ihr?" Langsam dämmerte es Grießler, dass da ein gewaltiges Missverständnis vorlag.

„Wir wissen, wer der Besitzer des Autos ist. Von wem redest du und bei wem seid ihr gewesen?"

„Was für 'n Auto? Ich rede von dem Mann auf dem Foto mit Heike."

Erschrocken schlug sie sich auf den Mund, doch Grießler konnte sie beruhigen.

„Er weiß es schon."

„Ja, er weiß es schon", mischte sich jetzt König ein und trat näher heran. „Und er hat zumindest eine Ahnung, wo Sie gerade gewesen sind." Seine Stimme blieb leise, aber freundlich war sein Tonfall nicht.

„Also, Ladys, wenn ich denn bitten dürfte. Was hat Frau Ostrowski gesagt?"

Sandra brauchte keinerlei weitere Ermunterung.

„Nur einen Namen, Dietmar."

König fehlte noch der Zusammenhang, also fragte er.

„Das war alles? Was für ein Dietmar?"

„Na, Pfleger Dietmar."

Man sah König die Enttäuschung an.

„Schade, dass sie nicht Wolfgang gesagt hat? Das ist nämlich unseren Autobesitzer." Er schaute Sandra erwartungsvoll an.

„Sie kennen nicht zufällig einen Wolfgang in der Klinik?"

Er bekam nur Kopfschütteln zu sehen, fragte aber vorsichtshalber noch mal nach.

„Wolfgang Pietzsch? Wirklich nicht?"

Durch Sandras Körper ging ein Ruck.

„Ich kenne keinen Wolfgang Pietzsch, aber Pietzsch ist doch der Nachname von Dietmar. Der hat diese Woche Nachtdienst."

Die letzten Worte erreichten Grießler und König nur noch von fern.

Siebzehn

König stürmte in die Klinik und telefonierte gleichzeitig mit der Charité. Grießler folgte ihm auf den Fuß. Kurz und die Frauen blieben zurück.

Aus der Charité gab es keine guten Neuigkeiten. Der unerlaubte Besuch hatte bei Heike zu einem Anfall geführt und nun stand sie unter so starken Medikamenten, dass sie heute auf keinen Fall mehr vernommen werden konnte. Das machte König so sauer, dass er beinahe das Handy gegen die Wand geschmissen hätte.

Grießler dachte an seinen Chef. Winkler hätte jetzt wahrscheinlich quer durch die Halle *Scheiße* gebrüllt. Er verkniff sich das aufkommende Lächeln lieber, das würde König garantiert missverstehen.

Seine Sorge über Königs Reaktion war jedoch unbegründet. Der lief schon die Treppe hinauf in den ersten Stock, dorthin, wo der Pfleger normalerweise arbeitet. Am Eingang zum Flur blieb er stehen und dadurch holte Grießler ihn ein.

Ihre Köpfe gingen nach rechts und links, doch der Flur war leer. Ein Blick ins Schwesternzimmer brachte auch keinen Treffer. Natürlich konnte der Gesuchte in der Klinik unterwegs sein. Sie beschlossen, einfach zu warten, bis er hier wiederauftauchen würde.

Grießler lag das Warten nicht. Er lief auf und ab, was König nervös machte.

„Können Sie woanders rumlaufen?"

Grießler änderte die Richtung und lief nun über die Galerie und wieder zurück.

Dabei versuchte er, seine Gedanken zu ordnen.

Gerade noch hatten sie sich im Kreis gedreht und nun gab es gleich zwei Hinweise, die auf ein und dieselbe Person hindeuteten.

Nicht nur, dass der Pfleger mit großer Wahrscheinlichkeit der Mann war, den man am Tatort des Mordes an Baumann-Egner beobachtet hatte, jetzt sah es auch so aus, als ob er der Mann auf dem Erpresserfoto war.

Das war doch fast zu schön, um wahr zu sein.

Auf der dritten Rücktour entdeckte Grießler Pietzsch unten in der Halle. Er kam aus der Richtung, in der die Gymnastikhallen und das Schwimmbad lagen, hielt ein Handy am Ohr und hatte es scheinbar eilig.

Grießler versuchte König durch winken auf sich aufmerksam zu machen, aber der war mit seinem Handy beschäftigt und bemerkte nichts. Es half nichts, er musste rufen.

„König!"

Der Name schallte durch den Raum.

Der Gerufene sah auf und viele andere auch.

Grießler nahm nun keine Rücksicht darauf, wieviel Aufmerksamkeit er erregte. Aufgeregt deutete er nach unten und als er sah, dass König sich in Bewegung setzte, hastete er zur Wendeltreppe auf der anderen Seite der Galerie. So kamen sie beide fast gleichzeitig unten an.

Pietzsch lief direkt auf König zu, immer noch telefonierend.

Als er den Kommissar bemerkte, blieb er stehen und ließ das Handy sinken. Blitzschnell drehte er sich um und sah sich nun Grießler gegenüber.

König erreichte Pietzsch in dem Moment, als er erneut die Richtung wechseln und zum Haupteingang laufen wollte.

„Herr Pietzsch, wir hätten gern mit Ihnen gesprochen. Es haben sich da noch ein paar Fragen ergeben. Folgen Sie mir doch bitte in die Bibliothek."

Er schaute Grießler an und ergänzte: „Herr Kollege, würden Sie uns bitte begleiten?"

Sie nahmen Pietzsch in die Mitte, so dass ihm keine Möglichkeit zur Flucht blieb.

Der stammelte kaum hörbar: „Ich hab' nichts gemacht. Das ist ein Irrtum."

König hatte sich schnell noch mit Grießler darauf geeinigt, dass der Pfleger erst mal nur zum Fall Baumann-Egner befragt werden sollte.

Nun saßen sie in der Bibliothek an einem Tisch, Pietzsch auf der einen, König und Grießler auf der anderen Seite. Kurz war inzwischen zu ihnen gestoßen. Jetzt wo Pietzsch gefunden worden war, musste er dessen Auto nicht mehr im Auge behalten.

Grießler musterte Pietzsch unauffällig.

Der Pfleger war sich dessen bewusst, dass er genau beobachtet wurde und es machte ihn nervös. Seine Nervosität allein bedeutete noch gar nichts. In der Gegenwart von Polizisten wurde so gut wie jeder nervös, selbst wenn es keinen Grund dafür gab. Doch in diesem Fall gab es einen Grund, eine Mordermittlung.

„Wann sind Sie heute zum Dienst gekommen, Herr Pietzsch?", begann König die Befragung.

„Vor einer halben Stunde ungefähr."

„Sie haben Nachtdienst?"

„Ja, die ganze Woche."

„Also gestern auch?"

„Ja, seit Montag schon. Wieso?"

Darauf erhielt er keine Antwort.

„Wann ist ihr Dienst beendet?"

„Um 6 Uhr."

„Und beginnt wann?"

„Um 21 Uhr."

König riss mit gespieltem Erstaunen die Augen auf.

„Sie sind fast drei Stunden zu früh hier! Sind Sie besonders ehrgeizig?"

„Eine Kollegin wollte heute ausnahmsweise etwas früher Schluss machen und hat mich gebeten, ihre Stunden zu übernehmen."

„Sie sind also sehr hilfsbereit. Das ist toll. Helfen Sie allen Kolleginnen?"

„Was soll die blöde Frage. Wir helfen uns alle gegenseitig."

„Aber sicher doch. Was haben Sie denn heute gemacht, nachdem Sie Feierabend hatten?"

Grießler bemerkte ein unruhiges Flackern in Pietzsch' Augen.

„Ich bin Nachhause gefahren."

„Wann waren Sie denn Zuhause?"

„So um 7 Uhr ungefähr. Dann hab' ich was gegessen, geduscht und hab' geschlafen."

„Den ganzen Tag?"

„Nein, bis 14 Uhr, dann war ich im Fitnessclub und anschließend einkaufen."

„Sie sind heute früh gleich Nachhause gefahren und waren dort bis gegen 14 Uhr?"

„Ja, sag' ich doch."

„Kann das jemand bestätigen?"

„Nein, ich lebe allein."

„Fahren Sie einen roten Opel mit dem Kennzeichen …?", König schaute in sein Notizbuch und las das Kennzeichen ab.

Pietzsch nickte.

„Ist das der Wagen, der auf dem Klinikparkplatz steht?" Wieder Nicken und die vorsichtige Nachfrage: „Gab's einen Unfall?"

„Wir beschäftigen uns nicht mit Verkehrsunfällen, Herr Pietzsch. Sind Sie der Halter des Fahrzeugs?"

„Nein, mein Opa."

„Wie heißt ihr Opa?"

„Wolfgang Pietzsch."

„Sie fahren also beide den Wagen?"

„Nein, mein Opa ist 86 und lebt im Pflegeheim. Der fährt schon seit Jahren nicht mehr Auto."

„Haben Sie heute noch andere Fahrten mit dem Auto gemacht, außer Nachhause und wieder hierher?"

„Nein, zum Fitnessstudio und zum Einkaufen bin ich mit dem Fahrrad gefahren."

„Ist jemand anderes heute mit dem Wagen gefahren, ein Freund oder eine Freundin?"

„Ich verborge mein Auto nicht." Jetzt wurde Pietzsch ungehalten. „Was soll das Ganze eigentlich?"

König machte eine Pause, blätterte in seinen Notizen, warf Kurz einen Blick zu, der die deutliche Überschrift trug: Ich glaube ihm nicht.

Das war ein beliebtes Spiel bei Befragungen und brachte Grießler zum Schmunzeln. Sein Gesicht hinter einer Hand versteckend, saß er da und wartete. Er wusste, was jetzt kam.

„Also das ist komisch. Wenn weder Sie noch jemand anders das Auto heute tagsüber benutzt hat, wie kommt es dann in die Limonenstraße?"

„Ich war nicht in Lichterfelde, ich wohne in Charlottenburg."

„Aber sie wissen, dass die Limonenstraße in Lichterfelde liegt? Beachtlich! Arbeiten Sie nebenbei noch als Kurierfahrer?"

Zum ersten Mal schwieg Pietzsch. Sein Blick wurde starr. Für König war das ein Zeichen, dass er einen wunden Punkt getroffen hatte.

„Herr Pietzsch", mischte sich plötzlich Kurz ins Gespräch. Wissen Sie auch, wer in der Limonenstraße wohnt?"

Von Pietzsch' Schweigen nicht überrascht, gab er selber die Antwort: „Frau Dr. Baumann-Egner" und König ergänzte: „Vor deren Haus ein roter Opel Astra mit Ihrem Kennzeichen geparkt war."

„Das muss eine Verwechselung sein, es gibt ja schließlich viele rote Opel Astra."

„Ob die wohl alle so einen schicken Aufkleber am Heck haben, was meinen Sie?" wieder war es Kurz, der die Frage stellte und König legte nach. Sie nahmen ihn in die Zange.

„Herr Pietzsch, wir haben eine Zeugin, die heute Morgen einen Mann beobachtete, wie er vom Grundstück von Frau Baumann-Egner lief. Eine andere Zeugin hat genau diesen Mann in den roten Astra steigen sehen. Ich wette, ich weiß, was die beiden bei einer Gegenüberstellung sagen würden. Wollen Sie auch einen Tipp abgeben?"

Pietzsch schwieg mit steinerner Miene und Kurz war wieder dran.

„Wie wäre es, wenn Sie uns erzählen, was Sie dort gemacht haben. So ein Geständnis wirkt sich immer positiv vor Gericht aus."

Es war, als wäre eine Schleuse geöffnet worden, so sprudelte es aus Pietzsch heraus.

„Ich war das nicht. Als ich da ankam, war sie schon tot. Sie hat bestimmt Selbstmord begangen. Die war heute früh schon so komisch drauf. Hat mich auf dem Parkplatz angequatscht und gejammert."

Pietzsch ließ seinen Blick zwischen König und Grießler hin und her wandern, als warte er auf ein Wort des Verständnisses. Doch das kam nicht, also redete er weiter.

„Ich wollte doch nur mal nachsehen, wie es ihr geht. Und dann komm' ich dahin und sie liegt tot in ihrer Wanne. Aber damit habe ich nichts zu tun."

„Wieso haben Sie nicht den Notruf gewählt?"

Kurz' Frage klang ganz sachlich und ruhig.

„Na, ich wusste doch, wie das aussieht. Erst der Tote im Schwimmbad, den ich beim Abschließen nicht gesehen habe und dann finde ich auch noch die Ärztin. Da wollte ich nicht hineingezogen werden."

„Haben Sie denn wenigstens überprüft, ob sie noch gelebt hat?"

Schuldbewusst sank Pietzsch in sich zusammen. Seine Antwort war kaum zu hören.

„Nein, ich hatte viel zu viel Schiss und wollte nur noch weg." Plötzlich schien ihm etwas einzufallen und seine Schultern strafften sich. „Ich hab' sie nicht angefasst, ich hab' überhaupt nichts angefasst, also werden Sie keine Fingerabdrücke von mir finden. Überprüfen Sie es ruhig."

„Das werden wir, keine Bange."

Grießler räusperte sich leise. Ein fragender Blick Königs traf ihn. Mit einer leichten Kopfbewegung deutete Grießler an, dass er auch eine Frage hätte und König nickte.

„Was hat Frau Baumann-Egner heute Morgen zu Ihnen gesagt?"

„Nur, dass sie die ganze Sache so aufregen würde und sie nicht wüsste, wie sie damit umgehen sollte. Ich glaube, sie war völlig fertig mit den Nerven. Hat mich sogar um Beruhigungspillen angehauen."

König und Grießler verständigten sich mit einem einzigen Blick und Grießler fragte weiter.

„Haben Sie ihr was gegeben?"

„Sind Sie verrückt. Ich bin doch kein Dealer, das habe ich der Frau Doktor auch klipp und klar gesagt."

„Naja, vielleicht hat sie gedacht, jemand wie sie kommt doch leicht an sowas ran."

219

„Das trifft auf die Baumann-Egner aber auch zu."

„Stimmt. Deshalb wundert es mich ja so, dass sie ausgerechnet Sie gefragt hat."

„Was weiß denn ich? Hat sich wohl selber nicht getraut." Grießler lehnte sich zurück, für König das Zeichen, wieder zu übernehmen.

„Hat Frau Baumann-Egner denn einen suizidgefährdeten Eindruck auf sie gemacht?"

„Die war wirklich extrem von der Rolle. Als ich sie da tot in der Wanne liegen sah, war Selbstmord mein erster Gedanke. Und das glaube ich immer noch."

König wollte seinen Verdächtigen anscheinend noch in diesem Glauben lassen, denn er verschwieg, dass Suizid schon vom Tisch war.

Stattdessen fragte er unvermittelt, ob Pietzsch was dagegen hätte, wenn sie mal in sein Auto schauen würden.

„Wieso wollen Sie in mein Auto schauen? Brauchen Sie dafür nicht einen Durchsuchungsbeschluss?"

„Ja, schon. Es sei denn, der Halter des Kraftfahrzeugs ist damit einverstanden."

„Bin ich aber nicht", kam es postwendend von Pietzsch. König lächelte mild und nickte: „Das macht nichts, Herr Pietzsch. Sie sind ja nicht der Kfz-Halter, das ist Ihr Opa. Wir werden im Pflegeheim vorbeifahren und ihn fragen."

Pietzsch sprang auf und rief empört: „Das dürfen Sie nicht. Mein Opa ist ein alter Mann. Der versteht doch gar nicht, was Sie wollen."

„Sie irren sich. Wir dürfen das sehr wohl. Oder hat Ihr Opa einen gesetzlichen Vormund, der für ihn solche Entscheidungen trifft?"

„Nein! Ich will aber nicht, dass Sie ihn belästigen. Er regt sich dann so auf und für sein schwaches Herz ist das nicht gut."

„Tut mir leid, aber für einen gerichtlichen Beschluss haben wir keine Zeit. Wir werden aber sehr vorsichtig mit Ihrem Opa sprechen und wenn er nicht will, muss er bei der Durchsuchung des Wagens auch nicht dabei sein."

Pietzsch wusste, er hatte verloren.

Wütend starrte er den Kommissar an, griff dann in seine Hosentasche und hielt König den Schlüssel entgegen.

Auf dem Weg nach draußen liefen sie Schwester Marion in die Arme, die eine ziemlich ärgerliche Miene zur Schau trug und König sofort anhielt.

„Na wissen Sie, Herr Kommissar. Das ist ja alles schön und gut mit Ihrer Ermittlung. Aber sie können mir doch nicht einfach so die Leute abziehen. Wir sind für die Spätschicht personalmäßig ohnehin knapp aufgestellt und in der Nachtschicht ist es noch schlimmer. Also sagen Sie mir bitte, wie lange Sie Herrn Pietzsch noch brauchen."

„Kann ich noch nicht sagen. Aber vorsichtshalber sollten Sie sich schon mal um eine Vertretung kümmern."

Mit diesen Worten ließ er die verdatterte Schwester stehen und ihre erschrockene Frage: „Soll das heißen, Herr Pietzsch ist verhaftet?", blieb unbeantwortet.

Grießler reagierte auf ihre stumme Frage auch nur mit einem Schulterzucken, was die Schwester zu der leichtfertigen Bemerkung verleitete: „Das ist ja schlimmer hier, als im Irrenhaus."

❖

Egal, wie vorsichtig man auch zu Werke ging, in so einer
großen Einrichtung blieb einfach nichts unbemerkt. So war
es natürlich kein Wunder, dass sich die Vernehmung des
Pflegers in der ganzen Klinik mit Lichtgeschwindigkeit
herumsprach. Die Aktion auf dem Parkplatz lockte daher
eine Menge Schaulustige an.

Kurz versuchte vergeblich, die Leute zurückzuhalten.
Grießler, in dem man den Mitpatienten sah, gelang es
immerhin dafür zu sorgen, dass die Neugierigen
wenigstens genügend Abstand hielten und K&K den Astra
ohne Störung in Augenschein nehmen konnten.

Pietzsch stand wie bedeppert daneben und konnte nur
zusehen, wie die beiden Männer sich vorsichtig und
gründlich von der Konsole bis zur Hutablage
vorarbeiteten.

Aus Königs enttäuschtem Blick entnahm Grießler, dass
ihnen dabei noch nichts Verdächtiges untergekommen
war.

Dann blieb nur noch der Kofferraum.

Nach und nach wurde alles darin Enthaltene herausgeholt
und auf den Boden gelegt. Darunter waren diverses
Leergut, ein Paar Turnschuhe, eine karierte Wolldecke,
Hanteln, ein schmutziges Handtuch und eine schwarze
Sporttasche.

Als Kurz die Tasche heraushob, rasselte es leise und er
warf Pietzsch einen fragenden Blick zu.

„Mein Sportzeug aus dem Fitnessclub, muss gewaschen
werden."

Kurz wollte anscheinend auf das zweifelhafte Vergnügen, nach Schweiß riechende Sportsachen zu durchsuchen, verzichten, als König nach der Tasche griff und sie öffnete.

Pietzsch hatte nicht gelogen. Es war tatsächlich Sportzeug drin.

Aber Klamotten rasselten nicht. Dafür tat es der Matchbeutel, den König nun zutage förderte, umso mehr. Der Blick hinein, ließ seine Augenbrauen ganz nach oben wandern.

Sorgsam kippte er den Beutelinhalt auf dem Fahrersitz aus und eine beachtliche Sammlung von Medikamenten kam zum Vorschein. Darunter waren neben ganzen Packungen auch einzelne Blister Paletten und diverse Röhrchen mit unterschiedlichen Tabletten.

Kurz stieß bei dem Anblick einen leisen, langgezogenen Pfiff aus.

Jetzt war auch Grießlers Neugier geweckt. Er schaute auf den Sitz und bemerkte anerkennend: „Eine so gut sortierte Hausapotheke habe ich schon lange nicht mehr gesehen. Wenn der Sanikasten auch so gut bestückt ist, kann der Wagen glatt als Rettungsfahrzeug eingesetzt werden."

Königs Reaktion bestand lediglich darin, Kurz zu beauftragen, alles zu sichern, ins Kriminallabor zu schaffen und auf einen sofortigen Vergleich mit den, bei Baumann-Egner gefundenen Medikamenten, zu bestehen.

Kurz stand schon mit einer Beweismitteltüte bereit.

Während er noch einpackte, griff König ein weiteres Mal in die Sporttasche.

In bester Magier-Manier zog er mit großer Geste die Hand
hervor und rief breit grinsend: „Tadaaa!"
Grießler musste zugeben, besser hätten es die Ehrlich
Brothers auch nicht gekonnt.
Was König hochhielt, war ein Laptop.
Er schaute Pietzsch an: „Ist das Ihrer?"
Pietzsch zog es vor, zu schweigen und König nickte.
„Ich denke, wir setzen unser Gespräch drin fort."
Nachdem er auch den Laptop seinem Kollegen übergeben
hatte, führte er Pietzsch zurück zur Klinik. Die
Schaulustigen zerstreuten sich und Grießler folgte König.
Plötzlich wurde er von hinten angesprochen. Es war
Sandra, die ihm leise zuflüsterte: „Wenn das nicht Spitzers
Laptop war, fress' ich einen Nimbus 2000."
„Einen was?"
„Einen Besen, Mensch! Kennst du Harry Potter nicht?"
Mit leichter Verzweiflung in der Stimme fragte Grießler:
„Harry Potter? Wie alt bist du, Sandra?"

Achtzehn

Pietzsch' Befragung wurde in der Bibliothek fortgesetzt, diesmal nur zu zweit, denn Kurz war mit Laptop und Medikamenten unterwegs ins Kriminallabor.

Der Pfleger saß geknickt auf einem Stuhl.

König belehrte ihn darüber, dass er nicht verhaftet sei und keine Fragen beantworten müsse. In seinem Interesse solle er das aber tun. Ansonsten würde er, König, ihn vorläufig festnehmen und sofort einen Haftbefehl beantragen.

Die prekäre Lage, in der er sich befand, war dem Pfleger aber auch ohne Königs Ansage schon klar geworden.

Ohne weiteren Widerstand gab er zu, dass er die Medikamente in der Klinik gestohlen hatte.

Er nannte dem Ermittler die Adresse, wo er seine Vorräte versteckte und war auch bereit, die Namen seiner Kunden preiszugeben.

Dass Baumann-Egner zu seinen Kunden gehörte, bestritt er aber weiterhin, konnte sich auch nicht erklären, woher sie von seinem illegalen Tablettenhandel erfahren hatte.

Aber gewusst haben musste sie es, denn wieso hätte sie ihn sonst gezielt darauf ansprechen sollen?

Von wem hatte sie also davon erfahren?

Das war genau die Frage, die sich Grießler auch stellte.

„Kennen Sie den Freund von Frau Baumann-Egner?", fragte er Pietzsch.

Das Gesicht, das der daraufhin machte, sprach Bände.

„Die hatte doch keinen Freund. Das war eine arrogante Oberzicke, die nicht mal besonders hübsch war. Hat aber jedem Kerl erzählt, dass sie Single ist."

„Auch den Patienten?"

„Was denken Sie denn? Die hätte sich doch nicht mit Patienten eingelassen. Dazu war sie zu klug. Für sie kamen natürlich nur Ärzte in Fragen. Als sie hier anfing, soll sie es sogar beim Chef versucht haben. Das wurde zumindest geredet."

Grießler und König tauschten vielsagende Blicke aus. Sie dachten das Gleiche. Die Möglichkeit, dass ein Kollege der Freund von Baumann-Egner gewesen war, hatten sie auch schon in Betracht gezogen, aber noch nicht ernsthaft überprüft.

König übernahm wieder das Gespräch.

„Ich bin noch nicht so überzeugt davon, dass Sie nichts mit dem Tod der Ärztin zu tun haben."

Bevor er weiterreden konnte, begann sein Handy zu klingeln. Es wurde ein kurzes Gespräch und alles was König dabei von sich gab, war: „Okay, wie erwartet" und „Gut, fahren Sie hin."

Dann wandte er sich wieder Pietzsch zu.

„Kommen wir jetzt mal zu Jan Spitzer und seinem unglückseligen Ende im Schwimmbad."

„Wie oft soll ich es noch sagen? Nur weil ich an dem Abend fürs Abschließen zuständig war, heißt das doch nicht, dass ich ihn ermordet habe. Zu sowas bin ich gar nicht fähig. Und überhaupt, wieso sollte ich Herrn Spitzer umbringen?"

„Sagen Sie es mir. Und bei der Gelegenheit, verraten Sie mir doch gleich, wieso sich sein Laptop in Ihrem Kofferraum befand? Es wurde gerade bestätigt, dass es seiner ist."

Grießler hatte sich schon sowas gedacht.

Erwartungsvoll sah er König an, doch der schüttelte kaum sichtbar den Kopf. Es waren also noch keine Hinweise auf weitere Erpressungen gefunden worden. Die konnte Pietzsch aber schon längst vom Laptop gelöscht haben. Oder sie befanden sich irgendwo auf einem USB-Stick oder in einer Cloud.

Der Pfleger schwieg zu den Vorwürfen, was weder König noch Grießler überraschte.

König holte betont tief Luft, bevor er anfing, Pietzsch die Fakten um die Ohren zu hauen.

„Spitzer war ein Erpresser. Das wissen wir. Womit hat er Sie erpresst? Hat Spitzer von Ihrem Nebenjob als Dealer erfahren? Brachten Sie ihn deshalb um?"

„Ich habe ihn nicht umgebracht, verdammt noch mal! Und erpresst wurde ich auch nicht!" Pietzschs Stimme überschlug sich.

„Und der Laptop? Wieso klauten Sie den Laptop?"

„Ich dachte, ich könnte ihn verkaufen" gestand Pietzsch und alle Schärfe war aus seiner Stimme verschwunden.

„Verkaufen? Und das soll ich Ihnen glauben? Wollten Sie nicht in Wirklichkeit ein paar Fotos verschwinden lassen?"

„Was für Fotos?"

„Kompromittierende Fotos von Ostrowski und Ihnen."

Jetzt riss Pietzsch die Augen auf.

„Was soll denn das wieder heißen?"

König legte das in Folie eingepackte Foto auf den Tisch und schob es Pietzsch zu.

„Frau Ostrowski wurde von Spitzer mit Hilfe dieser Fotos erpresst. Wussten Sie das?"

„Natürlich nicht."

„Und schon wieder lügen Sie mich an. Das wird langsam zur Gewohnheit bei Ihnen."

Der Pfleger sah nur kurz auf das Bild und schob es dann mit einem hässlichen Grinsen wieder über den Tisch.

„Wenn Sie wüssten, was in solchen Reha-Kliniken manchmal abgeht. Das ist doch nur Kinderkram. Das reicht nicht mal für eine Anzeige wegen Erregung öffentlichen Ärgernisses. Wenn die Ostrowski sich damit hat erpressen lassen, ist sie selber schuld."

Er lachte abfällig.

„Sie sollten Ihre Klappe nicht so weit aufreißen", schnauzte Grießler plötzlich los. „Schließlich sind Sie der Mann auf dem Foto. Das hat Frau Ostrowski heute einer Besucherin gegenüber geäußert."

„Netter Versuch, aber ich weiß, dass Frau Ostrowski, da wo sie liegt, gar keinen Besuch empfangen darf."

„Hat sie aber", mischte König sich ein. „und so wie es aussieht, ist Ihr Name gefallen und da sich herausgestellt hat, dass Sie im Besitz von Spitzers Laptop waren, rücken Sie auf meiner Liste der Verdächtigen ganz nach oben."

Er machte eine Pause, um die Wirkung seiner Worte auf Pietzsch zu beobachten. Der sah nicht so aus, als ob ihn der Schlag getroffen hätte. Doch König war noch nicht fertig.

„Wir werden schon bald Frau Ostrowski befragen können und ich bin sicher, dass sie uns ihren Namen bestätigen wird."

„Wenn sie das sagt, dann lügt sie. Sehen Sie sich doch den Kerl mal an. Auch ohne sein Gesicht sieht man deutlich, dass ich das nicht bin. Der Typ ist nicht mal halb so durchtrainiert wie ich."

Er schob sich das T-Shirt über die Brust nach oben und zeigte bereitwillig seinen Body.

Grießler musste zugeben, dass Pietzsch' Körper wirklich besser in Form war, als der von Ostrowskis Sexpartner.

König sah es offensichtlich genauso.

Das blieb auch Pietzsch nicht verborgen und sein dreckiges Grinsen wurde noch breiter.

Er sah eine Chance, vom Haken zu kommen. Die wollte er nutzen.

„Ich weiß zwar nicht, wer der Kerl da ist, mit dem Ostrowski rummacht, aber ich weiß, wo das aufgenommen wurde."

Pietzsch führte sie zu einem Therapieraum, der um diese Zeit natürlich leer war.

Zweifelnd schaute König auf das Foto und in den Raum. Hier sollte das Foto aufgenommen worden sein? Er war sich nicht sicher, ob Pietzsch sich das nicht ausgedacht hatte.

Grießler dagegen starrte auf die Wand gegenüber der Tür. Jetzt wusste er, warum ihm die Striche am Rand des Bildes so bekannt vorgekommen waren.

Es waren keine Striche, sondern trockene Äste und sie ragten über den Rand eines Bildes hinaus. Es war nicht irgendein Bild. Es war ein Projekt seiner Arbeitsgruppe gewesen.

Sie hatten zum Thema *Frühlingserwachen* aus Baumrinde und trockenen Zweigen einen blattlosen Baum gestaltet und diesen in die Mitte eines Bildes mit einer ebenso kahlen Landschaft gesetzt.

Er hatte allerdings nie verstanden, wie man beim Anblick eines solch farblosen Anblicks den Frühling assoziieren konnte.

König beobachtete ihn und fragte: „Gefällt Ihnen das etwa?"

Es gefiel ihm natürlich nicht, was vielleicht auch daran lag, dass er sich an der Teamarbeit kaum beteiligt hatte.

„Nein, überhaupt nicht", gab er brummig zurück.

„Das beruhigt mich. Ich finde es nämlich scheußlich. Und wie uns das hier weiterhelfen soll, weiß ich auch nicht."

Grießler wusste genau was König meinte.

„Jeder mit einem Generalschlüssel kommt hier rein. Der Raum wird als Kreativwerkstatt genutzt."

König blickte sich grinsend um.

„Körbchen flechten, was?"

„Ob Sie's glauben oder nicht, das ist sehr beliebt bei den Patienten."

„Schenken Sie mir Ihr Körbchen als Andenken?"

Königs Grinsen war fast schon ein bisschen diabolisch.

„Tut mir leid, aber das habe ich schon meinem Chef in Magdeburg versprochen."

„Kann ich jetzt gehen?", fragte Pietzsch plötzlich.

„Nein!", kam es synchron von den Kommissaren.

„Wieso nicht?"

„Warten wir erst mal ab, was Frau Ostrowski meinem Kollegen erzählt."

Pietzsch verdrehte die Augen.

„Bis die wieder redet, kann es übermorgen werden. Wollen Sie mich etwa solange festhalten? Das dürfen Sie doch gar nicht."

Nein, durfte König nicht, aber bis übermorgen würde er ja nicht mehr warten müssen. Kurz hatte vorhin auch angerufen, um ihm zu sagen, dass Ostrowski jetzt vernehmbar sei und daraufhin hatte er ihn beauftragt, das zu übernehmen.

Das wusste Pietzsch natürlich nicht.

Wie aufs Stichwort klingelte Königs Handy. Die Kommissare verließen den Raum und König schaltete auf Lautsprecher, damit Grießler mithören konnte.

Kurz stand schwer vermummt auf dem Flur der PACU und zog sich den Mundschutz herunter. Wie das Personal das den ganzen Tag aushielt, war ihm ein Rätsel.

Nach ein paar tiefen Atemzügen berichtete er, dass er Ostrowski unter ärztlicher Aufsicht seine Fragen zwar hatte stellen können, die Verständigung sei aber durch den Medikamenteneinfluss und die Verbände im Gesicht nur sehr eingeschränkt möglich gewesen.

Die Erpressung war von ihr durch ein Nicken bestätigt worden. Den Namen des Mannes auf dem Foto auszusprechen, war schon im Ansatz gescheitert. Also hatte Kurz ihr den Namen Dietmar genannt, aber nur ein Kopfschütteln als Antwort gekriegt.

„Und was nun?", Königs Anspannung wuchs. „Kurz, Sie müssen bei Ostrowski bleiben, bis die was sagen kann."

„Das wird nicht nötig sein, glaube ich."

König platzte der Kragen.

„Jetzt rücken Sie schon raus mit der Sprache, Menschenskind. Wir sind doch nicht beim Glücksrad."

Kurz erkannte, dass er seinen großen Moment nicht weiter in die Länge ziehen durfte.

„Ostrowski konnte zwar nicht reden, aber schreiben. Zu mehr als einem Vornamen hat ihre Kraft aber nicht gereicht.

Besser als gar nichts, dachte sich König und wollte Kurz schon wieder anschnauzen, den Namen endlich auszusprechen. Doch der hatte die Anzeichen schon erkannt und kam ihm zuvor.

„Es muss Siegmar heißen, nicht Dietmar. Hat Frau Büchner wohl falsch verstanden."

Bevor Kurz König fragen konnte, ob er zurück zur Klinik kommen sollte, hatte der schon aufgelegte.

Grießler und König schauten sich an.

„Siegmar? Kennen Sie einen in der Klinik mit diesem Namen?", fragte König und erntete Kopfschütteln.

König begann laut nachzudenken.

„Diesen Raum kann man nur mit einem Generalschlüssel öffnen, also scheidet ein Patient aus. Es muss jemand vom Personal sein."

Das sah Grießler genauso und ihm fiel noch etwas auf.

„Hat Frau Schönborn nicht gesagt, dass die Baumann-Egner ihren Freund Siggi genannt hat?"

„Verdammt, Sie haben recht."

„Wenn Siggi und Siegmar ein und dieselbe Person sind, dann hatte er auf jeden Fall ein Motiv, Spitzer zu töten. Der hat ihn mit der Ostrowski erwischt und gedroht, es in der Klinik bekannt zu machen. Das hätte ihn den Job kosten können und Baumann-Egner hätte es auch mitgekriegt."

„Soweit gehe ich mit", erwiderte König. „Aber wieso dann auch die Ärztin? Spitzer war keine Gefahr mehr, Ostrowski wäre bald abgereist, das heißt, Baumann-Egner hätte nichts erfahren."

„Dafür habe ich im Moment auch noch keine Erklärung, aber ich wette, die finden wir. Ich wüsste jedenfalls gern, ob dieser Siegmar heute früh auch in der Limonenstraße war."

König warf Grießler einen belustigten Blick zu und sagte: „Auf jeden Fall muss der Kerl ein ziemlicher Frauenschwarm sein, denken sie nicht auch?"

Dieser Gedanke behagte Grießler gar nicht, brachte er ihn doch auf eine Idee, die ihm nicht gefiel. Wenn er doch nur den Vornamen wüsste.

Stumm formulierte er sein Mantra: *Glaube nicht alles, was du denkst!*

König war indessen mit seinen Gedanken schon weiter.

„Jetzt müssen wir erst mal rauskriegen, wer er ist. Das bedeutet im Ernstfall, dass wir uns durch die Personalakten wälzen müssen. Oder wir finden jemanden, der weiß, wer er ist."

Grießlers Kopf ging in Richtung Therapieraum.

„Vielleicht haben wir den schon gefunden?"

Diese Idee schien König zu gefallen und er hatte auch eine.

„Fragen Sie ihn doch mal freundlich."

Es gab natürlich einen Grund dafür, dass König ihm das übertrug. In Grießler sah Pietzsch nicht den Polizisten und war ihm gegenüber sicher zugänglicher.

Grießler wusste das auch.

Er ging allein zurück in den Raum und setzte sich zu Pietzsch, der prompt zu fragen anfing.

„Und, was hat Ostrowski gesagt?"

Grießler antwortete in einem betont ruhigen Ton.

„Sie hat einen anderen Namen genannt."

Mit großer Selbstgefälligkeit schlug sich Pietzsch auf die Schenkel und rief: „Was hab' ich gesagt? Ich bin das nicht auf dem Foto. Also hatte ich auch keinen Grund, Spitzer umzubringen. Und die Baumann-Egner war auch schon tot. Also, kann ich jetzt gehen?"

„Nein, noch nicht."

„Aber Sie haben doch selber gesagt, dass Ostrowski einen anderen Namen genannt hat."

„Für Sie macht das keinen Unterschied. Die Tasche mit den Medikamenten geht auf Ihre Kappe und der geklaute Laptop lässt Sie auch nicht gut dastehen. Solange wir noch keinen anderen Verdächtigen haben, z. B. Baumann-Egners Freund, sind Sie immer noch nicht aus dem

Schneider. Wenn wir den Freund wenigstens befragen könnten …"

Grießler ließ offen, was dann wäre, um Pietzsch zu einer Antwort zu bewegen.

Pietzsch machte einen wirklich verzweifelten Eindruck.

„Ich würde es Ihnen ja sagen, wenn ich es wüsste."

„Weshalb sollte der Kommissar Ihnen das glauben, wo Sie ihn schon so oft belogen haben?"

Pietzsch' Gesichtsausdruck änderte sich schlagartig und für einen Moment glaubte Grießler, er würde etwas Dummes tun wollen.

Ihm wurde heiß und kalt, bei den Bildern die in ihm hochkamen.

Doch dann lehnte der Pfleger sich einfach zurück, verschränkte die Arme vor der Brust und äußerte nur noch: „Ich sag' jetzt gar nichts mehr. Von mir aus verhaften Sie mich doch. Dann kriege ich wenigstens einen Anwalt. Ich habe nichts von all dem getan, was Sie mir vorwerfen."

Grießler war bemüht, seinen betont väterlichen Ton anzuschlagen.

„Ich glaube Ihnen ja, aber König nicht. Dass kann er auch nicht, solange er keinen anderen Verdächtigen hat."

Dann fragte er beiläufig: „Kennen Sie einen Siegmar?"

Er beobachtete Pietzsch genau.

Nach ein paar Sekunden bemerkte Grießler eine erneute Veränderung in dessen Körpersprache.

Die Lockerheit verschwand Zusehens. Seine Mimik erstarrte, er zog die Schultern nach oben und die Hände verkrampften bis in die Fingerspitzen.

Getreu seiner Ankündigung, nichts mehr zu sagen, drehte er den Kopf zur Seite, doch Grießler hatte genug gesehen. Er war sich sicher, dass Pietzsch wusste, wer dieser Siegmar war. Also machte er weiter.

„Das dürfte ich Ihnen zwar nicht sagen, aber Frau Ostrowski hat den Namen Siegmar genannt und wir wissen von Frau Baumann-Egners Nachbarin, dass deren Freund Siggi heißt. Das ist bestimmt kein Zufall. Die Ähnlichkeit der Namen deutet für mich daraufhin, dass Siegmar und Siggi ein und dieselbe Person sind. Wir sind uns inzwischen ziemlich sicher, dass er hier in der Klinik arbeitet. Die Frage ist doch, wieso hat er sich noch nicht bei der Polizei gemeldet?"

Pietzsch atmete schwer, redete aber immer noch nicht. Da war wohl noch etwas mehr Überredung nötig.

„Wissen Sie, was ich glaube? Da will Ihnen jemand die Schuld für die zwei Morde in die Schuhe schieben und es sieht so aus, als ob er damit Erfolg haben wird. König wird schon bald wissen, ob es in der Klinik jemanden gibt, der Siegmar heißt. Aber das wird noch ein paar Stunden dauern und bis dahin hat sich dieser Siegmar vielleicht schon abgesetzt. Es wäre wirklich besser für Sie, wenn König diese Info so schnell wie möglich bekommen würde."

Grießler wusste, dass der Druck auf Pietzsch beachtlich war und früher oder später würde er reden. Das taten sie alle. Die Frage war nicht ob, sondern wann.

Doch dieser Punkt war bei Pietzsch wohl noch nicht erreicht, denn er schwieg weiter beharrlich. Da konnte man nichts machen, außer warten.

Grießler stand auf und öffnete die Tür. Er wollte König sagen, dass er doch den Umweg über die Personalakten der Klinik würde gehen müssen, als Pietzsch plötzlich anfing zu reden.

„Siegmar ist mein Bruder, eigentlich mein Halbbruder. Er ist der Mann auf dem Foto und er arbeitet in der Klinik. Dass er der Freund von Baumann-Egner war, hab' ich nicht gewusst. Wenn er die beiden getötet hat, dann werde ich ihn bestimmt nicht decken. Ich geh' doch nicht wegen was in den Knast, dass ich nicht gemacht habe. Schon gar nicht wegen Mord."

Pietzsch holte tief Luft.

Einmal in Fahrt, redete er unaufhaltsam weiter.

„Siegmar wusste von meinen Geschäften, war sogar daran beteiligt. Als ich ihm heute früh von der Begegnung mit Baumann-Egner erzählte, hat er mich zu ihr geschickt. Ich sollte ein paar Pillen aus meinem Versteck holen und ihr bringen, damit sie die Klappe hält. Ich habe Siegmar auch angerufen, als ich den Toten in der Schwimmhalle fand. Er war es, der mir geraten hat, lieber nichts zu sagen. Denn wenn es ein Unfall war, dann wär's egal, doch wenn nicht, würde man mich verdächtigen. Er meinte, die Polizei würde nicht weiter nach dem Mörder suchen, wenn sie einen Verdächtigen hätte."

Grießlers Ansprache hatte Pietzsch vermuten lassen, dass sein Bruder zumindest damit richtig lag und das hatte ihn letztendlich veranlasst, zu reden.

König hatte alles mitangehört. Er stand in der geöffneten Tür und fragte nun: „Wer ist denn Ihr Bruder und wo finden wir ihn?"

237

Pietzsch nannte einen Namen und eine Adresse.

Königs Erstaunen über das Gehörte war ebenso groß, wie das von Grießler. Doch während Grießler den Schock noch verdauen musste, hatte König schon sein Handy gezückt und forderte Verstärkung an.

Bevor er die Klinik verließ, bat er Grießler noch, bei Pietzsch zu bleiben, bis eine Streife ihn abholen würde.

Dann lief er los.

Grießler ging mit dem sichtbar mitgenommenen Pietzsch in den Wintergarten hinter der Halle. Sie konnten ebenso gut dort auf den Streifenwagen warten.

Nun, mit dem Wissen um die Identität des Unbekannten, versuchte Grießler die losen Fäden des Falles zu verknüpfen. Es gelang ihm nicht, denn dazu kannte er die Hintergründe noch viel zu wenig.

Außerdem konnte er kaum noch geradeaus denken.

Der Schlafmangel machte sich jetzt wirklich bemerkbar.

Er sah zur Uhr in der Halle.

Mindestens zwei Stunden musste er noch warten, bis er ins Bett gehen durfte.

Er bemerkte eine Gruppe von Leuten, die über die Treppe nach unten kamen. An ihrer Spitze sah er Sandra, die mal hierhin und mal dorthin wies und munter am Plaudern war.

Natürlich, sie führte wieder die Neuankömmlinge durch die Klinik.

Das machten einmal wöchentlich die Patienten, sogenannten Paten, die schon eine Weile hier waren und Sandra ließ sich gern dafür einteilen.

Als sie Grießler entdeckte, kam sie mit den Neuen im Schlepptau sofort in den Wintergarten.

„Das ist unser Wintergarten und der Mann, der hier mit Pfleger Dietmar sitzt, vor dem solltet ihr euch in Acht nehmen. Das ist Sören und er ist ein Kriminalkommissar und ein guter noch dazu." Sie lachte und fragte dann in die Runde: „Möchte einer von euch gleich ein Geständnis ablegen?"

Jetzt lachte auch die Gruppe.

Grießler war zu müde, um zu lachen. Er verzog nur das Gesicht.

„Sandra, bitte! Das war wirklich ein anstrengender Tag."

„Schon gut, du Miesepeter. Übrigens, hast du Gerti gesehen? Seit ihrem letzten Termin scheint die wie vom Erdboden verschwunden zu sein."

Grießlers Missmut war nicht zu übersehen und zu überhören auch nicht.

„Wenn sie nicht auf dem Stepper ist, dann ist sie bestimmt im Zimmer und schläft den Schlaf der Begünstigten. Sie muss ja nicht bis 21 Uhr warten, bevor sie ins Bett darf."

„Da war ich schon, Fehlanzeige."

„Wo war sie denn zuletzt?"

Sandra wandte sich an die Gruppe, zwinkerte verschwörerisch und raunte ihnen zu: „Und schon hat unser Kommissar die Spur aufgenommen."

Zu Grießler meinte sie: „Als ich sie aus Berlin angerufen habe, hat sie gerade auf ihre medizinische Visite gewartet. Das ist schon ein paar Stunden her."

Den letzten Satz musste sie Grießler regelrecht hinterherrufen.

Er hatte sich Pietzsch mit den Worten: „Mitkommen, ich brauche Ihren Schlüssel!", geschnappt und beide liefen die Treppe hinauf zu den Patientenzimmern.

König stand vor einem schmucken Reihenhaus mit gepflegtem Vorgarten. Nach dem zweiten Klingeln wurde die Haustür geöffnet und eine blonde Frau mit freundlichem Lächeln fragte: „Ja bitte?"
König zückte seinen Ausweis und sagte: „Kommissar König. Ist Ihr Mann zuhause, Frau Michalski?"

Neunzehn

Die blonde Frau starrte König und die zwei Uniformierten ungläubig an und der Kommissar wiederholte seine Frage. „Mein Mann ist nicht da", brachte sie schließlich mühsam heraus.

„Was wollen Sie denn von ihm? Geht es um diesen schrecklichen Mord in der Klinik? Darüber hat er der Polizei doch schon alles gesagt."

„Wir hätten da noch ein paar Fragen. Wo finden wir denn Ihren Mann?"

„Ich weiß nicht. Als ich nachhause kam, war er schon weg. Er hatte mich am Nachmittag angerufen und gesagt, dass er kurzfristig auf Dienstreise müsse."

Diese Antwort versetzte König in Alarmzustand.

„Wohin denn?"

„Hat er nicht gesagt. Nur dass es eine Fachtagung ist, auf der er eine erkrankte Kollegin vertreten müsse."

„Ist der Name der Kollegin zufällig Baumann-Egner?"

Das Gespräch wurde der Frau immer unangenehmer, das erkannte König an ihrer Körpersprache. Es bestand die Gefahr, dass sie ihnen die Tür vor der Nase zuschlagen würde. Daher sagte er schnell: „Wir reden vielleicht besser drin weiter. Und könnten Sie mal bitte nachsehen, ob der Pass ihres Mannes da ist."

Grießler stand atemlos in Zimmer 247 und starrte auf Gertis Körper hinab. Sie lag vollständig angezogen, bäuchlings auf ihrem Bett und regte sich nicht. Pietzsch trat hinzu und fühlte nach dem Puls.

Von der Tür her ertönte auch noch Sandras ängstliche Stimme.

„Oh mein Gott, ist sie tot?"

Pietzsch hatte Gertis Schulter ergriffen und wollte sie umdrehen, als ein Schrei ertönte und Gerti mit einem Satz aufsprang.

Ein zweiter Schrei ertönte, diesmal von Sandra.

„Seid ihr verrückt geworden?", brüllte Gerti und ließ sich heftig nach Luft ringend auf den Stuhl am Fenster sinken.

„Wollt ihr mich umbringen? Euretwegen krieg ich noch einen Herzinfarkt!"

Sandra kam ins Zimmer und umarmte ihre Freundin.

„Wir haben uns Sorgen gemacht, weil du seit deiner Visite verschwunden warst."

„Und da könnt ihr nicht, wie jeder normale Mensch, an die Tür klopfen?"

Gerti hatte sichtlich Mühe, sich zu beruhigen.

„Aber ich habe doch an die Tür geklopft, schon zwei Mal."

„Wirklich?"

„Ja und als du auch nicht zum Abendessen kamst, hab' ich mir eben Sorgen gemacht. Deine Tür zu öffnen, war aber Sörens Idee."

Jetzt wandte Gerti sich Grießler zu.

„Was soll eigentlich der ganze Aufmarsch? Was dachtet Ihr denn? Dass ihr hier die nächste Leiche findet?"

Die Stille, die sich im Zimmer ausbreitete, löste bei Gerti eine Gänsehaut aus.

„Echt jetzt? Ich gloob's ja nich", hauchte sie. „Aber wieso denn ich?"

Nachdem Grießler ihr die Ereignisse, in wenigen Sätzen geschildert hatte, endete er mit den Worten: „Als Sandra sagte, dass sie dich aus Berlin angerufen hat, gerade als du bei Michalski warst, habe ich das Schlimmste befürchtet. Michalski hätte in dir ja auch eine unbequeme Zeugin sehen können, die er beseitigen muss? Zuzutrauen wäre es ihm."

„Vielleicht wollte er das auch?", mischte sich Pietzsch plötzlich ein. Er deutete auf ein Arzneiröhrchen.

Gerti zuckte mit den Schultern.

„Die? Die hat mir Dr. Michalski gegeben, weil ich so aufgeregt war, wegen Sandras An..." Sie stockte und riss erschrocken die Augen auf.

„Was sind das für Pillen?", fragte Grießler den Pfleger und hielt ihm das Röhrchen hin.

„Das sind starke Beruhigungstabletten. Sie können narkotisierend wirken, wenn sie überdosiert werden. Wieviel haben Sie davon eingenommen?"

„Eigentlich sollte ich zwei nehmen, hab' aber erst mal nur eine geschluckt. Ich bin kein Freund von solchen Dingern. Wenn es nicht geholfen hätte, hätte ich ja noch eine nehmen können."

Gertis Stimme war ganz leise geworden. Sie schaute von einem zum anderen. „Da habe ich wohl noch mal Glück gehabt?"

Pietzsch verneinte: „Also gestorben wären Sie davon nicht, aber sie wären bestimmt erst morgen wieder wach geworden."

243

Grießler äußerte eine Vermutung, hauptsächlich um Gerti weiter zu beruhigen.

„Ich glaube auch nicht, dass das ein Mordversuch sein sollte. Der Doktor wollte nur nicht, dass sich Sandras Besuch bei Heike zu schnell bis zu mir oder dem Kommissar rumspricht. Nicht, bevor er aus der Schusslinie war. Das war nur ein Ablenkungsmanöver, um Zeit zu gewinnen."

Genau das dachte König auch, als er die Story von der Fachtagung gehört hatte.

Nachdem Michalskis Frau die Polizisten ins Haus gelassen hatte, lief sie aufgeregt hin und her, durchsuchte Schubladen und Schränke. Als sie damit fertig war, stand fest, dass der Pass, zwei Koffer und Kleidung für mehr als ein paar Tage fehlten. Sofort machte König sich dran, die Fahndung nach dem Doktor in Gang zu bringen.

Seine Frau stand fassungslos im Flur und wollte wissen, was das zu bedeuten habe.

König versuchte ihr so schonend es ihm möglich war, beizubringen, weshalb die Kriminalpolizei ihren Mann so dringend sprechen wollte, sprach aber nur von dem Mord an Spitzer.

Den Vorwurf, dass ihr Mann ein Mörder sein könnte, wies sie mit entschlossener Geste zurück. Sie verteidigte ihren Mann, was nicht weiter verwunderlich war.

Die Ehefrauen, Freundinnen oder Mütter erfuhren meist als Letzte, was der Mann, Freund oder Sohn oft jahrelang erfolgreich vor ihnen verborgen hatte. So ging es Frau Michalski auch.

Als König jedoch die Affäre zwischen Baumann-Egner und ihrem Mann andeutete, wurde sie blass.

Vielleicht hatte sie tief in ihrem Innersten etwas davon geahnt, aber nicht wahrhaben wollen.

Vielleicht hatte es nur noch dieses einen Tropfen bedurft, um aus der Ahnung eine Gewissheit werden zu lassen.

Das Vertrauen in ihren Mann begann zu bröckeln.

Vorsichtig bohrte König nach.

„Sind Sie sicher, was die Fachtagung betrifft oder könnte sich Ihr Mann aus dem Staub machen wollen?"

Frau Michalski starrte König für ein paar Sekunden mit offenem Mund an. Dann sprang sie auf, lief ohne eine Erklärung die Treppe in die obere Etage und König blieb nichts weiter übrig, als ihr zu folgen.

Er fand sie im Arbeitszimmer des Doktors. Mit zittrigen Fingern tippte sie auf das Manual eines Wandsafes. Der öffnete sich erst beim dritten Versuch. Ein kurzer Blick hinein genügte ihr, um den Ernst der Situation zu erkennen.

„Dieser verfluchte Mistkerl!", stieß sie laut hervor. Der wütende Ausdruck in ihrem Gesicht war nicht gespielt, das sah König sofort. „Er hat alles mitgenommen! Das ganze Geld, es ist nichts mehr da! Sogar der Schmuck meiner Mutter, der nur mir gehört, ist weg!"

Jetzt war nicht die Zeit, um feinfühlig zu sein, also ersparte König sich jeden Versuch, Trost zu spenden.

Die Suche nach Michalski hatte Vorrang.

„Haben Sie vielleicht eine Ahnung, wo Ihr Mann sein könnte?"

„Na, wo schon? Bei dieser Schlampe natürlich!"

„Das wohl kaum. Frau Baumann-Egner ist tot."

Sie sah ihn fassungslos an.

„Tot?"

„Ja, und ihr Mann hat möglicherweise auch damit etwas zu tun. Ich würde darauf tippen, dass er sich ins Ausland absetzen will. Das ist aber nicht so einfach, wie man glaubt. Dafür braucht er nicht nur Geld. Je nachdem wohin er will, braucht er möglicherweise ein Visum und eine Gelegenheit, unauffällig das Land zu verlassen. Nach seinem Auto wird bereits gefahndet, Bahnhöfe und Flughäfen werden überwacht, genau wie seine Konten. Könnte sein, dass er das einkalkuliert und erst mal ein paar Tage untertaucht, um auf eine günstige Gelegenheit zu warten."

König gab der Frau einen Moment, seine Worte wirken zu lassen. Dann fragte er: „Gibt es einen Ort, den er aufsuchen könnte, um sich für ein paar Tage zu verstecken. Ein Ort, wo er nicht auffallen würde?"

Immer noch wütend, griff die Frau nach einem Foto auf dem Schreibtisch. König bereitete sich schon innerlich darauf vor, in Deckung zu gehen, sollte der Gegenstand durch den Raum fliegen. Doch nichts dergleichen geschah. Sie hielt ihm das Foto entgegen und sagte: „Auf dem Boot. Es liegt in der Marina am Tiefen See."

Dann drehte sie sich um und ging zum Fenster, stand einfach da und starrte hinaus. Ihr gesamtes Leben war gerade wie ein Kartenhaus zusammengefallen. Der materielle Verlust traf sie hart, aber der Vertrauensbruch, die jahrelange Täuschung durch den Ehemann, wog um ein Vielfaches schwerer.

Sie war zutiefst verletzt. All die Jahre an seiner Seite waren eine Lüge gewesen. Allmählich drang diese bittere Erkenntnis zu ihr durch und endlich brachen sich die Tränen ihre Bahn.

Als König das stumme Zucken ihrer Schultern sah, drehte er sich um und ging.

Er konnte ihr nicht helfen.

Zwei Stunden, nach dem König Michalskis Haus verlassen hatte, war alles für den Zugriff des Einsatzkommandos an der Marina bereit. Es gab zwar keine Hinweise darauf, dass Michalski Waffen besaß, aber er wurde wegen Mordes gesucht und da ging man schon lange kein Risiko mehr ein. In solchen Fällen übernahm immer ein speziell ausgerüstetes Sondereinsatzkommando die Durchführung der Operation.

K&K würden in sicherer Entfernung darauf warten, dass man ihnen den Verdächtigen übergab.

Eine kurze Observierung hatte ergeben, dass der silbergraue Mercedes des Doktors auf dem Parkplatz stand und einmal war er an Deck seines Bootes gesichtet worden.

Alle Zivilisten waren vorsorglich vom Gelände der Marina und den Booten evakuiert worden.

Es war soweit.

König ordnete der Zugriff an.

Das SEK rückte vor.

In sicherer Entfernung standen die Schaulustigen und warteten auf ein aufsehenerregendes Schauspiel.

Doch sie wurden enttäuscht.

Nach wenigen Minuten war alles vorbei.

Weder Geschrei noch Schüsse oder gar eine Explosion waren zu hören gewesen.

Alles, was sie zu sehen bekamen, war ein Mann in Flipflops, Boxershorts und T-Shirt, der vom Boot geführt und in ein Auto gesetzt wurde. Einzig und allein die Handschellen und der mit einem Handtuch verdeckte Kopf des abgeführten Mannes wiesen auf einen polizeilichen Einsatz hin.

Ernüchtert löste sich die Ansammlung von Gaffern auf.

Wo war denn da die Action, wie man sie aus dem TV kannte?

Das war ja wirklich nicht mal ansatzweise aufregend gewesen. Damit konnte man noch nicht mal am Stammtisch punkten.

Im Gegensatz zu den sensationsgeilen Zuschauern war König mit dem komplikationslosen Verlauf des Einsatzes sehr zufrieden.

Niemand war verletzt worden.

Der Einsatzleiter hatte ihn darüber informiert, dass Michalski schlafend in seiner Koje vorgefunden worden war, als er überwältigt wurde. Er war nicht mal von dem Lärm, der übers Deck laufenden Männer aufgewacht.

Doch das lag wohl daran, dass er eine halbe Flasche Whiskey intus hatte.

Jetzt, auf dem Rücksitz des Polizeifahrzeugs, war er zwar munter, aber nicht gerade aufnahmefähig.

König sah auf den ersten Blick, dass der Doktor total hinüber war. Sie würden ihn erst mal zur Ausnüchterung in eine Zelle stecken und bis morgen warten müssen, um ihm seine Rechte zu verlesen und ihn befragen zu können. Michalski jammerte die ganze Zeit vor sich hin.

Was er sagte, war in seinem Zustand egal und vor Gericht ohne Wert. Sie mussten ihn morgen dazu kriegen, alles noch mal im nüchternen Zustand zu erzählen. Interessant war es dennoch und König hörte genau zu.

Als er Michalski sicher aufbewahrt wusste, war seine letzte Amtshandlung für diesen Tag, Grießler anzurufen. Das war er ihm schuldig.

Grießler war nach der Aufregung um Gerti endgültig reif fürs Bett. Als Pietzsch endlich abgeholt worden war, führte sein Weg direkt in sein Zimmer. Dass er eigentlich noch eine halbe Stunde hätte warten müssen, war ihm herzlich egal.

Er war unsagbar müde. Seine Gedanken kreisten aber trotzdem noch um den Fall und alles, was sich in den letzten Tagen ereignet hatte. So war es kein Wunder, dass er, trotzdem er die Augen kaum noch aufhalten konnte, befürchtete, nicht einschlafen zu können.

Eins musste er aber noch erledigen, Billy anrufen, so wie jeden Abend. Tat er das nicht, würde sie möglicherweise Alarm schlagen.

Seine Frau merkte ihm die Müdigkeit sofort an und beendete das Telefonat schon nach kurzer Zeit.

Endlich konnte er das Licht löschen und kaum lag sein Kopf auf dem Kissen, da war er auch schon eingeschlafen. Das anhaltende Vibrieren des Handys, als König anrief, bekam er nicht mehr mit.

König ließ das Handy lange klingeln, doch Grießler ging nicht ran. König sah auf die Uhr, es war nach 22 Uhr. Er schmunzelte, weil ihm in diesem Moment einfiel, dass Grießler ja einen Schlafentzug hinter sich hatte.

Der würde heute ganz sicher nicht mehr ans Handy gehen. Das machte nichts, morgen war auch noch ein Tag.

Zwanzig

Es dauerte eine Woche, bis König endlich dazu kam, mit Grießler zu reden. Dafür fuhr er sogar noch mal in die Klinik.

Als er die Eingangshalle betrat, wurde er mit besorgten Blicken von Patienten und Personal empfangen. Er konnte die unausgesprochene Frage von den Gesichtern förmlich ablesen.

Gab es etwa schon wieder eine Leiche?

Um nicht noch mehr für Verunsicherung zu sorgen, machten Grießler und er einen Spaziergang über das Außengelände.

Auf einer Bank, nicht weit von der Klinik entfernt, ließen sie sich nieder und König berichtete, welche Erkenntnisse es inzwischen gab.

„Michalski hat gestanden und zwar vollumfänglich. Hat geredet wie ein Buch. Es wäre ihm sowieso nichts anderes übriggeblieben, denn die Beweislage gegen ihn ist erdrückend. Doch damit mussten wir ihn gar nicht konfrontieren. Ich hatte den Eindruck, er wollte es endlich loswerden."

Grießler verstand genau, was König meinte. Das hatte er auch schon oft genug erlebt.

„Das ist gut. Ein Geständnis ist immer gut. Welche Beweise gab es denn nun?"

„Zunächst mal hatte Michalski weder für den Mord an Spitzer, noch für den an Baumann-Egner ein Alibi. Im ersten Fall war er zum Zeitpunkt des Todes noch in der

251

Klinik gewesen, hatte länger gearbeitet, die Überstunden aber nicht angegeben. Er kam am nächsten Morgen extra früher zum Dienst, um die Leichenschau abzuhalten und den Totenschein auszustellen. Hat aber nicht geklappt, weil ich sofort den Gerichtsmediziner angefordert hatte. Dass Michalski Nachtdienst hatte, war leider eine irrige Annahme von uns."

König zog entschuldigend die Schultern hoch und ging zum nächsten Mordfall über.

„Im zweiten Fall hätte er in der Klinik sein müssen, aber niemand konnte das bestätigen. Ganz im Gegenteil, die beiden Einzelvisiten, die er zum Zeitpunkt von Baumann-Egners Ermordung gehabt hätte, waren ausgefallen, weil er zu spät kam."

„Und das Motiv? Bei Spitzer war es die Erpressung, oder?"

„Ja, aber Spitzer hatte nur ihn erpresst, Ostrowski nicht. Michalski wollte nicht zahlen und Spitzer drohte damit, die Fotos online zu stellen und sie seiner Frau zu schicken. Das hat sein Schicksal besiegelt. Michalski wusste, dass Spitzer abends gern allein im Schwimmbad war. Er ertränkte ihn in der Hoffnung, man würde es auf seine Herzerkrankung schieben. Dass ausgerechnet sein Halbbruder die Leiche beim Abschließen finden würde, hatte er zwar nicht geplant, es kam ihm aber ganz recht. Der rief ihn ja sofort an und ließ sich zum Glück leicht überreden, nichts zu unternehmen. Als Michalski mitbekam, dass wir doch von Mord ausgehen, steckte er das Bild von sich und Ostrowski in deren Briefkasten, schnitt aber vorher die Gesichter heraus. Ostrowski

252

reagierte genau wie erwartet und kam zu ihm. Auch bei ihr gelang es Michalski, sie so zu manipulieren, dass sie nicht zur Polizei ging. Dann äußerte er ihr gegenüber den Verdacht, Spitzer könne in seinem Zimmer noch mehr Fotos haben, auf denen dann auch ihr Gesicht zu sehen sei. So brachte er sie dazu, sich nachts in Spitzers Zimmer zu schleichen. Pietzsch beauftragte er vorher, den Laptop an sich zu bringen und zu vernichten. Das Zimmer sollte er offenstehen lassen, damit Ostrowski reinkam und es hinterher nach einem Einbruch aussah."

„Damit sollte der Verdacht auf Ostrowski und Pietzsch gelenkt werden und das hat ja fast geklappt."

Das wollte König nicht so stehen lassen.

„Es klappt zum Glück immer nur fast. Den perfekten Mord gibt es eben nicht."

„Kann sein", kam postwendend Grießlers Einwand. „Nur woher wollen Sie das wissen? Wenn es ihn doch gibt, dann bedeutet das ja, dass wir nichts davon erfahren. Sonst wäre es ja kein perfekter Mord."

„Jetzt werden Sie mal nicht philosophisch, Mann", grummelte König unwirsch. Er kannte die Zahlen von vermutlich unentdeckten Morden und die konnten einen schon beunruhigen.

„Wollen Sie nun den Rest hören, oder nicht?", fragte er Grießler.

Der nickte schmunzelnd und sagte: „Baumann-Egner?"

„Genau. Ihre Affäre begann, kurz nachdem sie in der Klinik angefangen hat. Offensichtlich wollte sich Frau Doktor aber nicht mehr länger damit abfinden, nur an zweiter Stelle zu stehen. Am Abend vor ihrem Tod, setzte sie Michalski wieder mal unter Druck. Sie drohte ebenfalls damit, zu seiner Frau zu gehen, wenn er sich nicht endlich trennen würde. Das war für das ohnehin schon angekratzte Ego des Doktors eine Drohung zu viel."

König machte eine wirkungsvolle Pause, bevor er weiterredete.

„Der Doktor war gerade auf dem Weg zur Arbeit, als Pietzsch ihn anrief und ihm von seinem Zusammenstoß mit Baumann-Egner auf dem Parkplatz erzählte. Es muss dem guten Doktor wie ein Wink des Schicksals vorgekommen sein. Er beauftragt den Halbbruder, ein paar Pillen aus dem Versteck zu holen und sie der Ärztin zu bringen. Damit bleibt ihm genug Zeit, lange vor Pietzsch und noch vor der Ärztin in der Limonenstraße zu sein. Er schüttet das Barbiturat in die angefangene Weinflasche, wartet bis Baumann-Egner bewusstlos in der Wanne liegt und ertränkt sie."

Grießler fiel es nicht schwer, den Faden weiterzuspinnen.

„Als Pietzsch eintrifft, ist Frau Doktor schon tot und Michalski längst wieder in der Klinik. Wollte er den Mord auch Pietzsch in die Schuhe schieben?"

„Er sagt nein. Der sollte die Tote nur finden und wir sollten einen Unfall oder Suizid annehmen. Als er sah, dass wir Pietzschs Auto durchsuchten, wurde ihm bewusst, dass wir seinen Halbbruder wirklich verdächtigten und er befürchtete nicht zu Unrecht, dass der irgendwann einknicken würde. Er versuchte noch, ihn zu warnen, aber sein Anruf kam zu spät."

„Er muss total in Panik gewesen sein."

„Sein Fluchtversuch war jedenfalls völlig planlos und überstürzt. Zum Glück für uns."

„Und Pietzsch? Ich habe nur gehört, dass die Klinik ihm gekündigt hat."

„Der wird sich nun wegen Diebstahl, illegalem Handel mit Medikamenten und Strafvereitelung verantworten müssen."

„Sind Michalski und Pietzsch wirklich Brüder?", fragte Grießler.

„Halbbrüder. Sie haben denselben Vater, der sich aber von beiden Müttern getrennt hat, bevor sie geboren waren. Pietzsch erfuhr von seinem Halbbruder nach dem Tod seiner Mutter. Er hat wohl seinen Vater gesucht, und mehr gefunden, als ihm lieb war. Dass die beiden in derselben Klinik arbeiteten, war Zufall."

Grießler konnte nicht anders, als zu bemerken: „Ich glaube nicht an Zufälle."

„Na, dann war es eben Schicksal, oder Karma, oder was die hier auch dazu sagen", konterte König lustlos.

„Das ist hier eine Reha Klinik und kein esoterischer Zirkel, König. Hier gibt's Therapien, kein Karma."

„Was immer Sie wollen. Hauptsache Ihnen hilft's."

Das meinte König sogar ehrlich, wie seine nächste Frage zeigte.

„Was werden Sie denn nun machen, wenn Sie wieder zuhause sind? Zurück in den Job oder …?"

Das war genau die Frage, die Grießler gerade nicht hören wollte, weil er sich immer noch mit der Entscheidung herumschlug.

Alles, was er König sagen konnte und wollte, war: „Ich hab' noch zwei Wochen vor mir. Vielleicht finde ich ja jetzt die Ruhe, um darüber nachzudenken?"

„Jetzt tun Sie mal nicht so, als ob Sie gezwungen worden sind, an dem Fall mitzuarbeiten. Ich hatte eher den Eindruck, dass ich Sie nicht davon abhalten konnte. Aber, um nochmal auf Ihre Fragen zurückzukommen, von unserer Seite war es das hier in der Klinik Rosenburg."

„Dann ist der Fall abgeschlossen?", fragte Grießler.

„Aufgeklärt, würde ich sagen. Fertig sind wir noch lange nicht. Jetzt kommt all das, was man im Fernsehen nie sieht."

„Ist ja auch nicht besonders interessant. Wer will denn sehen, wie der Kommissar stundenlang am Schreibtisch sitzt, Berichte schreibt und Formulare ausfüllt."

„Das würde den *Tatort* zwar realistischer, aber nicht spannender machen."

Bei dieser Vorstellung mussten beide grinsen.

Nach einer Weile fiel Grießler noch etwas ein, was ihm auf dem Herzen lag.

„Was war eigentlich mit Gerti Ziegler? Wollte Michalski sie auch töten?"

„Er bestreitet es vehement und es gibt keine Beweise dafür, dass er lügt. Die Dosis, die er ihr verordnet hatte, war nicht hoch genug, um Frau Ziegler ernsthaft Gefahr zu bringen. Also, nach allem, was er zugegeben hat, bin ich geneigt ihm zu glauben."

„Ich auch", war Grießlers Antwort.

Damit war alles gesagt.

Sie reichten sich ein letztes Mal die Hände, versicherten sich, mal anzurufen oder zu mailen und wussten doch, dass es mit großer Wahrscheinlichkeit nicht passieren würde. Der Job, der Stress, die fehlende Zeit. So war das eben.

Die letzte Woche war angebrochen und es war demzufolge auch das letzte Mal, dass die Basisgruppe zusammenkam. Als Andrees den Seminarraum betrat, fiel Grießler ein, dass er ihn kurz für den Mörder gehalten hatte und leistete in Gedanken Abbitte bei dem freundlichen Therapeuten. Gut, dass der das nie erfahren würde.

Auch einem Therapeuten erzählte man nicht alles.

Gleich zu Beginn der Basisgruppe stellte Andrees die Frage nach dem *Was nun?* in den Raum.

Jeder sollte sich zu seinen Plänen für die Zeit nach der Reha äußern und alle taten es.

Marzena wollte sich einen neuen Job suchen, aber erst nachdem sie ihre Familie in Polen endlich wiedergesehen hatte.

Gerti plante, zusammen mit einer Freundin ein Café zu eröffnen.

„Käsekuchen kann ich auch und meine sächsische Eierschecke ist unerreicht", hatte sie lachend als Begründung in die Runde geworfen.

Sandra schoss mit ihrer Ankündigung fast den Vogel ab.

„Ich fange endlich an, ein Buch zu schreiben, einen Krimi. Stoff genug habe ich ja jetzt. Oh, und ihr werdet alle mitspielen."

Ein allgemeines Aufstöhnen war durch den Raum gegangen, worauf Sandra mit einem herzlichen Lachen reagiert hatte.

Wirklich überrascht war die Gruppe aber von Jürgens Äußerung. Er plante doch tatsächlich, sich als Lehrer zu bewerben. Seine Chance auf Erfolg sah er in dem großen Lehrermangel und seiner früheren Erfahrung als Dozent. Als er dann auch noch erwähnte, dass seine Wahl auf die Waldorfschulen gefallen war, sah man Erstaunen in allen Gesichtern.

Grießler hatte schon die Frage auf den Lippen, ob er das ernst meinen würde. Das musste Sandra ihm angesehen haben. Sie warf ihm einen deutlichen Blick zu und er hielt sich zurück.

Im Nachhinein kam ihm die Frage selber blöd vor. Er traute es Jürgen nämlich durchaus zu, Lehrer zu sein. Mit seiner Art passte er sicher gut in diese besondere Schulform.

Dann kam er an die Reihe und plötzlich war der Moment da, vor dem er sich immer gedrückt hatte.

Die letzten Wochen waren seine Gedanken oft bei der Arbeit gewesen und das nicht nur wegen der Mordfälle hier.

Immer wieder hatte er sich die Frage gestellt, ob er wirklich zurück in den Job wollte und ob er überhaupt noch dazu in der Lage war.

Auch der Überraschungsbesuch von Billy und seinem Kollegen, Lars Ole Pasold, hatte ihm nicht zu einer Erkenntnis verhelfen können.

Doch jetzt, in dem Moment als sich Andrees' Augen auf ihn richteten, wusste er es.

„Ich werde meinen Job nicht aufgeben. Es wird sich aber einiges ändern müssen und ich werde es langsam angehen", sagte er leise, aber entschlossen.

Alle hatten den Atem angehalten, da sie um seinen inneren Kampf gewusst hatten.

Sandra atmete tief ein und sprach aus, was alle dachten.

„Das freut mich für dich, Sören. Es wird dir guttun, mehr Zeit für dich zu haben."

Grießler fand das nett und lächelte zurück.

Und was machte Sandra?

Sie konnte es einfach nicht lassen und fügte grinsend hinzu: „Ich brauche schließlich einen guten Berater für meinen Krimi."

Alle lachten und das löste zumindest die Anspannung im Raum.

Nach dem Mittagessen saßen Grießler, Gerti, Marzena und Sandra im Wintergarten.

Der bevorstehende Abschied drückte die Stimmung, was in den Gesichtern deutlich zu lesen war.

Sandra und Marzena nahmen sich die morgige Trennung besonders zu Herzen.

Sie schienen über einen unerschöpflichen Vorrat an Tränen zu verfügen und nicht mal Gertis Vorschlag, sich in einem Jahr wieder hier zu treffen, konnte etwas daran ändern.

Erst als sie hinzufügte, man könne sich ja an einem Donnerstag treffen und sich frühmorgens in die Achtsamkeitsgruppe von Malte Andrees reinschummeln, huschte ein kleines Lächeln über Sandras Gesicht.

Plötzlich ertönte eine Stimme hinter ihnen.

"Sandra, kommst du mit?"

Es war Jürgens Stimme. Leise und unbemerkt war er an die Gruppe herangetreten.

Sandra stand auf, klatschte freudig in die Hände und rief mit sichtlicher Erleichterung in die Runde: „Mir reicht's, ich geh tanzen!"

Mit ungläubiger Miene sah Marzena ihre Freundin an und fragte: „Tanzen? Jetzt?"

„Ja, tanzen", gab Sandra gutgelaunt zur Antwort. „Wir haben jetzt die letzte Tanztherapie Stunde."

Nun war es Grießler, der glaubte, sich verhört zu haben. Er sah Jürgen mit großen Augen an.

„Du machst die Tanztherapie mit?"

Jürgen schien Grießlers Skepsis nicht nachvollziehen zu können.

„Warum nicht? Traust du mir das nicht zu?"

„Ja, doch Mann. Ich wusste nur nicht, dass du tanzen kannst", versuchte Grießler sich rauszureden.

Zum Glück schaltete sich Sandra ein und ersparte Jürgen eine Antwort.

„Und wie der tanzen kann!"

Gerti konnte nicht mehr an sich halten. Mit breitem Grinsen schaute sie das Tanzpaar an.

„Und was tanzt ihr da so? Tango oder Salsa?"

Sowas konnte nur von Gerti kommen.

Jürgen legte die Stirn in Falten, als würde er nach einer passenden Antwort suchen. Sandra wurde knallrot, Marzena gluckste und sah nach unten. Selbst Grießler konnte sich ein Schmunzeln nicht verkneifen.

Endlich hatte sich Sandra gefangen, griff Jürgens Arm und schon im Wegdrehen sagte sie so beiläufig es eben ging: „Komm Jürgen, die sind doch bloß neidisch, weil sie nicht mittanzen dürfen." Und zu Gerti: „Glaub' doch ruhig, was du denkst."

„Ich denke, das sollen wir nicht?", rief Gerti ihr nach und Grießler murmelte: „Das fehlte noch, dass ich auch noch meinen Namen tanze."

Das Gelächter von Gerti und Grießler begleitete Sandra und Jürgen noch ein ganzes Stück. Nur Marzena beteiligte sich nicht daran. Sie sah den beiden lächelnd nach und meinte versonnen: „Ich finde das mega schön."

Jürgen, gänzlich unbeeindruckt von der Belustigung, machte schließlich eine Bemerkung, die Sandra wieder ein Lächeln ins Gesicht zauberte.

Er sagte: „Also ich freue mich aufs Tanzen."

Und sie erwiderte: „Ich auch."

Ende

Bisher erschienen
Magdeburg-Krimi-Reihe

Gibt es eine Verbindung zwischen dem Technikmuseum und der Lukasklause, die einen Mord erklären könnte? Wenn ja, was hat der längst verstorbene Otto-von-Guericke damit zu tun und hat er überhaupt etwas damit zu tun? Diese Fragen muss sich Hauptkommissar Martin Winkler stellen. Aber sind es auch die richtigen Fragen?

ISBN: 9783751922357 - Auch als E-Book erhältlich

Drei Tote,
namenlos,
fast vergessen,
werden entdeckt.

Wer sind sie?
Was geschah?

ISBN: 978753477664 - Auch als E-Book erhältlich

Manhattan Rcihc

Manhattan Tenderloin I & II
ISBN 978-3-752-88610-8
Manhattan Tenderloin III – Die Jagd geht weiter
ISBN 978-3-752-82825-2
Manhattan Revenge
ISBN 9783749478996

Der New Yorker Privatdetektiv Knox ermittelt gemeinsam mit den Detectives Coulson und Malone in New York von 1911. Spannende historische Krimireihe, die auf gelungene Weise spektakuläre Fälle mit der Atmosphäre des frühen 19. Jahrhunderts verbindet

Braesi & Benedict
Magdeburger Mord(s)geschichten

ISBN 978-3-746-04666-2
Auch als E-Book erhältlich

„Och, in Magdeburg ist ja nichts los."
Vertreten Sie auch diese Meinung?
Wenn ja, dann sind Sie aber gewaltig im Irrtum.
In unserem ersten Buch haben wir die ganz großen Kriminalfälle
nach Magdeburg geholt.
Alle Ähnlichkeiten mit bekannten Buch- oder Filmtiteln
sowie mit den dazugehörigen Figuren, egal ob gut oder böse,
sind also absolut nicht zufällig, sondern beabsichtigt.

Der Magdeburger Mörder Club